霖《りん》雨《う》

葉室 麟

PHP
文芸文庫

○本表紙デザイン＋ロゴ＝川上成夫

霖《りん》雨《う》

目次

霖《りん》雨《う》

底霧

一

天保《てんぽう》四年（一八三三）癸巳《みずのとみ》一月九日――

朝霧が深かった。庭先の木々でさえ滲《にじ》んで、まるで水墨画を見るようで、遠くはおろかあたりはすべて白濁《はくだく》の中にあった。春浅い部屋の中では吐く息も白い。

広瀬淡窓《ひろせたんそう》は目覚めた時から霧が出ていることがわかっていた。五十二歳になる淡窓の体は霧の朝になると節々が痛んだ。

淡窓の住む九州、豊後《ぶんご》の日田《ひた》は一尺八寸山《みおうやま》、岳滅鬼山《がくめきざん》、釈迦岳《しやかがだけ》、渡神岳《とがみ》、御前岳《ごぜん》に囲まれた盆地である。春から秋にかけての明け方、盆地をすっぽりと覆《おお》う霧を日田のひとびとは〈底霧《そこぎり》〉と呼ぶ。

茶を持ってきた妻のなゝから、

「お加減はいかがでございますか」

と訊《き》かれた時も生返事しかできなかった。二年ほど前まで二階南側の部屋で起居していたが、真下に台所があり、煮炊きする烟《けむり》が昇ってきて煙いのが堪《こら》え難く、東側の二畳を寝所としていた。

若いころから蒲柳《ほりゆう》の質で寝込むことは珍しくなかった。しかし、五十を過ぎた近頃では、そんなこともあまり苦にならなくなったように思う。生きていくことの快、不快は気の持ちようだと心得れば、さほど効果があるわけではないが、それでも、気持に明るみを感じられはする。

なないの介添えで着替えをすませ、茶を飲んでから書斎に入った。朝食の前に書に目を通すのはいつもの習慣である。

霧が出ているにも拘《かか》わらず、明り障子《しようじ》にぼんやりと朝日が差して、書斎はほの明るかった。暗くなってから、燭台《しよくだい》の灯《あか》りで読書するのを避け、早朝に書をひもとくことを習いとしていた。

朝方読むのは、さすがに経書《けいしよ》の類《たぐい》ではなく、もっぱら詩文だ。菅茶山《かんちやざん》、頼山陽《らいさんよう》などの詩集を読みふけるうちに、身の内に少しずつ力が充実してきてようやく一日読書を続けられるという気がしてくる。なないが火桶《ひおけ》に足した炭が赤くなり、寒気で強《こわ》張《ば》った手を温《ぬく》めることができた。

（やはり、詩はよい。生きる活力が湧いてくるようだ）

胸中に生きる希望をもたらしてくれるのは、やはり詩のほかにない。そんなことを思いつつ詩集を繰《く》っていく。淡窓のことを「詩人ではあっても、学者としては取るに足らない」などと誹《そし》るひともいると耳にしているが、詩文の素晴らしさがわからぬ者の言だ、と聞き流している。

天明《てんめい》二年（一七八二）壬寅《みずのえとら》、淡窓は、日田、豆田町《まめだまち》の商家広瀬家の長男として生まれた。幼名は寅之助《とらのすけ》、成人して求馬《もとめ》と名のった。淡窓は号である。四書の『中庸《ちゅうよう》』に「君子の道は淡にしてしかも厭《いと》わず」とあるように、「淡」は君子としての在《あ》り様《よう》を示す。「窓」には書斎の意があり、「淡窓」は当初、書斎の名だったが、そのまま号とした。

心を集中して文字を目で追っているところに、ななが敷居際《しきいぎわ》に膝《ひざ》をついて声をかけた。朝食の支度《したく》ができたと告げるのかと思ったら違っていた。

「旦那様《だんなさま》、入門を望まれる方がお見えでございます」

「まだ早暁《そうぎょう》ではないか――」

淡窓はおっとりとななに顔を向けた。

「朝早くに見えるよう伝えられたのは旦那様でございますよ」

ななは笑みを含んで言った。

「そうだったな」

淡窓は苦笑した。そう言えば、昨日、元広島《ひろしま》藩士の臼井佳一郎《うすいかいちろう》という人物から、淡窓が主宰する私塾咸宜園《かんぎえん》への入門願いの書状が届いていた。すでに日田の旅館に入っており、いつうかがえばよいだろうか、ということだった。

あらかじめ了解も得ずに、日田に来たことを悪びれる様子もない文面からは、育ちのよい若者の闊達《かったつ》な気性《きしよう》がうかがえた。

咸宜園では毎朝五時に起きて清掃し、六時から七時まで輪読《りんどく》する。朝食の後、八時から正午まで学習し、昼食を摂《と》った後、一時から五時までが輪講《りんこう》と試業《しぎよう》で六時に夕食となる。七時から九時過ぎまで夜学して十時に就寝するという生活を送っている。すでに塾生たちは輪読を始めようとしている時刻だ。入門希望者に勉学の様子を見させておくのがよいと思い、早朝に来るようにと指示したのをすっかり忘れていた。

「ここへ通しなさい」

淡窓が言うと、ななは少し戸惑った表情をした。

「どうしたのだ」

「入門を希望される方はおひとりではございません。お連れ様もおられて、それが女の方なのです」

「女人《にょにん》か」

淡窓は眉《まゆ》をひそめた。咸宜園には毎年、多くの入門希望者が訪れるが、女連れというのは初めてだった。

「姉上様なのだそうですが、その方も入門を望んでおられるとのことです」

「そうか」

淡窓は顔を曇らせてあたりの書籍に目を向けた。書斎に、見も知らぬ女人を招じ入れるのは気が進まない。だが、咸宜園では女性の門人も受け入れていたから会わないというわけにはいかない。

二年前には美濃大野《みのおおの》郡慈渓寺《じけいじ》の尼僧智白《ちはく》と智参《ちさん》が入門している。智白は二十九歳で智参は二十《はたち》歳と年が若い。尼僧とはいえ、塾生たちと起居をともにするのは憚《はばか》られるため近くに家を借りて、そこから通って勉学に勤《いそ》しんでいた。

「ともかく会ってみよう」

淡窓がうなずくとななは玄関へと向かい、間もなくふたりが書斎に通された。臼井佳一郎は二十三、四歳。月代《さかやき》をきれいに剃《そ》り、折り目正しい羽織袴《はおりはかま》姿だった。細面《ほそおもて》で鼻筋がとおったひきしまった顔立ちで、見るからに俊秀《しゅんしゅう》そうだ。

その後ろに控えたほっそりとした女は、佳一郎よりも二、三歳年上に見える。千《ち》世《せ》という名らしい。佳一郎とはあまり似ていない瓜実顔《うりざねがお》の丸みのある頰《ほお》が、寒気の

中を歩いてきたためかほんのり赤みを帯びている。目は黒々として深い色を湛《たた》え、剃り落とした眉の跡が青々としている。淡窓は、

――蛾眉青黛《がびせいたい》

という言葉を思い浮かべた。蛾眉を剃り青い顔料で眉の形を描いていた。古代中国の女性は、美しい女性を表す。

淡窓は千世を見た時、なぜか懐かしいひとに会ったような気がした。それが誰なのか思い出そうとしているうちに、佳一郎は入門願いを述べ始めた。淡窓が予想した通り、快活でのびやかな声音《こわね》だった。

「それがしかねてから、咸宜園で学びたいと念じておりましたが、姉も同様の思いを抱《いだ》いておりまして、まことに不遜《ふそん》かとは存じましたが、入門のお願いに参上いたしました」

咸宜園への入門は紹介者がいなければ認められない。佳一郎が持参したのは広島藩医大原真斎《おおはらしんさい》からの紹介状だった。だが、紹介状には佳一郎のことが書かれているだけで、千世については触れられていない。

「姉上殿については、紹介状にないようだが」

淡窓が訊《たず》ねると、佳一郎は当惑した表情を見せた。

「なにぶんにも姉がともに参ることが急に決まりましたゆえ、姉の紹介状までお願

いいたす暇《ひま》がございませんでした。紹介状が無ければ入門はかなわないのでしょうか」

「いや、そういうことではないが」

もともと紹介状は他国の者を塾に住まわせるにあたって、代官所《だいかんしょ》に身元を明らかにするために必要としたのである。女人の場合、入門しても通いになるため、それほど厳密に求められない。淡窓がそのことを告げると、佳一郎と千世は顔を見合わせた。

「それでは、姉は入門を許されましても、塾に住まうことはかなわぬのでございますか」

佳一郎はすがるように淡窓を見た。淡窓は苦笑して、

「そういうことだが、日田は商家の多いところでな、わたしから話せば通いの門人を預かってくれるところもある」

と言い添えた。佳一郎と千世はほっとした表情になって手をつかえた。

「さようにお計らいくださりますればありがたく存じます」

「いや、まだ入門を許したわけではありませんぞ。その前に質《ただ》しておきたいことがある」

淡窓はそう言うと、千世に顔を向けた。

「女性《にょしょう》の身で、はるばる遠国《おんごく》まで来られて学ぼうと思い立った所存をおうかがいしたい」

千世は視線を落として少し考えていたが、やがて顔を上げて、

「わたくしはふつつか者にて、夫より離縁された身でございます。これから、どのように生きて参ればよかろうかと思案しておりましたところ、先生の詩を知る機会を得たのでございます」

と答えて、淡窓の詩を詠じた。〈隈川雑詠《くまがわざつえい》〉の中の一首である。

少女　春に乗じて画欄《がらん》に倚《よ》り
哀箏《あいそう》何事か　風に向かって弾ずる
遊人棹《さお》を停《とど》めて　清唱を聴き
省《かえり》みず　軽舟《けいしゅう》の流れて灘《たん》を下るを

春に少女が美しい欄干《らんかん》に身を寄せ、風に向かって哀《かな》しげに琴を弾《ひ》いている。舟遊びをしているひとが棹を止《とど》めて清らかな歌声に聴き入るあまり、乗っている小舟が早瀬に流されているのにも気づかない、という詩である。

「わたくし如《ごと》きが申し上げますのは憚り多いことではございますが、まことに美し

く澄んだ光景を目の当《ま》たりにいたした思いでございました。このような心境に至ることができますならば、わたくしも自らの迷いも晴れようかと存じた次第でございます。詩はわたくしの生きる縁《よすが》になろうかと存じました」

千世は物思いにふけるかのような面持《おもも》ちで言った。詩は生きる縁だという言葉が淡窓の胸に沁《し》みた。

「詩にある少女をどのように思われたかな」

「まことに清らかで儚《はかな》げな娘であろうか、と存じました」

さようか、とうなずいて淡窓は再び千世に目を向けた。

「もう二十八年も前になるが、詩に詠《うた》ったのは、他界したわたしの妹秋子《ときこ》の面影なのです」

「亡くなられた妹様の――」

千世の目に悲しみの色が浮かんだ。その面差《おもざ》しを見て淡窓は、

（やはり似ている）

と思った。淡窓は先ほどから千世が秋子に似ていると感じていた。二十二歳で亡くなった秋子の面影が胸に思い起こされる。

秋子は淡窓より二歳年下の妹である。元の名をアリという。

　享和《きようわ》三年（一八〇三）癸亥《みずのとい》五月、二十二歳の淡窓は実家近くの子供たちを集め、講義をしていたが、流行《はや》っていた麻疹《はしか》に罹《かか》って苦しんだ。もともと病弱な淡窓だけに、生命も危ぶまれたが、この時、淡窓を看病していたアリは淡窓が苦しんでいるのを見て、

「兄の身代わりになりたい」

という誓願を立て、近くの永興寺《ようこうじ》に行き、高僧豪潮律師《ごうちようりつし》の加持《かじ》を受けた。淡窓は誓願のことを聞いて驚き、思い止まるように言ったが、アリは、

「兄様《あにさま》の病《やまい》が治るのであれば、わたしの命は惜しくありません。兄様が助かり、わたしも死なずにすんだ時は、出家して仏恩に報《むく》いたいと思います」

と笑って諾《うべな》わなかった。やがて淡窓の病が癒《い》えると、アリは言葉通り尼僧になろうとした。家族は懸命に止めたが、アリの覚悟は揺るがなかった。このため家族が困り果てていると、そのことを伝え聞いた豪潮律師が、

「誓願を果たすというのならば、他にも道はある」

と諭《さと》して、かねてから交際のある京・禁裏《きんり》の女官風早局《にょかんかざはやのつぼね》に仕えることを勧めた。風早局は仏教に帰依《きえ》するところが深く、身の周りに同じ志を持つ女人を置きたいと願っているのだという。アリが尼僧にならずにすむのなら、と家族はこの話を喜んだ。

こうしてアリは京に上り、風早局から秋子という名をいただき、仕えることになったのである。しかし、仕えて二年後、風早局が熱病に罹った。秋子の懸命の看病も空《むな》しく、風早局は発病してから二カ月ほどで亡くなってしまった。

悲嘆にくれた秋子はすぐに髪を下ろして尼となったのだが、風早局の葬儀を終えた後、今度は秋子が発病した。風早局を看病する間に感染していたのだろう。秋子は、風早局が亡くなってひと月後には息を引き取った。

この報《しら》せを聞いた淡窓の嘆きは一通りではなかった。自分が重い病を患《わずら》った時、秋子が淡窓の身代わりになってでも命を助けたいと誓願を立ててくれたことが思い出された。淡窓には、秋子が身代わりになったように思えた。悲しみは骨身にこたえるほどで、日記には、

――予《よ》、生来死別ノ悲、是《これ》ヲ以《もつ》テ第一トス

と記した。

それほど自分を大切に思ってくれていた秋子に、千世はよく似ている。面差しだけではなく、物腰や声まで似通っているように思える。

(ひょっとしたら、秋子の魂《たましい》が戻ってきてくれたのではないか)

そんな考えすら淡窓の胸に湧いた。このため、淡窓は紹介状の不備は咎《とが》め立てせ

ず、すぐさまふたりの入門を許し、さらに千世の寄宿先として実家の広瀬家を世話しようとまで言った。すべては秋子への追悼の思いがさせたことであった。

佳一郎と千世は喜んで宿へ戻っていったが、ふたりを見送ったななは憂《うれ》い顔をして書斎に来た。うかがうような目で淡窓を見ている。何か言いたげな様子だ。

「どうしたのだ」

淡窓が訊くと、ななは表情を曇らせた。

「あのおふたりには、気になるところがございます」

「いわくありげだとでも言うのか」

淡窓も薄々感じ取ってはいた。千世は離縁して生き惑ったと話していたが、なぜそのようなことになったのだろうかと訝《いぶか》しく思ったのは確かだ。

仮に千世が言うのがまことだとしても、女人の身で遠国にまで勉学に来るのはよほどの事情があるとしか思えない。ふたりの入門を許したものの、わずかな疑念が淡窓の胸にあった。

「あの方たちは、まことに血のつながった姉弟でございましょうか」

ななは思い切ったように言った。

「違うというのか」

目を瞠《みは》る淡窓に、ななは物思わしげにうなずいた。

「わたしには、仲のよい姉と弟に見えたが」

淡窓が呆然《ぼうぜん》と言うと、ななはゆっくりと頭《かぶり》を振った。それ以上、口には出さなかったが、ふたりの様子に何事かを見て取ったようだ。

淡窓は苦《にが》い顔になって、いま辞去《じきょ》したばかりの千世の顔を思い浮かべた。もし、ななが察した通り、千世に不審なところがあるのなら、秋子の思い出までが汚《けが》されてしまう。淡窓は、

「少女　春に乗じて画欄に倚《よ》り　哀箏《あいそう》何事か　風に向かって弾ずる――」

と自らの詩をつぶやいた。

詩の光景に浮かぶ少女の顔に秋子を重ねて淡窓は遠くを見る目をした。

二

この日の昼近くになって、読書を続ける淡窓にななが声をかけた。

「久兵衛《きゅうべえ》殿がお見えです」

「そうか。ちょうどいいところに来てくれたな。いずれにしても千世殿のことは久兵衛に相談しておかねばなるまいからな」

久兵衛は淡窓の八歳下の弟で家業を継いでいる。淡窓の実家は屋号を博多屋《はかたや》と称

し、日田代官所出入りの御用達商人《ごようたし》として財をなしてきた。

本来なら長男である淡窓が六代目として家業を継ぐのが順序なのだが、生来の病弱もあり、学問の道へ進んだこともあって、言わば久兵衛に押し付けた形となっている。

久兵衛は謹厳実直に商売に励み、実家を繁栄させてきた。それだけに、淡窓は時に久兵衛に頭が上がらないと思うことがある。もっとも、これは久兵衛も同じで、学者、詩人としての淡窓を畏敬《いけい》し、常に兄というより尊師に対するように接していた。

千世のことを頼めば久兵衛はふたつ返事で引き受けてくれるだろう。だが、ななは困惑したように告げた。

「久兵衛殿はお急ぎのご用がおありのようでございます」

「そうか」

淡窓は眉をひそめた。久兵衛が淡窓のもとに時ならぬ訪問をするのは、芳《かんば》しからぬ用事であることが多い。久兵衛自身、そのことを心苦しく思っているようだが、如何《いかん》ともし難い立場であることは淡窓もよくわかっていた。

久兵衛の訪れを告げるななの顔に心なしか翳《かげ》りがあるのは、久兵衛の胸のうちを察しているからだろう。

「久兵衛が昼食《ひる》をすませておらぬなら、ともにしよう」

淡窓がさりげなく言うと、ななは淡窓と久兵衛のために昼の膳を書斎に運ぶつもりなのだろう、すぐにわかりましたと返して立ち上がった。

間もなく久兵衛が書斎に入ってきた。縞《しま》の着物に羽織を着ている。膝を正して淡窓の前に座り、頭を下げた。今年四十四歳になる久兵衛は、眉が濃く、ととのった目鼻立ちをした男ざかりだ。重々しく光る目が賢明さをうかがわせる。

淡窓がほっそりとしてやさしげな風貌《ふうぼう》であるのとは対照的だった。久兵衛は家を出る前、女房に髷《まげ》をととのえさせたのか、鬢付《びんつ》け油の匂《にお》いを漂わせている。

「兄様、昼時に申し訳ございません」

久兵衛は昼の食事時に訪れた詫《わ》びをよく通る声で言った後、しばらく困ったように口をつぐんだ。久兵衛の顔つきを見ただけで用件がわかる気がした。多分、西国《さいごく》郡代《ぐんだい》の塩谷大四郎《しおのやだいしろう》から何事かを命じられてきたのだ。

日田は幕府直轄地の天領《てんりょう》である。北部九州の中央に位置し、筑前《ちくぜん》、筑後《ちくご》、豊《ぶ》前《ぜん》、肥後《ひご》と日田を結ぶ〈日田街道〉が通る交通の要衝だ。美しい山系に囲まれ、河川が多い風光明媚《ふうこうめいび》な水郷であり、〈豊後の小京都〉とも呼ばれる。西国郡代は日田の代官所にあって九州の天領十五万石を差配すると同時に諸大名にも睨《にら》みを利《き》かせている。言わば幕府の九州探題《たんだい》であった。

「まだ昼食は食べておらんのだろう。用意するよう言いつけたゆえ、一緒にどうか」

淡窓の誘いに、久兵衛はちょっと戸惑った顔になったが、

「用件を申し上げてから、いただきましょう」

と頭を下げ、思い切ったように言葉を続けた。

「実は郡代様からのお達しをお伝えに参りました」

「さようなことであろうと思っていた」

淡窓が苦く笑うと、久兵衛もわずかながら頬をゆるませた。いつもの久兵衛なら冗談のひとつも言って座をなごませようとするのだが、今日はそんな様子はない。

塩谷郡代は遣《や》り手の為政者で、着任後、日田の〈小《お》ケ《が》瀬《せ》井《い》手《で》〉の開削《かいさく》工事を行い、さらに豊前海岸の新田開発では千数百町歩《ちょうぶ》の開拓を成功させている。

いずれも莫大な費用と延べ数十万人に及ぶ人夫《にんぷ》を必要とする大規模な工事だった。これを塩谷郡代の命により、実際にやり遂げたのが久兵衛である。それだけに久兵衛は代官所との関わりが密接で、淡窓と塩谷郡代の間に立ち、苦慮するところが大きい。

（よほどのことなのだ）

淡窓は覚悟した。咸宜園に関することであるのは間違いなかった。久兵衛は唇《くちびる》を

湿《しめ》らせてから、

「近頃、咸宜園の門人が減っているのは、兄様が隠退され、旭荘《きょくそう》に代わったためゆえ、郡代様には再び兄様に塾政を執《と》るようにとの仰《おお》せでございます」

と告げた。旭荘は淡窓の末弟で名を謙吉《けんきち》という。三年前の文政《ぶんせい》十三年（一八三〇）、淡窓は旭荘に咸宜園の運営を譲って隠退し、講義だけを行うようになっていた。

塩谷郡代は塾の運営を任せた旭荘を外《はず》し、淡窓自らが運営にあたるよう命じてきたのだ。

（――また、官府《かんぷ》の難か）

淡窓は目を閉じた。二年前、天保二年四月から〈官府の難〉は続いていた。私塾である咸宜園に対する塩谷郡代からの干渉、介入である。

「咸宜園は旭荘に委《ゆだ》ねたのだ。いまさらわたしが戻るわけにはいかない」

淡窓がうめくように言うと、久兵衛は同意するようにうなずいた。

「さようであろうと思っておりました」

「どうすればよい」

訊ねられて久兵衛が首をかしげた時、ななが膳を運んできて、ふたりの前に置いた。麦飯に干魚《ひざかな》、茄子《なすび》の漬物だけという質素な昼食だった。

淡窓と久兵衛は手を合わせてから、黙って箸《はし》を取った。久兵衛は干魚を健康そうな歯で嚙《か》み砕《くだ》き、漬物をつまんで、すぐに飯を食べ終えると両手を膝に置いて、食の細い淡窓が食事をすますのを待った。昔からずっとそうだっただけに、淡窓は待たれているのも気に障《さわ》らない様子でゆっくりと昼食を終えた。

ななが持ってきた茶を淡窓がひと口飲むのを待ってから、久兵衛は話をつづけた。

「やはり、兄様の病気を理由にしばしのご猶予《ゆうよ》を願うしかありますまい」

「そうか。しかし、いくら引き延ばしても郡代様はお諦《あきら》めにはなられまい」

「さようですが。粘《ねば》り強く耐えて、時を待つしかありませぬ。上がらぬ雨は無いと申しますから」

久兵衛は慰《なぐさ》めるように言った。

「雨か――」

つぶやきながら、淡窓は来《こ》し方《かた》に思いを馳《は》せた。

咸宜園を開いたのは十六年前の文化《ぶんか》十四年（一八一七）である。この年、日田に新しい代官として塩谷大四郎が着任した。塩谷代官はそれまで幕府の勘定吟味《かんじょうぎんみ》改役《あらためやく》を務め、日光東照宮の造営などにあたっていた。この年、四十九歳。

淡窓は新たな代官の赴任を聞いても、あらためて挨拶《あいさつ》に出向くことはなかった。淡窓は、塩谷代官を敬して遠ざけることにしたのだ。塩谷代官は着任した際、日田の主立《おもだ》つ者が誰も出迎えなかったことに腹を立て、

「事と次第によっては入牢《にゅうろう》を申しつける」

と言い出し、周囲の者が懸命になだめてようやく事無きを得たという噂《うわさ》を耳にした。それから、二年たって、淡窓が三十八歳の時、父三郎右衛門《さぶろうえもん》が羽織袴で威儀を正して咸宜園を訪れた。塩谷代官の命を伝えに来たという。

「お代官様には、そなたを家臣として召《め》し抱《かか》え、咸宜園をさらに盛んにしたいとの思《おぼ》し召しだ」

三郎右衛門は重々しく言った。

「わたしの塾はすでに門人も増えつつあり、お代官様に仕えずとも自分の力でやっていけます」

淡窓が当惑した顔を向けると、三郎右衛門は手を上げてなだめた。

「わかっておる。だが、お代官様は、そなたを家臣の列に加えることで、咸宜園の興隆をご自分の手柄とされたいのだ」

「そのために塩谷様の家来にさせられるのですか」

望みもしないことを伝えられて淡窓は嫌《いや》な顔をした。すると三郎右衛門は声を低

めた。

「博多屋は代官所御用達だ。お代官様の意向に逆らえぬことはそなたもわかっておろう」

父にそうまで言われては、淡窓も拒《こば》むわけにはいかなかった。

淡窓が代官所に出向いた日は、朝から細い雨が降っていた。

日田代官所は月隈山《つきくまさん》の麓《ふもと》の、以前は平山城《ひらやまじろ》だった跡地にある。正面に長屋門と門番詰所《つめしょ》があり、その奥に長屋が並んで役所と奥向きの建物へと続いている。

淡窓は笠《かさ》をかぶり、蓑《みの》をつけていったが、門が見えるあたりで脱いで家僕《かぼく》に渡して、雨に濡《ぬ》れながら代官所の門をくぐった。着物が濡れそぼち、体が冷え切って震えがきたが、玄関脇の部屋で衣服を拭《ぬぐ》い、身繕《みづくろ》いをしてから長い廊下を通って広《ひろ》縁《えん》へまわった。

薄暗い執務室の中に塩谷代官はいた。彫《ほり》の深い顔立ちで目が鋭く、広縁に控えた淡窓を見た目が光ったように見えた。

「広瀬求馬か。よう参った」

塩谷代官の甲高《かんだか》い声が響いた。庭先に霧のような雨が降り続いている。塩谷代官は淡窓を見据え、

「その方のような学者を家臣といたすのは、他の天領でも例のあることだ。わしが

妄《みだ》りにいたすわけではないと心得《こころえ》よ」

とひややかな声で言った。傍《かたわ》らに塩谷代官の用人宇都宮正蔵《ようにんうつのみやしょうぞう》が控えており、

「広瀬殿は本日より用人格として、それがしの次席になる。さよう心得られよ」

と言い渡した。この時まで淡窓は、家臣とはいっても形式的なものに過ぎないのではないかと半《なか》ば期待していた。だが、実際には代官所への出仕をしばしば求められることになった。塩谷代官が出張するおりには、玄関式台で拝して見送ったうえ、終日代官所に詰め、帰館を出迎えるよう求められた。塩谷代官への講義を命じられることもあり、単なる家臣としての扱いだった。咸宜園の講義に差し障りがあったが、顧《かえり》みられはしなかった。

塩谷代官が咸宜園に関わったことで、淡窓が得たものはただ徒労を積み重ねていくという苦痛しかなかった。

日田代官所に着任して後、文政四年（一八二一）には塩谷大四郎は西国郡代に昇格し、布衣《ほい》を許された。塩谷郡代による咸宜園への干渉はさらに強まっていくことになった。

（あの日、代官所を訪れた時の雨がいまもずっと降り続いているような気がする）

咸宜園の塾政を旭荘に譲った淡窓は、隠退の身であるとして塩谷郡代のもとには

出仕していない。しかし、その干渉はいまなお降り止《や》まぬ雨のように鬱陶《うっとう》しく続いているのである。はたして止むことはあるのだろうか。不意に虚《むな》しい思いが淡窓の胸に去来した。久兵衛はそんな淡窓を心配げに見つめた。

「兄様、郡代様の仰せについて、謙吉には如何様《いかよう》に伝えまするか」

淡窓はしばらく考えてから口を開いた。

「わたしが話しておこう。咸宜園に関わることを旭荘に言わぬわけにはいかぬであろうからな」

旭荘は温厚な淡窓とは違い、剛毅《ごうき》な性格である。塩谷郡代が、塾政から離れるよう旭荘に求めていると知れば激昂《げっこう》するに違いない。

淡窓は気が重かった。

三

淡窓は講義が始まる時刻を見計らって講堂に行った。講堂では旭荘が塾生たちを前に講義を行っていた。淡窓が入ってきたのを見て、旭荘はわずかに訝しげな表情を浮かべたが、すぐに講義に集中した。旭荘はこの年、二十七歳。眉が太くあごがはった精悍《せいかん》な顔つきをしている。十歳のころ、淡窓の門に入り、その後、福岡の亀《かめ》井昭陽《いしょうよう》の塾に進んだ。

文政六年（一八二三）、四十二歳となった淡窓は子がないことから、末弟で、門下でも学才第一と称せられた旭荘を養子とした。

淡窓の詩が平明にして澄んだ美しさを湛えるのに対して、旭荘の詩は縦横に才気が横溢《おういつ》する。咸宜園を託すに足る人材だったが、曲がったことを嫌《きら》う気性は塩谷郡代の干渉に反発し、軋轢《あつれき》を生むことになった。そのことを咎めるわけにはいかないが、一方で、

（時には、風を避けるために身を屈《かが》めることも必要ではないか）

と思う。しかし旭荘が受け入れないであろうことは予測がついた。淡窓は物思いにふけりつつ講義が終わるのを待った。この日、旭荘が講じているのは、荻生徂徠《おぎゅうそらい》が『弁名《べんめい》』で説く、

――聖人の道、六経《りっけい》の載《さい》する所はみな天を敬するに帰せざる者なし

だった。六経とは、『詩経《しきょう》』『書経《しょきょう》』『礼記《らいき》』など儒教の基本経典の総称である。徂徠はその根本を〈敬天〉においている。その説は淡窓も同じくしていた。

淡窓は十六歳の時、昭陽の父である亀井南冥《なんめい》の塾に入門して荻生徂徠の系譜に連なる徂徠学を三年にわたって学んだ。しかし、淡窓にはわずかながら徂徠の考え方に対して批判があった。徂徠学は、ややもすれば政治学に傾き、聖人君子の道であ

る儒教から遠ざかることへの不満だった。

政治の実践に関わる者は、時に道徳をなおざりにし、功利損得へと流れる。そのことが政治の堕落へとつながる、と淡窓は思う。だからこそ迂遠《うえん》なようでも人格の涵養《かんよう》はおろそかにできないというのが淡窓の主張だった。だが、いま旭荘の説くところを聞けば、徂徠学そのものであるようだ。

淡窓は憮然《ぶぜん》たる思いを抱きながら待った。やがて講義が終わると、塾生たちが座を立つ中で、通いの門人である宇都宮茂知蔵《もちぞう》が淡窓の傍らに来て座った。

茂知蔵は塩谷郡代の用人宇都宮正蔵の息子である。茂知蔵はまだ二十歳そこそこの若者で、青白くのっぺりとした顔をしている。淡窓に作り笑いを浮かべて、

「先生、お体の具合はいかがでございますか。近頃熱を出され、講義も控えておられるとうかがいましたが」

と声をかけてきた。淡窓は、ふむ、と口の中でうなるように返事をした。茂知蔵は薄い唇を開いて、盛んに淡窓の健康を気遣った後に、

「ところで、郡代様の思し召しは先生のお耳に届いておりましょうか」

と顔色をうかがうように訊いた。

「今朝《けさ》、久兵衛から伝え聞いた」

淡窓は短く答えながら、不快な思いを隠せなかった。二年前に起きた最初の〈官

府の難〉は、この茂知蔵の処遇をめぐって塩谷郡代から干渉があったからだ。

天保二年（一八三一）四月二十八日――、塩谷郡代は前年に新しい塾政となった旭荘に対して、月旦評《げったんひょう》と塾内での職務分担表の提出を求めた。月旦評は淡窓が行った独自の教育法だった。

淡窓は塾の運営に於《お》いて、入門者に対して、まず「三奪《さんだつ》」ということを行った。入門するにあたって、年齢、学歴、身分の三つを奪って平等とし、同じところから出発させるのだ。このことは武士、農民、町人の身分差がつきまとう社会の中にあって、容易に成し難いことであった。

月旦評とは、月初めに塾生の前月の評価を行い、これによって四等級（後に九等級に変更）に分けることをいう。さらに成績によって塾内の都講《とこう》、講師、舎長《しゃちょう》、司《し》計《けい》などの役職を分掌《ぶんしょう》した。

成績至上主義のようだが、淡窓の評価は厳正であり、学問だけでなく日頃の素行も評価の対象だった。身分制に縛《しば》られない中での月旦評は一人ひとりを平等に評価することであり、塾生たちを発奮させた。咸宜園の名は、『詩経』の「玄鳥篇《げんちょう》」にある、

――殷《いん》、命を受くること咸《ことごとく》宜《よろ》し、百禄是何う《ひゃくろくこれにな》

を出典とする。「ことごとくよろし」を塾名に掲《かか》げたのは、身分の差別なく塾生を受け入れたためで、天領日田での私塾ならではの自由さを表していた。月旦評は咸宜園の学風の根幹を成すものであったが、塩谷郡代は、

「不審がある」

として提出させた。茂知蔵が、他の日田代官所役人の子弟に比べて職務の分掌に於いて不当に低く評価されている疑いがあるという。

茂知蔵の父正蔵は、塩谷郡代が江戸から伴なった家臣であり、身内であると言ってもいい間柄だった。それだけに塩谷郡代は、咸宜園で茂知蔵の評価が低いことに、かねてから不満を抱いていたのだ。月旦評と違い、職務はさほど高下《こうげ》の差があるわけではないことを旭荘は説明したが、塩谷郡代は納得せず、淡窓が日記に、

――憤怒《ふんぬ》ヲ発シ

と記すほどの憤《いきどお》りを見せて、代官所の子弟で咸宜園に通っている者を全員引き揚げさせた。淡窓はやむなく門を閉じ、咸宜園での講義も中止して謹慎した。

久兵衛らが心配して取り成したが、塩谷郡代の怒りは収まらず、休講は五日間に及んだ。淡窓が病の身を押して代官所まで謝罪に出向き、ようやく茂知蔵らが復学して講義も再開されたのである。

その時のことを思い出すと、淡窓は茂知蔵が疎《うと》ましかった。だが、茂知蔵は淡窓の胸中など察する由《よし》もなく、したり顔で話を続けた。

「先生が隠退なされてから、咸宜園の評判は下がる一方でございます。郡代様はそのことを案じておられるのです。なんと申しましても、旭荘先生はお若く、先生に比べると、見劣《みおと》りいたしますから」

媚《こ》びるような物言いをする茂知蔵から、淡窓は目をそらした。

「旭荘に至らぬところもあろうが、わたしが病身である以上、後を託すのは旭荘以外にはおらぬ。そこのところを郡代様におわかりいただけるとありがたいのだがな」

「さて、どうでありましょうか。なにせ、入門者が減っておるのが、咸宜園が衰退いたしておる何よりの証《あかし》でございますから」

ひややかな顔で茂知蔵はあげつらった。自らが通う塾の盛衰を師に向かって口にするのは不謹慎と言うほかないが、代官所用人の息子とあっては叱り飛ばすわけにもいかない。

淡窓は苦々しい思いを抱いた。

九州では筑前の亀井南冥、豊後の帆足万里《ほあしばんり》の塾が盛大とされていたが、門人は多い時でも三十人ぐらいだった。だが、咸宜園の門人は増え続け、諸国から入門を望む者が絶えず、百人を超えることもしばしばだった。咸宜園の成功は類例の無いものだった。

かつてほどではないにしても、今年の入門者も六十二人に及んでおり、咸宜園の評判が他塾に比べて劣っているとは言えない。

「先生が再び塾政を執られることを、われら心より望んでおります」

茂知蔵はわざとらしく頭を下げた。不愉快極まりなくなった時、淡窓は旭荘が居室に戻ろうとしているのに気づいて、あわてて後を追った。

旭荘は淡窓が来るのを講堂の外で待ち受けていた。何も言わず、旭荘は淡窓とともに別棟の居室に入った。座って向かい合うなり、旭荘はすまなさそうに言った。

「ご用がおありだとはわかっておりましたが、塾生の前ではうかがわぬ方がよいと思いまして」

「いや、すまぬ。わしの思慮が足りなかった」

淡窓は苦笑した。講堂に赴《おもむ》かなければ茂知蔵にも会わず、不快な思いをしないですんだものを、と悔いた。そして、師弟の間柄がこのような有様《ありさま》では、私塾としての繁栄を誇ることなどできない、とあらためて反省もした。

淡窓はしばらく黙った後、気になっていることをまず訊いた。

「先ほどの講義だが、あれは昭陽先生の説か」

旭荘は、目を伏せた。

「申し訳ございません。御説とは違うと存じておりますが、宇都宮がおりましたゆえ、わざと、あのように説きました」

そうか、と淡窓は納得する思いだった。幕府が〈寛政異学の禁《かんせいいがくのきん》〉により、徂徠学を禁じたのは四十三年前の寛政二年（一七九〇）庚戌《かのえいぬ》、淡窓が九歳の時である。

筑前福岡藩では、ふたつの藩校のうち西学問所の甘棠館《かんとうかん》で亀井南冥が徂徠学を講じた。だが、南冥は、豪放な性格が禍《わざわい》して藩内に敵が多く、〈異学の禁〉が南冥攻撃の口実となった。寛政四年壬子《みずのえね》には咎めを受けて蟄居《ちっきょ》の身となり、食禄《しょくろく》も召し上げられた。

淡窓が亀井塾に入門したのは寛政九年丁巳《ひのとみ》、十六歳の時で、入塾して一年後、塾がある福岡の唐人町《とうじんまち》一帯で火事があり、塾と住家、さらに甘棠館までが焼失した。

南冥は一里（約四キロメートル）ほど離れた場所に居を移し、細々と家塾を続けたが、門人は減少した。南冥は不遇のまま十六年後、自宅の火災で焼死した。

淡窓は南冥の悲運をつぶさに見ていた。旭荘が亀井塾で学んだ徂徠学を講じることにこだわるのは、伝え聞く南冥の不遇と、塩谷郡代から圧迫されつつある自らとを重ね合わせたからだろう。

また、政治学として為政者の責任を問う徂徠学を茂知蔵に聴かせることで、塩谷郡代への批判としたかったのかもしれない。もっとも、いまだ学問が至らない茂知蔵には、旭荘の高邁《こうまい》なあてこすりは通じていなかったようであるが。

淡窓は先ほどの茂知蔵の様子を思い出して苦笑を禁じ得なかったが、旭荘の塩谷郡代への反発が大きくなっていることは危惧《きぐ》された。

塩谷郡代との間に齟齬《そご》が生じることは、実家である博多屋の家業を損《そこ》なうことにもなりかねない。しかし、そのことを言うには二十七歳の旭荘は若すぎる。どう切り出したものかと迷っていると、旭荘が口を開いた。

「郡代様がわたしの解任を求めてこられたのではありませんか」

「誰からそのことを聞いたのだ」

淡窓は意外そうな面持ちをして問い返した。

「宇都宮が講義の始まる前に、さようなことを思わせぶりにわたしに告げたのです。それで、為政者の勝手な振舞いを難じたいと思い、徂徠学を講じたのです」

旭荘はかすかに笑った。

「そうか――」

「いかがされますか。わたしは退《ひ》いてもよいのですが」

旭荘は憂鬱《ゆううつ》そうに言った。

「久兵衛とも話したのだが、わしが病身ゆえ、塾政を執ることはできないと申し上げて、しばらくは時を稼《かせ》ごうかと思うておる。その間に郡代様のお考えも変わるかもしれぬゆえな」

「さて――」

旭荘は、そんなことをしても無駄だろう、と言いたげな表情をしたが、何も言わなかった。ただ、虚しそうに目を宙《ちゅう》に向けただけである。しばらく黙ってから、ぽつりと言った。

「わたしはいずれ、京か大坂へ遊学させていただきたいと思っております」

淡窓は眉をひそめた。

「咸宜園から出ていくというのか」

「日田に居る限り、実家の商売の成り行きも案じねばなりません。それは学問の道とは違うのではありますまいか」

旭荘の声はひややかだった。実家の商売への影響を考えて塩谷郡代の顔色をうかがい、ともすれば膝を屈することを繰り返してきた淡窓に対する批判が籠《こ》められているように感じる。

「遊学いたしたいのなら、それもよいが」

淡窓は言い淀《よど》んだ。旭荘の言う通り、学者として生きようと思うなら、京、大坂に出て学塾を開くべきなのかもしれない。自分が日田に留まって塾を続けているのは、実家の援助が得られなくなることを恐れての安逸《あんいつ》な気持に傾いているからなのだろうか。

——いや、違う。

淡窓は胸の中でつぶやいた。どのように違うかを説明することができないもどかしさを淡窓は感じていた。

四

三日後、千世がひとりで博多屋を訪れた。

この日、臼井佳一郎は正式に咸宜園に入門した。千世も受講することを許されたが、そのために久兵衛が千世の身柄を預かることになったのである。博多屋に住み込み、女中の行儀作法の躾《しつけ》と帳付けを手伝いながら咸宜園に通うのだ。博多屋を訪れた千世は、店の間口《まぐち》の広さ、格式、奉公人の多さに目を瞠った。

日田商人のうち、代官所御用達の富商は、七、八軒あり、〈七軒衆《しちけんしゅう》〉、〈八軒士〉などと呼ばれる。広瀬家もその中に数えられるが、日田地生《じば》えの商人ではなく、初代五左衛門《ござえもん》が百六十年前の延宝《えんぽう》元年（一六七三）に筑前福岡から移住して田畑を耕し、傍ら小さな商《あきな》いを行った。

二代目源兵衛《げんべえ》の時に代官所への出入りを許され、しだいに商売を大きくしていった。淡窓の祖父である三代目久兵衛の時に財をなし、家作や田畑、山林なども買い入れた。

淡窓の伯父平八《へいはち》が四代目を継ぎ、岡《おか》、杵築《きつき》、府内《ふない》三藩の御用達となり、〈大名貸し〉など金融業も行うようになった。

淡窓の父三郎右衛門が五代目を継ぎ、鹿島《かしま》藩、大村《おおむら》藩の御用達も務めるようになったのである。六代目の久兵衛は日田代官所の年貢米の集荷、江戸、大坂への回《かい》漕《そう》、さらに納入された金銀を預かる掛屋《かけや》となった。掛屋は代官所から公金を無利息で預かり、大名や町人、農民に貸し付けることが認められていた。

これを日田金《ひたがね》と呼ぶ。日田金は代官所の公金であることから、借りた大名が踏み倒すことは決してない。そのため掛屋には畿内《きない》の社寺、公家《くげ》、九州各地の富豪からも資金が流れ込んだ。日田金は総額二百万両に及び、このうち百万両が〈大名貸し〉にまわったという。

掛屋になることは巨富を約束されることであり、久兵衛は塩谷郡代から命じられた数々の難工事を成功させたことで、博多屋を繁栄させていた。

奥座敷に通された千世に、久兵衛は丁寧《ていねい》に挨拶した。

「兄からうかがっております。よろしくお願いいたします」

「ご迷惑をおかけいたし、まことに申し訳ございません」

千世が低く頭を下げると、久兵衛は笑った。

「咸宜園に関わることで、迷惑と思うことなどわたしにはありません」

千世は顔を上げた。

「まことにお兄様思いでいらっしゃること、感じ入ります」

感心して言う千世に、久兵衛は手を振った。

「兄は幼少のころから神童と言われたひとです。わたしが兄のために働くのは当たり前のことなのです」

そう言って、久兵衛は淡窓にまつわる話をした。

「兄は七歳の時、父から『孝経《こうきよう》』の素読《そどく》を受け、八歳で『四書』の素読を終えました。近くの寺の住職から『詩経』を教わり、九歳のころには地元の儒者から『漢書《かんじよ》』『文選《もんぜん》』を学び、十歳でたまたま日田に寄寓《きぐう》していた儒者から詩作の手ほどきを受けたのです」

「なんと早熟であられますことでしょう」

「麒麟児《きりんじ》などとも呼ばれていたということです。十二歳の時には詩才を発揮し、そのころ日田を訪れた高山彦九郎《たかやまひこくろう》という尊王家の方は、兄が一日百首の漢詩を作ったことに驚かれ、和歌を兄に贈って詩才を讃《たた》えたそうです」

久兵衛は彦九郎の和歌を詠じた。

——大和《やまと》には　聞くも珍し珠《たま》をつらね　一日《ひとひ》に百《もも》の唐歌《からうた》の声

淡窓のことを語る久兵衛の言葉の端々《はしばし》に、畏敬の念が感じられる。

「兄の学問は、商売では見ることのできない世の中をわたしに見せてくれます。わたしはそのことを楽しんでいるのです」

「学問を楽しまれていると言われますか」

千世は怪訝《けげん》そうな顔を向けた。

「さようです。生きることに値打ちがあるのだ、と教えてくれるのが学問ではありますまいか。おのれが生きることが無駄ではないと知れば、おのずから楽しめるというものです」

久兵衛は静かな眼差《まなざ》しで千世を見つめた。千世は目を伏せた。

淡窓に感じた気高《けだか》さを、商人である久兵衛もまた持っている。兄弟であれば、当然かもしれないが、千世には不思議なことに思えた。

「しかし、こうしてお会いしてみると、兄があなたの入門を認めたわけがわかりました」

「それは如何《いか》なることでしょうか」

千世は訝しげに顔を上げた。

「わたしには秋子という六歳上の姉がおりました。京に出て禁裏の女官にお仕えしましたが、わたしが十六歳の時、流行病《はやりやまい》で亡くなりました。兄思いで、兄が大病を患った時、身代わりになりたいと誓願を立てたそうです。兄はいまも自分の身代わりで亡くなったと思っているのではありますまいか。あなたは姉によく似ておられる」

「姉様のことは先生からもうかがいましたが、そのような方にわたくしが似ているとはもったいのうございます」

「いえ、兄にとりましては、あなたに学問の道を開いて差し上げることができるのは、慰めになることだろうと思います」

久兵衛はしみじみとした声で言った。

千世は翌日から咸宜園に通った。通学している智白と智参という尼僧ふたりとともに淡窓から詩の添削《てんさく》を受けた。ふたりの尼僧は新たな女人の塾生と喜んで机を並べた。また、時に千世は講堂の隣室で襖《ふすま》の陰から旭荘の講義を聴いた。旭荘の講義は明晰《めいせき》で、わかりやすさに目を開かれる思いがした。

佳一郎が、講堂で千世と顔を合わせたおりに、

「それがしたちは、まことに果報者でございます」

と明るく声をかけてきた。佳一郎は常に物事の明るい面しか見ようとしない。九州まで旅する間に、千世はそのことを思い知らされていた。ため息をつく思いを抱きながら、

「ですが、これからが大変なのかもしれませんよ」

と声を低めて注意をうながすのだが、佳一郎は聞いても心に留める風ではない。

「何か心配事がおありなのですか」

「お気づきになりませんか」

千世は塾生たちの表情に不審を抱いていた。師である旭荘を始め、門人たちの顔にも心なしか翳りがほの見えるのだ。

「皆様、どことなくお顔の色が晴れぬように思えます」

千世が言うと、佳一郎は思いがけないことを聞いたと驚いたように、

「さようなことはないように思われますが。皆様、熱心に勉学に励んでおられますぞ」

と応じるだけだった。

しかしその後も、塾生たちは講堂の片隅などに寄り集まっては憂鬱そうな顔でひそひそと小声で話している。講義をする旭荘の声が沈んでいることも幾度となくあ

った。

　そんな重苦しい空気の中で宇都宮茂知蔵という古参の門人が他の塾生に対してわがもの顔に振舞うのを何度か見かけて、千世は眉をひそめた。

　茂知蔵が日田代官所の役人の子息だということは伝え聞いていたが、それにしても傲慢《ごうまん》に過ぎるのではないだろうか。それとなく智白と智参に訊くと、ふたりは表情を曇らせ、顔を見合わせた。

「なにぶんにも郡代様はお厳しい方のようでございますから」

「旭荘先生もご苦労が多く、お気の毒でございます」

　ふたりは、そう答えるだけで詳しいことを語ろうとしない。暗雲が学舎《まなびや》の清浄さを覆ってきているように千世は感じた。

　数日後、久兵衛のもとに茶を運んだ千世が何気なく、

「咸宜園の皆様はご心配事がおありなのでしょうか。心鬱《うつ》しておられるようにお見受けいたしますが」

　と口にすると、久兵衛は沈んだ声で答えた。

「わたしが至らぬため、兄様にご苦労をおかけしているのです」

　その声音の暗さに千世は驚いた。日田の豪商であるはずの久兵衛には、少しも傲《ごう》岸《がん》なところがない。ひたすら淡窓を敬い、咸宜園の行く末を案じているように思え

る。だが、久兵衛は、深い考えのもとにあえて動かず、何事かに耐え続けていこうとしているようでもある。

正月二十九日に旭荘が提出した月旦評は、塩谷郡代の意に沿わなかった。またしても茂知蔵の扱いが気に入らないと言うのだ。塩谷郡代は、再び代官所の子弟五人を塾から引き揚げさせた。淡窓は月旦評を作り直して謝罪し、一度は事無きを得たが、三月にも塩谷郡代は月旦評の提出を命じ、茂知蔵の評価が低いことを難じた。たまりかねた淡窓は、三月末、茂知蔵を進級させた。茂知蔵の実力が上がっていないことを承知のうえで、これ以上の面倒を避けるためだった。

これに対し、塩谷郡代からは茂知蔵の進級を祝う酒肴《しゅこう》が咸宜園に届けられた。その日、淡窓は、塩谷郡代から強要された理不尽《りふじん》な進級について日記に記した。

――塾法《じゅくほう》ノ頽壊《たいかい》スル所以《ゆえん》ナリ。嘆《たん》ズベシ。

雨、蕭々《しょうしょう》

一

雨が蕭々《しょうしょう》と降っている。

日田《ひた》盆地に降る雨は、霧《きり》のように町を覆《おお》い、周囲の山々を薄墨《うすずみ》で刷《は》いたかのようにぼんやりと浮かび上がらせる。

淡窓《たんそう》は時おり、雨の降る林の中を杉の匂《にお》いを嗅《か》ぎながら散策したいと思うことがある。天に向かって真《ま》っ直《す》ぐ立つ杉が、雨に濡《ぬ》れるとより清浄《せいじょう》なものに感じられるからだ。

どのように身を慎《つつし》もうが現世の汚濁《おだく》は避け難い。それを洗い落とし、潔斎《けっさい》するために自然に包まれながら雨に打たれて身を清めたいと思う。しかし、いまの淡窓の体調では雨に濡れて体を冷やせば、たちまち寝込んでしまうのはわかりきっている。書斎の明り障子《しょうじ》をわずかに開け、銀色の雫《しずく》が軒《のき》から滴《したた》り落ちるのを眺めるほかない。

淡窓は五月に入ってから、塾政を見るようになっていた。塩谷郡代《しおのやぐんだい》からの度重《たびかさ》なる干渉で疲労の色を濃くした旭荘《きょくそう》を見かねてのことだった。

塾政を見るといっても、咸宜園《かんぎえん》での主な講義はこれまで通り旭荘が行う。淡窓は自らの講義のほかに月旦評《げったんひょう》を行うだけである。咸宜園は毎月、書、詩、文、句読《くどく》について試験を行うが、淡窓は学業の進捗《しんちょく》だけで評を定めない。塾生一人ひとりの日頃の精進《しょうじん》と行い、心映《こころば》えにまで目を配っていた。

しかし、以前のように細かく配慮することは負担でもあり、また代官所役人の子弟である宇都宮茂知蔵《うつのみやもちぞう》を塩谷郡代の口出しによって進級させたことで、淡窓は忸怩《じくじ》たる思いに駆られていた。一点でも曇りがあれば、それは月旦評と言えないのではないか。

(どうしたものだろうか)

書斎で思案していた淡窓は、ふと思い立った。書斎を出て、雨を避《よ》けつつ講堂に行く。ちょうど素読《そどく》が終わったばかりらしく、塾生たちが、数人ずつ集まって話をしている。窓際にいる青々と頭を剃《そ》りあげた若い男に淡窓は声をかけた。

「真道殿《しんどう》――」

真道と呼ばれた若者は塩谷郡代の親戚にあたる僧である。だが、そのことを塩谷郡代には告げずに入塾していた。咸宜園の門人には僧も珍しくないが、真道は学問に優れ、淡窓も頼みとするところがあった。

真道が振り向くと、淡窓は少しうなずいて、ついてこいというながすように背を向けた。書斎に戻って話すつもりだった。真道は淡窓の意を察して立ち上がった。

その様子を、講堂の隅で仲のよい者同士で話していた茂知蔵がちらりと見た。茂知蔵は学才に秀《ひい》でた真道とは反《そ》りが合わず、いつも僻《ひが》みっぽい目を向けていた。

相変わらず雨が続いている。真道は袖で頭を被《おお》って雨を避け、淡窓の居宅である遠思楼《えんしろう》に向かった。墨染《すみぞめ》の衣《ころも》に雨滴《うてき》が染《し》みて重たげに裾《すそ》が揺れている。

書斎で淡窓は真道と向かい合って座り、気になっていることを訊《き》いた。

「月旦評のことについて、塾生の気持をいささか訊《たず》ねておきたいと思うて、そなたに来てもろうた。そなたも察しているだろうが、近頃、塩谷郡代様からお申し越しの儀があり、そのため月旦評にいささか歪《ひず》みが出ておる。かような仕儀《しぎ》では、塾生たちはもはや月旦評を受けるのを喜ばぬのではないかと気がかりでな」

真道は塩谷郡代の親戚でもあるだけに率直なところを話してくれるのではないか、と思ったのだ。真道は微笑を浮かべて聞いていたが、しばらく考えた後、口を開いた。

「ご心配はもっともなことと存じますが、案じられることはないと思います。塾生は皆、郡代様の命で宇都宮殿が進級されたと承知いたしております。郡代様の命を拒《こば》めぬのは当然かと存じます。逆《さか》らって、咸宜園が閉じられるようなことになっては困ります」

「そうか。ならば、それゆえ先生は耐えられたのだ、と皆ありがたく思っております」

「そうか。ならば、月旦評はいまのまま続けてよいのだな」

「ぜひとも、そうなさるべきだと思います。宇都宮殿のことでは、皆不快な思いをいたしておりますが、所詮《しょせん》はひとのことです。ひとがどのように評されるかを妬《ねた》み、あるいは羨《うらや》み、憎んだところで致し方ありませぬ。おのれの学問がどれほど進んだかだけを見ておればよいのだと、咸宜園に入塾いたすほどの者なら、わかっておりましょう」

真道の言葉は明快で迷いが無かった。

淡窓は真道と話すうちに、胸にあった惑いの霧が晴れていくような気がした。

そう言えば、あのころも途方に暮れる思いをしたものだったと、塾を始めたころのことが思い出される。

蒲柳《ほりゅう》の質だった淡窓は、将来について迷うところもあったが、実家の近くに家を借り、数人の弟子を集めて成章舎《せいしょうしゃ》と称する塾を開いたのは二十四歳の時である。

二年後には、塾生も二十余人に増えたため桂林園《けいりんえん》と改称して塾舎を豆田町東偏裏《まめだまちとうへん》に建てた。塾生は増え続け、十六年前の文化《ぶんか》十四年（一八一七）には堀田《ほった》村に移築し、咸宜園と改めた。

堀田村は淡窓にとって幼少期を過ごした懐かしい村だった。淡窓は二歳から六歳まで伯父の平八《へいはち》のもとで養育された。

平八は、博多屋《はかたや》を日田代官所の御用達《ごようたし》にまで押し上げたひとだが、生来病弱だったため三十五歳で家業を弟の三郎右衛門《さぶろうえもん》に譲った。隠居して後、堀田村に秋風庵《しゅうふうあん》と名づけた隠居所を建て、月化《げつか》と号し、俳諧三昧《はいかいざんまい》の暮らしを送った。

幼い日々に伯父の風雅《ふうが》な暮らしに感化されたことが、淡窓に詩人としての素地を作ったといえる。ひさしぶりに堀田村に住むことになった淡窓は、居宅も建てて遠思楼と名づけた。

咸宜園を開塾してほど無いころ、詩友である広島の頼山陽《らいさんよう》が九州遊歴の途次訪れ、〈宜園《ぎえん》〉と題する詩を賦《ふ》した。詩の中に、

琅々《ろうろう》たる咿唔《いご》柴関《さいかん》より出《い》づ
村塾新たに開く松柏《しょうはく》の間《かん》

という一節があった。

塾生たちが朗々《ろうろう》と書を読む声が林の中から響いてくるという、清新な気風にあふれた塾の活況を伝えている。

「村塾新たに開く松柏の間、か」

若かりしころを脳裏に浮かべて、淡窓は思わずつぶやいていた。真道が怪訝《けげん》そうに目を向ける。

「いや、つい塾を始めたころを思い出してな。当時は塾生も少なく、盛大とは言えなかったが、皆で学ぶ喜びがあった」

淡窓がしみじみ言うと、真道は頭《かぶり》を振った。

「何を仰《おお》せになられます。それはいまも変わりませぬ」

真道は膝《ひざ》を正して詩を口にした。淡窓の〈桂林荘雑詠諸生《けいりんそうざつえいしょせい》に示す〉四首のうちの一首である。

道《い》うことを休《や》めよ　他郷苦辛《くしん》多しと
同袍《どうほう》友有り　自《おのずか》ら相《あい》親しむ
柴扉《さいひ》暁《あかつき》に出づれば　霜《しも》雪の如《ごと》し
君は川流《せんりゅう》を汲《く》め　我は薪《たきぎ》を拾わん

他郷での勉学は苦労や辛《つら》いことが多いと弱音《よわね》を吐くのは止《や》めにしよう。一枚の綿入れを共有するほどの友と自然に親しくなるものだ。朝早く柴《しば》の戸を開けて外に出てみると、降りた霜がまるで雪のようだ。寒い朝だが炊事のため、君は小川の流れで水を汲んできたまえ。わたしは山の中で薪を拾ってこよう、と詠《うた》っている。故郷を遠く離れた地での勉学には苦労も多いが、寮での友達との共同生活も、人生の中で味わい深く楽しいものだ、という詩である。

「そうだな。わたしが弱気になってはどうにもならぬな」

苦笑する淡窓に、真道は真剣な表情で、

「塾生たちは辛い思いをしようとも、ここに学ぶ喜びがあることを知っております。どうか、わたくしどもを信じていただきとう存じます」

と告げた。淡窓は、そうか、とうなずいた。言われてみれば、それは淡窓が日頃から考えていることではあった。学問の道に困難はつきものだ。それに負けぬようおのれを鍛《きた》えていくからこそ道が開けるのではないか。

「学問は、一日怠《おこた》れば一日分だけ滞《とどこお》る。歩みを止めるわけには参らぬな」

さようでございます、と同意してから、真道は何か気にかかることがある様子でためらいがちに話し出した。

「このことは、わたくしから申し上げるべきことではないと存じますが」

「何か困ったことでもあるのか」

淡窓が探るような目を向けると、真道は眉《まゆ》を曇らせて言った。

「たわいのないことですが、臼井佳一郎《うすいかいちろう》殿のことでございます」

「臼井がいかがいたした」

淡窓は嫌《いや》な予感がした。

いななは佳一郎と千世《ちせ》のことを、まことの姉弟だろうか、と疑念を口にしていた。いななの目には、ふたりは何か曰《いわ》くがありげに見えたのだろう。だが、真道は淡窓が予想したこととは別のことを言った。

「臼井殿は明るく、親しみやすいお人柄ですが、宇都宮殿にはそれが目障《めざわ》りらしゅうございます」

「ふむ、臼井はいじめに遭《あ》っておるのか」

塾生の間で仲が悪い者が出てくるのは避けられない。仲のよい者が数人でひとりを目の仇《かたき》にして、塾から追い出そうとするようなことはこれまでにもあった。そのたびに淡窓が叱り、塾頭が訓戒して収めてきたが、根絶することはできなかった。

中にはいじめに耐えかねて退塾した者もいる。淡窓はそのような事態が起きると心痛するのだが、〈三奪《さんだつ》〉を唱えて身分の壁を払っていることが、却《かえ》って塾生間のいがみ合いを陰湿にしてしまう面もあることは否《いな》めない。身分への遠慮が無くなれば、仲間を集め、徒党を組んだ者が強くなる。

「ご存じのように宇都宮殿は塾に通う代官所の子弟を集め、他の塾生に対し幅を利《き》かそうとするところがございます。臼井殿はものにこだわらぬだけに、代官所の子弟というだけで頭を下げるということはないのです」

「それは、間違っておるとは言えぬが」

淡窓は物怖《ものお》じせず、のびやかな物言《ものい》いをする佳一郎を思い浮かべた。

他国から来た佳一郎のような塾生からすれば、代官所の役人の子弟であるというだけで偉そうにする茂知蔵たちが滑稽《こっけい》に見えるのだろう。しかし、いまや咸宜園は塩谷郡代に膝を屈しようとしている。茂知蔵たちが塾をわが物のように思っているだろうことは想像に難くない。

「さようですが、宇都宮殿には、臼井殿が小賢《こざか》しく思えるらしく、〈奪席会《だっせきかい》〉では意地の悪いことを申します」

〈奪席会〉とは、講義の内容について塾生同士で問答することをいう。塾頭が指名した者が上座《かみざ》に座って問答を判定し、勝った者が上座に座ることから〈奪席会〉と呼ぶようになった。問答の勝ち負けは判定者しだいだ。近頃は進級した茂知蔵が自ら願って判定者になることが多く、佳一郎が問答に立つ場合、露骨に不利な判定を下すのだという。

「それは、よくない。仮にも学問をさようにいたすべきではない」

淡窓は顔をしかめた。とはいえ、咸宜園は塾生の自主性を重んじることを旨としているだけに、淡窓といえども〈奪席会〉のやり方に口を挟むわけにはいかない。

「それだけではないのです。時おり宇都宮殿は二、三人と連れ立って、臼井殿の私行についても糾問《きゅうもん》いたしておるようです」

「私行についてだと?」

「はい――」

真道はうなずいたものの、言い難そうに口ごもっていたが、思い切ったように言葉を発した。

「宇都宮殿は、臼井殿と千世殿の間柄を疑っているのです」

ああ、やはりそのことか、と淡窓は渋い顔になった。ななが危惧《きぐ》していたことに他の者も気づいたのだ。しかも、それが茂知蔵だったとは、いかにもめぐり合わせが悪い。

「千世殿と実の姉弟なのか、と宇都宮殿は臼井殿に執拗《しつよう》に訊かれるのです。姉と弟がそろって他国へ学問修業に出るなどめったにないことだ、まことなのかと疑い、さらにふたりの顔形が似ていない、と」

「それで、臼井は何と答えたのだ」

淡窓が訊くと真道は苦笑《にがわら》いした。

「臼井殿は何度訊かれても、笑うだけで答えません。その様がいかにも相手を軽んじているようで、宇都宮殿を激昂《げっこう》させております」

「そうか――」

佳一郎が笑って答えないというのであれば、ふたりは、やはり姉弟なのかもしれない。だが、茂知蔵は代官所の役人の子弟であることを鼻にかけ、さらに塩谷郡代の威光をかさに着ている。

佳一郎に鼻先であしらわれれば、必ず仕返しをしようとするに違いない。それも塩谷郡代の力を借りて行うであろうと思われる。

「大事にならぬうちに、旭荘に訓示いたさせよう。わたしから言えば角《かど》が立つゆえな」

淡窓はため息まじりに言った。先ほど、淡窓自らが作った詩によって真道から励まされて奮《ふる》い立った思いが消えそうになっている。

助け合って小川の水を汲み、薪を拾うという友情は塾生たちの一面を表しているが、諍《いさか》いを起こし、憎み合うこともひとの常としてある。ひとを教え、育てるということのなんと難しいことか、と思う。

真道は淡窓の言葉にうなずいて、

「これ以上の悪《あ》しきことが起こらねばよいのですが」

と案ずるように言った。

雨がようやく小降りになってきたらしく、雨音が弱くなっていた。しかし、書斎は湿気が籠《こ》もって薄暗く、淡窓の懸念《けねん》と重なるように翳《かげ》りを帯びていた。


そのころ久兵衛《きゅうべえ》は博多屋の奥庭にある土蔵にいた。淡窓が買い溜《た》めた書物のうち、書斎に入り切らないものはこの土蔵に納めてある。

小雨にはなったものの、土蔵の中は黴臭《かびくさ》く、背にうっすらと汗が滲《にじ》んだ。

久兵衛は、時おり書庫から気に入った書物を持ち出して読むのを楽しみにしている。この日も土蔵に入って書物を探していると、外からひそやかな男女の話し声が聞こえた。何気なく戸口に近づいて様子をうかがうと、土蔵の脇で千世と佳一郎が話をしているのがわずかに目に入った。

すでに雨は止《や》んでいた。縞木綿《しまもめん》を着た千世は臙脂《えんじ》の帯を締め、素足に下駄を履《は》いている。

千世が咸宜園で講義を受けるのは月に十日ほどで、他の日は博多屋で店や家事を手伝っている。そのため、佳一郎が博多屋まで千世に会いに来ることがあった。聞くともなしにふたりの話が久兵衛の耳に入った。

佳一郎は声を低めて千世に何事か説いている。

「もはや、隠しおおせるものではございません。はっきりと先生にも申し上げ、嘘《うそ》偽《いつわ》りのないようにしたほうがよいと思います」

「何について嘘偽りをなくすのですか」

千世は当惑したように答える。

「ですから、わたしどものことです」

「わたくしはあなたの義姉《あね》、そしてあなたは義弟《おとうと》です。そのことに偽りはありません」

きっぱりと言い切る千世の声に迷いは無かった。

「ですが――」

しばらく言い惑ってから、佳一郎は絞《しぼ》り出すような声で言った。

「義姉上は、もはやあの夜のことをお忘れなのですか」

「忘れました。あなたも忘れてください。わたくしたちの間には何もなかったのです」

千世は、佳一郎の言葉を遮《さえぎ》るように口早に告げた。

佳一郎の困惑した声が響いた。

「義姉上はなにゆえ、さようにつれなくなさるのですか。わたしがいなければ、国を出ることもかなわず、先生の教えを受けることもできなかったのですぞ」

「そのことはありがたいと思っています。ですが、それと——」

千世が言葉を続けようとした時、久兵衛の袖が書物にふれて、一冊どさりと床に落ちた。その音を聞いたふたりは、ぎくっとして土蔵をうかがい見た。

千世が二言三言囁《ささや》くと、佳一郎はうなずいてそそくさと奥庭から出ていった。

久兵衛は千世がそのまま土蔵の前に佇《たたず》んでいるのを見ると、さりげなく戸口から出た。

「申し訳ございませぬ。弟が訪ねて参りましたので、かようなところで話をいたしておりました」

頭を下げて言う千世に、久兵衛はやわらかな口調で訊いた。

「臼井様は何か気がかりなことがおありのようでしたが、いかがされました」

「塾の古参の方から意地悪をされているとか申しまして、まことに子供のような話でわたくしを困らせます」

千世はうかがうような面持《おもも》ちをしている。

「さようでしたか。塾生の間柄というのは難しいようです。兄もそのことでは頭を悩ますことが多いと申しておりました」

「いつかは収まるものでございましょうか」

「そのうち落ち着かれましょう。気になさらぬ方がよい」

久兵衛は笑みを浮かべて、さりげなく千世の前を通り過ぎた。佳一郎との話を耳にしたはずの久兵衛が何も言わないことに、千世はほっとした表情を浮かべた。

久兵衛はふたりの間柄に不審を抱いたはずだが、詮索《せんさく》するような素振《そぶ》りを見せず、やさしい言葉をかけただけだった。それでいて久兵衛の眼差《まなざ》しには、千世の心の隅まで余すところなく見抜くような鋭さがあった。

千世は振り向いて、渡り廊下の階段を上っていく久兵衛の後ろ姿を見た。しっかりした大きな背中には、壮年の男の風格が漂《ただよ》っている。千世は体の中に清涼《せいりょう》な風が吹き抜けていくのを感じた。


数日後、旭荘は講堂に塾生を集めて、塾内での無用の諍いは学問の妨《さまた》げになると訓示した。

昨日からの雨は上がり、薄日《うすび》が差していた。梅雨《つゆ》の合間の日差しは縁側から講堂の奥まで明るませ、塾生たちの顔に陰影をつけている。

旭荘は、古参の塾生が新参者をいじめるのは他塾ではよくあることだと言ったうえで、咸宜園がなぜ〈三奪〉を行っているのか、をあらためて説いた。

「わたしたちは聖人の教えを学ぼうとしておる。自らの行いが正しく為《な》されているかどうか、日々省《かえり》みなければならない」

旭荘が言い終えると、佳一郎は嬉《うれ》しげに首を縦に振ったものの、茂知蔵は無表情なままでそっぽを向き、真道をちらりと一瞥《いちべつ》した。

墨染の衣を着た真道は端然《たんぜん》と座っている。茂知蔵の傍《かたわ》らで同様に代官所の子弟である塾生が声をひそめて言った。

「あの坊主はおのれの才を鼻にかけ、何かと告げ口をいたすようですな。先日、先生の書斎で話しこんでおりましたぞ」

茂知蔵はうなずいた。

「それはわしも知っておる。何の話をしてきたものやらと気になっておったが、それで旭荘先生がかような訓示をしたのであったか。憎体《にくてい》な坊主だ」

茂知蔵が腹立たしげに言うと、まわりに座った取巻きの塾生たちが、

「さよう、さよう」

「ちと、思い知らせてやらねばなりませんな」

と小声で言い交《か》わした。

講堂には三十人ほどの塾生が座っていたが、隅に集まった茂知蔵たちが囁き交わす声はたちまち広がっていった。

他の塾生は、露骨に顔をしかめる者や、素知《そし》らぬ風を装う者などさまざまだった。

佳一郎は茂知蔵たちの態度が改まらぬことに不安げな表情を浮かべて、思わず旭荘に訴えるような視線を向けた。

塾生たちの様子を見て、話を終えたばかりの旭荘は表情を厳しくした。訓戒した言葉が届かず、弾《はじ》き返されたように感じた。

「皆、わたしが申したことはわかったのであろうな」

旭荘が念を押すように声を高めると、茂知蔵が立ち上がり、大きな声で答えた。

「もとよりよくわかってございますが、さような不心得者《ふこころえもの》は咸宜園にはおらぬと思います。もしおりましたならば、それがしが糾問いたし、必ずや退塾いたさせますほどに、ご安心くだされ」

声に傲岸《ごうがん》な響きがあった。塾生の退塾について勝手に口にするとは師を蔑《ないがし》ろにする言動だ。

旭荘は茂知蔵を睨《にら》みつけただけで、何も言わなかった。言えば、茂知蔵は塩谷郡代に訴えて、今度こそ旭荘を咸宜園から追い出そうとするだろう。

いまや咸宜園を支配しているかのように振舞う茂知蔵ではあるが、門人を憎むなど師としてあってはならないことだという自制心が、旭荘の口を開かせなかった。

佳一郎始め塾生たちは皆、硬い表情で目を伏せている。誰もが茂知蔵たちに逆らえないと怯《おび》えていた。

真道だけが正面を向いたまま、姿勢も崩しはしなかった。

二

八月九日――

咸宜園の旧門人で、いまは大坂にいる松本保三郎から淡窓のもとに分厚い書物が贈られてきた。表には、『洗心洞箚記《せんしんどうさつき》』とある。

洗心洞とは、保三郎が入門した大坂天満《てんま》にある私塾の名で、師は大塩平八郎《おおしおへいはちろう》、号して中斎《ちゅうさい》という人物らしい。

三年前の文政《ぶんせい》十三年（一八三〇）まで大坂東町奉行所で与力《よりき》を務めていたという。塾そのものは、与力在職中の八年前、文政八年（一八二五）から開いていたようだ。

淡窓も、

――大塩中斎

の名は耳にしたことがあった。中斎は寛政《かんせい》五年（一七九三）の生まれで、今年四十一歳。淡窓より十一歳年下になる。

（たしか王学《おうがく》のひとだと聞いたが）
　と淡窓は記憶をひもといた。
〈王学〉とは、中国明《みん》代の儒学者王陽明《じゆがくしやおうようめい》の学問に対する呼称である。淡窓は『洗心洞箚記』を読み進んでいくうちに、何度か手を止めた。

　書かれているのは、紛《まぎ》れも無く王陽明の思想だった。中斎の文章は覇気《はき》が横溢《おういつ》し、王陽明が説くところの〈知行合一《ちこうごういつ》〉、つまり、知ることは行うことである、という哲理によく合致していた。『洗心洞箚記』に於《お》いて、中斎は、
「口先だけで善を説くのではなく、善を実践しなければならない」
と説いている。その言葉に嘘はなかった。

　保三郎は中斎の与力のころの活動について、熱心に伝えてきている。

　大塩家は、もともと大坂町奉行所与力の家柄で禄高は二百石だった。中斎が与力となって熱心に行ったのは、町奉行所内の腐敗の摘発だった。

　このころ、町奉行所の役人は商人から賄賂《わいろ》を取るなど当たり前で、手下《てか》を持ち、恐喝《きようかつ》や殺人などの犯罪に手を染めている者までいた。

　中斎は、摘発の手を緩《ゆる》めず捜査を続けるうちに幕府の高官までがその背後にいることをつかんだ。これらのことを白日のもとにさらそうとした。だが、権力の壁は厚く、すべては闇に葬《ほうむ》られた。中斎はその事に憤《いきどお》り、与力職を養子の格之助《かくのすけ》に譲っ

て隠居した。

中斎が開いた〈洗心洞〉は塾則が厳しく、朝二時には講義を始め、真冬でも戸を開け放したままであるという。〈洗心洞〉は凜烈《りんれつ》な学風に貫かれている、と保三郎は興奮気味に書いてきていた。

淡窓は『洗心洞箚記』を閉じ、しばらく静かに考えた。

（矯激《きょうげき》に過ぎはしまいか）

町奉行所に巣食う不正と果敢に闘おうとした中斎の生き方には、感銘を受けるものがあった。塩谷郡代の干渉に振り回されている咸宜園の実情から見れば、中斎の激しさに羨望《せんぼう》に似たものさえ覚えてしまう。

（しかし、強くあって、闘いさえすればよいのか）

淡窓は胸の中でつぶやいた。

せっかく保三郎が贈ってくれたからには、感想を認《したた》めて返事を出すのが礼儀だろうが、筆を執《と》る気にはなれない。

大塩中斎という強烈な自負心を持っているであろうひとの風貌《ふうぼう》を思い描きながら、自分とは生き方が違う、と淡窓は冷徹に思う。

（中斎は、敬天《けいてん》の心が薄《うや》いようだ）

万物を創った天を敬い、天からの命を知った時、ひとは美しく生きられるのではないか。おのれの心にのみ問いかけ、そこからすべてを知ろうとすれば、実際には我意だけが生じてしまう恐れがある。

　そんなことを思っているところに、久兵衛が訪ねてきた。

　久兵衛は、いまの家が狭いことから西隣の家を一軒買い足して座敷二間《ふたま》、玄関一間をあわせて造りたいと淡窓に相談するために来たという。

「それはよいことではないか」

「家に手を入れるのは、驕《おご》ったことだとお叱りを受けるのではないかと案じておりました」

　淡窓から反対されずにすんで、久兵衛はほっとしたような顔をした。

「なに、そのようなことを気にすることはない。博多屋も掛屋《かけや》となった以上、日田商人の間での格式も必要であろう」

　淡窓の穏当《おんとう》な物言いに、久兵衛は微笑してうなずいた。

〈七軒衆《しちけんしゅう》〉あるいは〈八軒士〉と呼ばれている日田の代表的な掛屋は、博多屋のほかに豆田町の丸屋《まるや》、伊予屋《いよや》、枡屋《ますや》、俵屋《たわらや》、それに隈《くま》町の京屋《きょうや》、鍋屋《なべや》などである。金融業だけでなく櫨蠟《はぜろう》、油、醬油《しょうゆ》、酒などの製造も行う富商たちだった。

〈大名貸し〉を行う際、一軒の掛屋だけでは受けかねる巨額の貸し付けをする場合がある。この際は談合し、融通《ゆうずう》し合って資金を集めなければならない。

それだけに日頃から意思の疎通《そつう》を図る交流が欠かせない。自宅に手を入れるのも客を招くためのもので、言わば商《あきな》いにつながることであった。

久兵衛はかつて〈小ヶ瀬井手《おがせいで》〉の開削《かいさく》を行い、筑後《ちくご》川の流れを分けて盆地内に引き入れる工事をした。新田を増やすためだったが、同時にもうひとつの狙《ねら》いがあった。

〈小ヶ瀬井手〉を延ばして三隈《みくま》川まで船の往来を可能にし、関蔵所《せきくらしょ》に船を通すことだった。筑後川を利用して長崎《ながさき》まで年貢米を輸送するには、日田川通船を実現することが懸案だったのだが、それまでは豆田町と隈町の商人の足並みがそろわず、話が進まなかった。

久兵衛は商人たちの間をまわって苦労して話をまとめ、出資金に応じて通船ができるようになった際の持ち船の数を決めるなどした。

いまでは豆田町側の蔵所には二十六隻《せき》の川船があり、そのうちの十五隻を久兵衛が持っている。これらのことは商人同士の話し合いを地道に積み上げていかなければ成し遂げられなかっただろう。

久兵衛が家を広げようとするのは贅沢《ぜいたく》にふけるためではないことを、淡窓はよくわかるとともに、商売や事業を通して世間と直《じか》に渡り合っている久兵衛の性根《しょうね》の確かさも認めている。

それだけに、世間と激しく嚙《か》み合うかのような大塩中斎を、久兵衛がどう思うか興味を引かれるところがあった。

ななが茶を持って書斎に入ってきた。久兵衛が茶碗を手にした時、淡窓はさりげなく、

「そなたの考えを訊いてみたい」

と手もとに置いていた『洗心洞箚記』を押しやった。

「これは？」

「大塩中斎という大坂のひとの著作だ」

うなずいた久兵衛は、手に取ってゆっくりと読み進んだ後、ため息をついて、

「なるほど、兄様《あにさま》とは随分と違う考えの方のようですな」

と感心したように言った。

「どのように違うと思うか」

「兄様は以前、ひとを錐《きり》と槌《つち》にたとえられたことがおありでした」

「あれを覚えているのか」

淡窓は苦笑した。それは淡窓が塾生の心得をわかりやすく説くために作った〈いろは歌〉だった。

――鋭きも鈍《にぶ》きもともに捨てがたし　錐と槌とに使いわけなば

頭の鋭い秀才も、一見鈍く見える努力型の者も、ひとは皆、使い道しだいであり、それぞれの持ち味を尊重すべきだというのが淡窓の考えだった。

「すると、中斎殿は錐か？」

「いえ、錐でも槌でもなく、刃《やいば》なのではありますまいか。それも村正《むらまさ》のような妖刀《ようとう》かもしれません。切れ味は鋭うございましょうが、用い方を誤ればひとを傷つけるだけです」

「妖刀か。久兵衛にしては手厳しいことを言うものだな」

久兵衛は頭に手をやった。

「口はばったいことを申しました。お恥ずかしゅうございます」

「なんの、日々商いで世の中と渡り合っているそなたの言には、重みがある。だが、妖刀ということで言えば、何も中斎殿だけに限らぬかもしれぬ」

淡窓は茶碗に手をのばした。すでに茶はぬるくなっていたが、淡窓にとってはそれぐらいが飲みごろだった。

淡窓の言葉を聞いて久兵衛は目を伏せたが、やがて茶を飲み干すと口を開いた。

「塩谷郡代様も妖刀だと言われるのですか」

久兵衛の目が鋭くなっている。

淡窓はおもむろに、うなずいた。

「わしも旭荘も、郡代様からのお申し付けに苦しめられておる。だが、一方で郡代様はそなたを用いて事業を度々《たびたび》行われる。そのことを申したのだ」

「いかにも、さようです。事業とひと口に申しましても、生半可《なまはんか》なことではできませぬ。郡代様のように強引なやり方でなければ進まぬ物事もあるものです」

久兵衛はきっぱりと言った。

「そのためには、咸宜園のことぐらいは辛抱《しんぼう》せねばならぬか」

淡窓はわずかに笑みを浮かべて言った。

「兄様――」

久兵衛は苦しげな顔をしてうつむいた。かねてから久兵衛がそのことに心を痛めていると淡窓はわかっている。

「ははっ、無駄口を叩いてしもうた。気にするな。わたしは塩谷郡代様の事業と咸宜園のことは別だと考えている。ひとつのことだと思えば、道を間違える」

弟を気遣う淡窓の言葉が久兵衛の胸に沁《し》みた。淡窓は大塩中斎の話をしながら、実は久兵衛の気がかりを取り除いていた。

淡窓はあらためて『洗心洞箚記』を手にした。批判めいたことを口にしたが、中斎の気迫には学ぶべきところがある。

（わたしはどのようにして咸宜園を守ればよいのか）

大塩中斎は、大坂で淡窓の動きを注視している。松本保三郎が『洗心洞箚記』を贈ってきたのは、中斎の意を受けてのことではないのか。なぜだかわからないが、淡窓はそんな気がするのだった。

この日、千世は智白《ちはく》、智参《ちさん》とともに講堂で旭荘から詩文の添削《てんさく》を受けていた。添削をほぼ終えた旭荘は、そう言えばと、ふと思い出したという口調で、日田からさほど遠くない筑前秋月《ちくぜんあきづき》藩の儒学者原古処《はらこしょ》の娘で女流詩人として名高い原采蘋《さいひん》の話をした。

原古処はすでに亡くなっているが、淡窓、旭荘と同じ亀井南冥《かめいなんめい》門下である。

采蘋は幼いころから詩才を現し、古処の死後は男装、帯刀《たいとう》して諸国を旅し、菅茶山《かんちゃざん》、頼山陽、梁川星巌《やながわせいがん》などの各地の名だたる文人墨客《ぶんじんぼっかく》と交流した。

寛政十年（一七九八）の生まれで、今年三十六歳になる。いまは江戸にいるはずだが、かつて秋月にいたころは、咸宜園にも何度か訪れたことがあるという。

「なにしろ瓜実顔《うりざねがお》の美人で、背が高く才気煥発《かんぱつ》なひとですが、男勝《まさ》りで酒もよく飲まれたそうです」

旭荘は笑いながら言った。淡窓は、采蘋について、

――ソノ行事磊々落々《らいらいらくらく》男子ニ異ナラズ。又能《よ》ク豪飲《ごういん》ス

と驚いた。淡窓も酒は嗜《たしな》むが酒豪ではないだけに、悠々と盃《さかずき》を重ねる采蘋に目を丸くした。そのあげく、

紅顔《こうがん》寧《いずくん》ぞ仮《いた》らん　青綾《せいりよう》の障《しよう》
詩軍酒敵《しぐんしゆてき》　幾に囲《かこみ》を解く

と詩を献じたという。

奔放《ほんぽう》な女性詩人の話を、千世は楽しいものとして聴いた。自分もまた故郷を離れて、はるばる九州まで旅をしてきている。

事情を抱《かか》えた女の身で異郷の地にいることの寂しさや辛さを時に感じることもあるが、女であることに囚《とら》われることなく自らの生き方を貫《つらぬ》くひとがいるのだと思うと、心を慰《なぐさ》められる気がした。

采蘋が男装して旅をしたと聞いて、千世は胸を突かれる思いがした。

(わたくしもそうすればよかった)

国を出る時、女であることも捨てていれば、いま生き悩むこともなかったのではないか。そう思いはするものの、やはりそうはできなかっただろうという気持があるのは確かだ。

旭荘は三人に向かって、

「采蘋殿が示されたように、詩文の道に男女の別はありません。より一層励まれよ」

と言って講義を終えた。

思いにふけりつつ外に出ようとした千世は、ちょうど講堂に入ってきた茂知蔵たちと行き合った。五、六人連れ立っているところを見ると、輪読《りんどく》でもするのであろうか。すでに智白と智参は講堂から出ている。

千世が顔を下げてすれ違おうとすると、

「待たれよ」

茂知蔵が声をかけてきた。千世は眉をひそめて振り向いた。

「何用でございましょうか」

「さしたることではないが、そなたが咸宜園に入門されるおり、紹介状が無かったというのはまことか」

「紹介状ならば、広島藩の大原真斎《おおはらしんさい》様からのものがございました」

「それは臼井佳一郎のものであろう。そのことも妙なのだ。臼井の紹介状を書くなら、ともに咸宜園に来るそなたのことにもふれるのが当然ではないか」

茂知蔵は底意地の悪い目で千世を見据えた。

「なにぶん、出国があわただしく決まりましたものですから」

千世は目を伏せた。すかさず茂知蔵が、

「なに、紹介状をもう一通書いてもらう暇《ひま》もないほど、あわてて国を出られたのか。まるで夜逃げか、駆け落ちのようではないか」

素《す》っ頓狂《とんきよう》な声を張り上げると、他の男たちがどっと笑った。

千世は唇《くちびる》を嚙んだ。

茂知蔵がからんでくるのは、佳一郎へ嫌がらせをするためだとわかりきっている。言い返すこともせず、ただ黙って耐えようとしたが、なぜこのような辱《はずかし》めを受けねばならないのかと悔しさで胸が詰まった。そんな千世の様子を茂知蔵はみだりがましい目つきで睨《ね》めまわした。

「これはまた、怒った顔もなかなか見目《みめ》麗《うるわ》しゅうございますなあ。かような山の中におられるのはもったいない。江戸か大坂に出られれば、よい話もあるのではありませんかな」

さすがに千世がきっと茂知蔵を睨んだ時、

「さような戯言《ざれごと》は聞き苦しゅうございますぞ」

と男の声がした。

茂知蔵が振り向くと、表に真道が立っている。

「僧侶だけあって堅苦しいことを言われますな」

茂知蔵は真道を睨みつけた。

「仏門にある身だから申した訳ではございません。咸宜園の風儀の乱れは迷惑ゆえ申し上げたのです」

真道は厳しい口調で言った。茂知蔵が口をゆがめて応じる。

「真道殿は郡代様のご親戚だそうでございますが、妙なことを口にされますと、郡代様の御名に関わりますぞ」

「わたくしがどなたの親戚であろうと関わりのないことです」

「さようですかな。風儀の乱れとわたしに言われますが、臼井佳一郎が女連れで入塾したことの方が、よほど風儀の乱れではありませんか。さような乱れを真道殿が見逃されておることを郡代様がいかように思《おぼ》し召《め》されましょうか」

苛立《いらだ》たしげに茂知蔵が言うと、真道は頭を振った。

「それは臼井殿ご自身についてのことです。それと講堂に於いて女人《にょにん》に妄言《もうげん》を投げかけられることとは別でありましょう」

茂知蔵は押し黙ったが、不意ににやりと笑って取り巻く塾生を見まわした。

「真道殿の説教を食ろうたゆえ、きょうは輪読に出るのは止めるといたそう。それよりも塾の風儀の乱れについて、いささか皆で考えねばならぬようだ」

茂知蔵の言葉に、他の塾生たちも同調するようにうなずいた。茂知蔵は千世をひと睨みしてから取巻きを従えて講堂から出ていった。

千世は真道に近づき、頭を下げた。

「わたくしのことでご迷惑をおかけいたしました。申し訳ございません」

「いや、あの方の為されようが、あまりに目に余るゆえ言ったまでです」

真道はさりげなく答えた。

「されど、宇都宮様のご様子では、なんぞ面倒なことになりはしませぬでしょうか」

「さほどのことはありますまい」

真道は口辺にわずかに笑みを浮かべているが、表情には翳りがあった。

茂知蔵は執念《しゅうねん》深い性格である。このまま仕返しをしないですますとは思えない。それが千世と佳一郎に向けられるのであれば、耐えればすむことであるが、咸宜園にまで及ぶのであれば、身の進退を考えなければならないかもしれない、と千世の胸に不安が兆《きざ》した。

千世の顔に強い秋の日差しが照りつけていた。

淡窓はこの年の十二月、塾政を旭荘に戻した。

再度塾政を執るようになって以来、塩谷郡代からの干渉は取り立ててなく、旧に復してもいいのではないかと思えた。茂知蔵の臼井佳一郎に対する嫌がらせも沈静化したかのようだった。

三

翌天保五年（一八三四）五月二十九日――

塩谷郡代は旭荘に対し、塾の規則を定めた〈塾式《じゆくしき》〉二巻を与えた。塾の規則を塩谷郡代の思いのままに変えようとする内容だった。

旭荘はこれに反発して従わず、代わりに淡窓が代官所に呼び出されて謝罪するなど、軋轢《あつれき》が深まっていた。

淡窓は塩谷郡代が月旦評にまで口を挟むのを警戒して、〈課程通考《かていつうこう》〉を作り、月旦評での評価の基準を示したが、なおも圧力は強まるばかりだった。

淡窓は日記に、

――県府ノ公ニ勝ツコトヲ得ズ。徒《いたずら》ニ心ヲ労セシ而已《のみ》ナリ

と記した。

塩谷郡代の権勢にはかなわず、空《むな》しく心労するばかりだ、と思ったのである。そ

の最中の六月二十二日、真道が突如代官所に呼び出された。

なぜ真道が呼び出されたのか、誰にも理由がわからなかった。真道は緊張した面持ちで代官所の門をくぐった。

大広間に通された真道の前に塩谷郡代が袖無し羽織《ばおり》に着流し姿で泰然と現れた。

頭を下げる真道と向かい合わせに座った塩谷郡代は、

「その方、わしとは親戚とのことだが、まことか」

と低い声で訊いた。目を細めて真道をうかがい見ている。

「さようにございます」

頭を低く下げたまま、真道は答えた。

「そうか、さようなことをわしは初めて聞いたぞ。なにゆえ前もって報《しら》せなかったのだ」

「すでに仏門に入った身でございますれば」

「世俗の縁は捨てたと申すのか。薄情に過ぎはせぬか」

塩谷郡代は薄く嗤《わら》った。

真道は塩谷郡代から親戚であることを言い出されて困惑した。

自分が呼び出されたのは昨年来の茂知蔵との諍いのためだろう、と思っていた。

それならば、茂知蔵もこの場に呼び出し、喧嘩《けんか》両成敗《りょうせいばい》にすべきだと主張しようと考えていた。

だが、塩谷郡代は予想外なことを言い出した。

「そなたの父はまだ存命じゃそうだな。親がありながら出家いたし、孝養を尽くさぬとはいかなることか。まして仏に仕える身が儒家に学んでいかがいたすつもりじゃ」

真道は何も答えられず、黙ったまま頭を低《こうべ》くした。真道が仏門に入ることは父も承知していたが、いまさらになぜ孝行をしないのか、と問われれば返答に窮《きゅう》する。

塩谷郡代はにやりと嗤って、

「そなたは還俗《げんぞく》いたして父のもとへ戻り、孝養いたすがよいぞ」

と言って手を叩き、ひとを呼んだ。すると、女中が膳を捧げ持って大広間に入ってきた。真道の前に置かれた膳には刺し身の皿が載《の》っている。

「これは――」

真道は墨染衣の袖で鼻を被《おお》った。剃髪《ていはつ》してから後は生臭物《なまぐさもの》は一切、口にしていなかった。塩谷郡代はいたぶるように、

「何をいたしておる。そなたは還俗いたすのだ。その門出にわしが馳走《ちそう》いたしてやろうと申しておるのがわからぬか」

「申し訳ございませぬが、これを食するわけには参りませぬ」

真道は額に汗を浮かべて、必死に言い通した。

「なにゆえ、わしのせっかくの馳走を拒むと申すのか」

塩谷郡代に睨まれ、真道は蒼白《そうはく》となったが、それでも刺し身を口にすることは拒んで退出した。

だが、真道が咸宜園に戻って間無しに、代官所から旭荘へ塩谷郡代の命が届いた。それは、真道が還俗しないのであれば、仏僧が儒家で学んでも益は無いゆえ退塾させよ、というものだった。旭荘は塩谷郡代の命を聞いても、

「いまだかつて、僧侶だという理由で退塾させた例は無い」

として従おうとはしなかった。旭荘は代官所に対し、真道の学問がいま少し進んでから退塾いたさせます、とだけ告げた。

真道はそのような旭荘に向かって、

「わたくしのことでご迷惑をおかけするのは心苦しゅうございます」

と自ら退くことを申し出たが、旭荘は首を横に振った。

「何を言われる。何人《なんぴと》たりとも学びたい者には門を閉ざさないのが咸宜園です。そなたを退塾させることはできません」

旭荘は態度を変えず、淡窓もまた、今回ばかりは塩谷郡代の言うことに従えないと思った。すると、しばらくして代官所から、

「臼井佳一郎なる者を日田に留め置くことはならぬ。真道ともども退塾いたさせよ」

との達しがあった。

「真道殿だけでなく、臼井様もですか」

書斎を訪れた久兵衛が低い声で言った。淡窓はうなずいて、

「真道殿はともかく、臼井については、不義者ゆえ留め置くことは許さぬ、とのお達しであった」

と困惑した表情で答えた。

すでに夕刻である。風も無い日で蒸し暑さが募《つの》っていた。

ただでさえ日田の夏は盆地特有の炒《い》られるような暑さが続く。ななが団扇《うちわ》をふたつ持ってきたが、ふたりとも使おうとはしなかった。

淡窓が苦い顔をして言った。

「郡代様は広島藩までひとを遣わして調べられたそうな」

「なんと――」

「それで、千世殿が臼井佳一郎の嫂《あによめ》であることがわかったそうな。もともと遠い縁戚ではあるそうだが、血はつながっておらぬ」

「なにゆえふたりして九州まで来たのでしょうか」

久兵衛は訝しげに眉をひそめた。

何か事情があってのことだとは思うが、そのような間柄のふたりが広島から日田まで長旅をしてきた以上、不義を疑われてもやむを得ない。

「もっとも、千世殿が離縁して家を出されたのはまことらしいから、密通とは言えぬのかもしれぬが、いずれにしても外聞のよいことではない」

顔を曇らせて淡窓が言うと、久兵衛が気がかりそうに訊いた。

「旭荘はいかがすると申しておりますのか」

「真道殿の時と同じだ。郡代様の命に従って門人を退塾させることは認められぬと言っておる」

久兵衛はため息をついた。

「旭荘の申すことはもっともですし、真道殿のことだけなら、もともと郡代様の親戚のことでもあり、何とかなったかもしれません。ですが、臼井様のことは難しゅうございますな」

「やはり、無理だと思うか」

「他国のお武家が日田に留まることができるのは、代官所のお許しがあってのことでございます。胡乱《うろん》な者であるゆえ立ち退《の》けと言われれば、塾生だからといって拒むことはできません」

「では、手はないのか」

目を閉じて淡窓は考え込んだ。

「もしあるとすれば、真道殿に退塾いたしてもらうことぐらいでしょうか。もともと真道殿のことから事は起きておりますから、まずその件について始末がつかねば、郡代様にお目こぼしを願うことはできますまい」

「さて、それは旭荘が承知いたさぬし、わたしも認めたくない」

淡窓は目を開いてはっきりと言った。

「さようでございましょうな」

同意を示した後、久兵衛はそれ以上何も言わずに辞去《じきょ》した。遠ざかる久兵衛の足音を書斎で聞きながら、淡窓はおのれの身勝手な思いを恥じた。

難局について相談すれば、久兵衛が何とかしてくれるのではないかといつも心の隅で期待してしまう。おそらく久兵衛は、真道に会って退塾するよう求めるだろう。

そして真道の退塾によって、これ以上、事を荒立てぬよう塩谷郡代に願い出るのではないか。久兵衛は淡窓のためにあえて汚れ役を買って出るに違いない。

(わたしは大塩中斎を認めてはおらぬが、中斎ならばかような時、どのようにいた

すのであろうか）

おそらく郡代の非を声高《こわだか》に訴えて抵抗し、認められなければ塾を閉じ、あくまでおのれの正義を貫こうとするだろう。

それをしない自分は、やはり小心に身を守っているだけの曲学阿世《きょくがくあせい》の徒に過ぎないかもしれない、という苦い思いが淡窓の胸に湧く。そうではない、という心の叫びはあるが、ではどうすると問われれば、明確に答えられはしない。

濃い霧の中を彷徨《さまよ》っているような気がして、淡窓の惑いは深まっていった。

真道は間も無く自ら退塾した。この日、淡窓は門を閉じ、講義を行わなかった。日記には、

——諸塾《しょじゅく》逼密《ひつみつ》セリ

とだけ記した。重圧の中で息が絶えるような思いだった。臼井佳一郎の件について代官所からはその後、何も言ってこない。

そのことが淡窓には却って不気味だった。

銀の雨

一

明るく晴れた昼下がりだった。降り出しそうな空模様ではなかったのに、日差しは変わらずに、細い雨がしばらくの間降った。

千世《ちせ》は博多屋《はかたや》奥座敷の縁側に出て空を見上げた。白く輝く雲がところどころ薄黒く滲《にじ》んで見え、薄紫に見えるところもある。針のように銀色の雨が降ってくる。だが、濡《ぬ》れるのを厭《いと》うほどでもない天気雨だ。

「狐《きつね》の嫁入《よめい》りですな」

縁側を通りかかった久兵衛《きゅうべえ》が、庭に目を遣《や》って言った。木々の緑が時ならぬ雨に濡れて白く輝いている。久兵衛とともに庭を眺めることに千世は恥じらう気持が湧いて、

「そのようでございます」

と答えながら、後ろに身を退《ひ》いた。久兵衛はそのまま行き過ぎようとしたが、ふと足を止め、

「千世さん、少しお訊《き》きしたいことがあるのですが、よろしいかな」

と声をかけた。

千世が、はい、と応じると、久兵衛は床の間のある座敷に入って座った。久兵衛は引き締まった体つきで背筋がのびており、床柱《とこばしら》を背に座ると、武士を思わせる風格がある。千世はかしこまって久兵衛から少し離れて座った。

久兵衛はさりげなく口を開いた。

「先日、咸宜園《かんぎえん》で真道《しんどう》殿が退塾を余儀なくされました」

久兵衛の言葉に千世は小さくうなずいた。茂知蔵《もちぞう》にからまれた時、真道がかばってくれたことを思い出した。真道が塾を去らねばならなかったのは、あのことも一因なのではないか、と心苦しい思いがしていた。

「塩谷郡代《しおのやぐんだい》様からの申し入れがあまりに強かったので、真道殿に退塾していただきたいと申し上げたのはわたしです。咸宜園で学びたいと思って参られた真道殿に心無い仕打ちであったといまでも申し訳なく思っております」

久兵衛は目を落としてしみじみとした口調で言ったが、千世に顔を向け、

「とは申しましても、わたしは兄と咸宜園を守るためなら、泥でも被《かぶ》ります。ふたたび、真道殿に申したように無理を言わねばならぬことが起きれば、兄からではなく、わたしの口から申すことになるでしょう」

久兵衛は芯《しん》の強さを思わせる言い方をした。その物言いは壮年の男の円熟した輝きすら感じさせる。千世は何を訊かれるのか、何となくわかる気がした。

（わたくしと佳一郎《かいちろう》殿のことだ）

千世の胸に苦いものが湧いたが、久兵衛に嘘《うそ》はつきたくない、と思った。たとえ蔑《さげす》まれようともまことのことを話そう、と心を決めた。

「真道殿はわたしの話を快く聞き入れてくださいましたが、その時、気にかかることがある、と言われました」

久兵衛は千世の顔をじっと見つめて言葉を継いだ。

「おわかりでしょうが、真道殿が心配しておられたのは千世さんと臼井《うすい》様のことです。おふたりには何か事情がおありのようだ、と案じておられました。このたびは真道殿の退塾だけで郡代様は矛《ほこ》を収めておられますが、いずれおふたりのことをあげつらってこられるのは目に見えています。ですから、ご事情を打ち明けてくださいませぬか。わたしにできることがあれば、させていただくつもりです」

真情の籠《こ》もった言葉をかけてくれる久兵衛に千世は頭を下げた。

「ありがとう存じます。いつかはお話しいたさねばと思っておりましたが、身の上を申し上げるのも憚《はばか》られ、いままで黙って参りました」

千世はおもむろに来《こ》し方《かた》を語り始めた。

千世は十八歳の時、広島藩《ひろしま》書院番《しよいんばん》、臼井信哉《しんや》のもとに嫁《とつ》いだ。信哉は藩校の教授も務めており、学才を以《もつ》て藩内に知られていた。

広島藩は天明《てんめい》元年（一七八二）、七代藩主浅野重晟《あさのしげあきら》が大坂から朱子学者の頼春水《らいしゆんすい》を招いて学問所を設けて以来、朱子学を藩の正学としてきた。このため信哉も朱子学を信奉し、やや堅苦しい性格に傾いた。

また、春水の長男で詩人として高名な山陽《さんよう》は、矯激《きようげき》な性格から若いころ突然、脱藩を企《くわだ》て、京に出て放蕩三昧《ほうとうざんまい》に明け暮れた。

そのため藩に連れ戻され、廃嫡《はいちやく》のうえ座敷牢《ざしきろう》に三年の間、幽閉《ゆうへい》された。その間、書物を読みふけり、著述に勤《いそ》しんだ。後に『日本外史』を著して学者としても名を高めるが、広島には留《とど》まらず京に出て詩人として暮らした。その生き方は豪放であり、藩士の謹直《きんちよく》な暮らしぶりとはついに無縁だった。

そんな山陽の生き方を知ったためか、謹厳《きんげん》な信哉は詩を好まなかった。

「詩は男子の業に非《あら》ず。放蕩無頼《ぶらい》の者が為《な》すものだ」

というのが、口癖《くちぐせ》だった。

千世は夫のそのような頑《かたく》なさをむしろ好ましく感じていたが、思いがけないことから夫婦の間が破綻《はたん》した。

千世は和歌を嗜《たしな》んでおり、藩内で和歌の教授をしていた信照尼《しんしょうに》という尼僧のもとに通い、添削《てんさく》を受けていた。信照尼のもとには和歌を好む藩士も訪れ、しばしば歌会が催された。

その席には千世だけでなく、他の藩士の妻や尼僧も加わっていた。千世はさほど遠慮することもなく、三月《みつき》に一度ほど催される歌会に出ていた。

ところがある時、この歌会に藩の重役のひとりである峰丹波《みねたんば》が出席した。丹波は和歌の素養があったが、なにより酒好きだった。この日の歌会に自ら酒を持ち込んで出席者に振舞った。

千世は眉《まゆ》をひそめる思いがしていたが、重役のすることをあげつらうわけにもいかず、黙って末席に控えていた。ひと通り歌の披講《ひこう》が終わったところで、千世は早々に退散しようと思い及んだ。ところが退出しようとした矢先に厠《かわや》から戻ってくる丹波と廊下で行き合ってしまった。

丹波はいつの間にかしたたかに酔っていた。

「これは、臼井殿のお内儀《ないぎ》、もはや帰られるのか」

丹波は熟柿《じゅくし》臭い息を吐きながら、近寄ってきた。重役に挨拶《あいさつ》しないわけにもいかず、千世は先に席をはずす失礼を詫《わ》びた。すると、丹波はとろんとした目つきで千世を見つめていたが、

「内儀殿の歌のことでいささかお訊きしたいことがある」

と言い出した。どう応じていいかわからず戸惑っていると、丹波はいきなり手をのばして千世の袖を引っ張った。そのまま廊下に面した部屋に連れ込もうとする。

驚いた千世が声をたてようとすると、丹波は手で千世の口をふさぎ、肩に手をまわして部屋の中に押し込むように入った。千世の足がもつれて倒れる上からのしかかってくる。丹波を押し退《の》けようともがくうちに裾が乱れた。

「どなたか、どなたか――」

千世の叫び声を聞きつけて、尼僧が部屋に駆け込んできてくれた。

「ご重役様、お戯《たわむ》れはお止《や》めくださいませ」

尼僧の声に、丹波はようやく千世の上から身を離すと、

「いや、酔うてしもうて、臼井の内儀殿に介抱《かいほう》してもろうておった」

と言って声高《こわだか》に笑った。

千世は身繕《みづくろ》いすると、恥ずかしさのあまり逃げるように屋敷へと戻った。あるいはこの時、信照尼に事情を話すか、丹波に対して難じておくべきだったのかもし

れない。

丹波の無体《むたい》はすぐに家中に知れ渡ったが、それに対して、丹波は千世の方から誘いをかけたのだ、と言い募《つの》った。

さらに、かねてから千世との間に何事かあったかのように匂わせて、自分の身を守ろうとした。だが、丹波にはその強引なやり方に反発する政敵がおり、丹波が千世との仲を言い広めたことに付け込んだ。

「それでは、不義密通ではないか」

と事を大げさにして丹波を追及した。この結果、丹波は隠居に追い込まれたが、千世も信哉から離縁を言い渡された。千世が必死になって事実無根だと訴え、助けてくれた尼僧にも屋敷まで来てもらい証《あかし》となる話をしてもらったが、信哉は聞く耳を持たなかった。

千世が部屋に連れ込まれ、丹波からのしかかられたことだけでも、信哉にとっては厭わしいことだった。

信哉は離縁を口にしたうえに、醜聞《しゅうぶん》によって自分の面子《メンツ》もつぶれた、どうしてくれるのだ、と千世の実家にまで来て詰《なじ》った。さらには千世に、申し訳に自害するか、尼になれと強要した。

千世はいくら謝っても許そうとしない信哉の狭量さに絶望し、離縁もやむを得ないと思ったものの、自害や仏門に入ることを求めてくる信哉に困惑を覚えた。

　このままでは信哉に生涯罵《ののし》られ、つきまとわれるのではないかと恐れて怯《おび》えるようになった。

　そんな時、信哉の弟佳一郎が日田《ひた》の咸宜園に入塾するという話を聞いた。佳一郎は以前から義姉の千世に好意を持っており、丹波の一件があってからも、ずっとかばい立てしてくれていた。信哉に対しても、

「義姉上《あねうえ》には何の落ち度もありませんぞ」

　と何度も訴えてくれた。それだけに頼りにする気持があった千世は、実家に訪ねてきた佳一郎に、

「咸宜園というところは女人《にょにん》も入門できるのでしょうか」

　と訊いた。千世は信哉が好まない詩をひそかに読んでおり、淡窓《たんそう》の詩も知っていた。咸宜園には学ぼうとする者が諸国から集まると聞いて、自分もかなうならば行って学びたいという気持が湧いていた。

　信哉に離縁されて戻った実家は、決して居心地《いごこち》いいものではなかった。丹波とのことは政争がからんで、いつまた思いも寄らぬ形で蒸し返されるかわからない。実家は争いに巻き込まれることを恐れていた。

　千世が咸宜園に行きたいと望んでいることを聞いた佳一郎は、喜んで段取りをつ

け始めた。千世の実家にも、藩外に出す方が厄介《やっかい》払いができるのではないかという思いがあった。佳一郎がその実家に赴《おもむ》き、千世が咸宜園で学ぶことを許してくれるよう説得すると、あっさり承諾した。

出国の準備をととのえた佳一郎は、旅には千世の実家の女中をひとり伴うと報《しら》せを寄越《よこ》した。離縁したとはいえ、元夫の弟とともに長旅をすることにためらう気持があった千世も、それならばと覚悟を決めた。

だが、藩を出て数日後に女中は姿を消した。千世が驚いて訊くと、女中を伴ったのは、藩を出る際の体面を取り繕《つくろ》うためだったと、佳一郎は白状した。

「三人では路銀《ろぎん》もかさみますから」

佳一郎は無邪気な表情で言った後、真顔になって、

「わたしは以前から義姉上をお慕《した》いしていたのです」

と口に出した。千世は困惑した。これでは仮にも義弟だった佳一郎と駆け落ち同然に国許《くにもと》を出てきてしまったことになる。実家もそれを承知で千世を旅立たせたのだろうか。佳一郎とそのような間柄に見られるならば、自分はいよいよ不義を働いた女と見做《みな》されるのではないかと思い、千世は身の置き所がないような虚《むな》しい気持を抱《いだ》いた。

だが、藩を出てしまったからには咸宜園以外に行くところはなかった。

その日から佳一郎と旅をする間、毎晩のようにかき口説《くど》かれた。時には涙を流して真情を訴える佳一郎を、千世は頑なに拒《こば》み続けた。

しかし、山陽道《さんようどう》の西端である赤間関《あかまがせき》にたどり着いて、天候が悪く船を待つ間、足止めされた宿で千世はとうとう根負《こんま》けした。

もはや、国に帰ることもないだろうと思うと、佳一郎を頼りに生きていくほかないと観念する心持ちになった。だが、翌朝目覚めた時に、千世は後悔の念に駆られた。

佳一郎とは心を添わせられないと、あらためて思い知らされた。

佳一郎は大らかで明るく、ものにこだわらない性格で、信哉とは違った人柄のように思っていた。だが深く知ってみるとやはり兄弟で、芯のところに似通っているものがある。佳一郎の明るさは軽々しさであり、ものにこだわらないのは信念が無いからなのだ、と見えてきもした。

翌日から、千世はまた佳一郎を拒んだ。

ひとたび一線を越えただけで安心したのか、佳一郎は千世が頑ななのも気まぐれだと思うらしく、

「いずれは晴れて夫婦になるのですから、それまでは我慢しましょう」

などと言ってのけた。千世は呑気《のんき》な佳一郎に気疲れを感じたが、為す術《すべ》もなく、

日田にやってきたのだった。淡窓の、

少女　春に乗じて画欄《がらん》に倚《よ》り
哀箏《あいそう》何事か　風に向かって弾ずる

という詩句は、日田の水明な風景から生まれたのかと思うと、千世は感動のあまり自《おの》ずと涙が出た。そして淡窓に会い、勉学する機会を得てからは、日々、心が洗われるような気がしていた。

「お恥ずかしゅうございますが、わたくしはこのような経緯《いきさつ》で咸宜園に参ったのです」

千世は話しながら、涙が出そうになるのを懸命に堪《こら》えていた。久兵衛の前で涙を見せたくはなかった。

「千世さんも苦労なさいましたな」

久兵衛はしみじみと同情を寄せる声で言った。千世は頭《かぶり》を振った。

「苦労などと申しては罰《ばち》があたります。思うにまかせずこちらに参りましたが、かように学ばせていただき、わたくしは幸いだと存じております。とは申しましても、義弟であったひとと通じた不義者だと誹《そし》られれば、返す言葉はございません」

千世は辛《つら》そうな面持《おもも》ちで言った。

「うかごうてみれば、千世さんがひとに恥じることなど何ひとつないと存じます。やはり千世さんはお見受けした通りの清らかな方であることがわかり、わたしは安《あん》堵《ど》いたしました。かようなことを口になされるのはさぞお辛かったと思いますが、ひとは皆、さほど違う生き方をしているわけではございません」

久兵衛の情の籠もった物言いに、千世は顔を上げた。

「さようでございましょうか」

「そうですとも。わたしはこれまで小《お》ケ《が》瀬《せ》井《い》手《で》の開削《かいさく》や湿地を埋め立てての新田開発、干拓といろいろやって参りました。それが世の役に立つと思えばこそですが、それで多くのひとに喜ばれたかというと、そうではありません。でき上がってしまえば、ひとはそれが最初からあったように思いますし、そのために労力や金を使った自分の損ばかりに目がいきます。あげくには、おのれの利益のためにすべてをやったと、わたしを誹る者まで出て参ります」

「まさか、さようなことが」

「いや、世の中とはそうしたもののようです。ひとのことは悪く言いたいらしい。つまるところ、わかってもらいたいという気持がおのれの欲なのではありますまいか。その欲を捨てて、為すべきことを為していくのがひとの道だと思うようになりました」

久兵衛は淡々と語った。さまざまな事業に成功したと聞いている久兵衛がそんな思いを抱いているとは、と千世は意外に感じた。

「わたくしが、ひとに不義者と謗られるのを厭うのも欲なのでしょうか」

「いや、そんなことはありません。ひとはなかなか真《まこと》の姿を見ようとはしない、と心得ておくしかないかもしれませんが、誰もが見ないわけではありません。現にわたしは千世さんの真を信じております。どこにでも信じてくれるひとは必ずいるものです」

久兵衛の言葉はやさしく力強かった。千世は思わず涙をこぼした。

「申し訳ございません。涙を流したりなどしてはいけないと思っておりますのに」

千世は袖で目頭《めがしら》を押さえた。

「泣きたい時は泣かれればよい。涙はいつかは止まります。存分に泣いた後はすっきりして笑いたくなります」

久兵衛は明るく笑った。つられて、千世も思わず笑い声をあげた。

涙を流しながらだったから泣き笑いではあったが、それでもこれだけ明るい気持になれたのは、いつ以来だろうと思った。

明るい日が差す庭にまた細い雨が降ってきた。

二

七月に入って淡窓はある決断をした。

塾生のうち学業優秀で高弟とも言える宗仙《そうせん》、来真《らいしん》、勲平《くんぺい》、龍信《りゅうしん》の四人を書斎に呼んだ。四人がそろうと淡窓は、

「そなたたちは、いまの咸宜園をどう思うておる」

と問うた。四人は口々に塩谷郡代が塾の運営に口出しすることを憤《いきどお》っていることや、茂知蔵が代官所役人の子弟である塾生と徒党を組み、あたかも塾を私《わたくし》するかの如《ごと》き振舞いを苦々しく思っていることなどを述べた。

年長の宗仙は膝《ひざ》を乗り出して、

「わたしどもは真道殿が退塾せねばならなかったことに、いまも得心《とくしん》がいっておりません。すでに入門する者も減ってきております。このまま郡代様の口出しが続けば、咸宜園は立ち行かなくなるのではないかと恐れております」

と言った。他の三人も宗仙の言うことに賛意を示した。

淡窓はうなずいて、

「わたしもそう思う。そこで、咸宜園を守るための秘策を考えた。聞いてくれるか」

「なんでございましょうか」

四人は秘策と聞いて顔を輝かせた。淡窓は机の上に置いていた一枚の紙を四人に示した。そこには塾生二十人ほどの名が記されている。

「これは皆、月旦評《げったんひょう》の上位におる者たちですな」

宗仙は紙を手にしてつぶやいた。傍《かたわ》らから覗《のぞ》きこんだ来真が、

「しかし、茂知蔵ら代官所の子弟でこれまで上位にあげられていた者が入っておりませんぞ」

と指摘した。勲平が首をひねりながら、

「この者たちをいかがされるおつもりでしょうか」

と訊いた。

淡窓は穏やかに告げた。

「そなたたち四人はそれぞれ私に社を結び、そこに書かれている者たちとともに勉学に自ら勤しんでもらいたいのだ」

「咸宜園の中に結社を作れとおっしゃられるのですか」

宗仙は目を剝《む》いた。

「そうだ。いまのように月旦評が壟断《ろうだん》されては、塾で学ぶ者たちの心気が萎《な》える。結社を作り、おたがいを高めてもらいたい。わたしと旭荘《きよくそう》は、それぞれの結社の集まりに出て講義をしよう」

宗仙が顔を上気させ、膝を打った。

「なるほど、成績の上位者だけをまとめてしまわれるのですな。さすれば茂知蔵がどのように振舞おうと関わらずにすみますな」

「それに、月旦評によらずとも、どの結社にいるかで、塾生は自分の実力のほどを測れるということですか。最初は結社に入れない者たちも、学問が進めばいずれかに入ることができますからな」

来真が感心したようにうなずき、腕を組んだ。

淡窓は、言わば成績上位者の特別級を作ろうとしていた。私事の結社である以上、塩谷郡代も口を出すことはできないはずだ。結社ごとに勉学することで、咸宜園の志気はふたたび高まるのではないか、と淡窓は慮《おもんぱか》った。

「これはよい考えです。これなら皆、やる気が出ますぞ」

勲平がにこやかに言った。だが、竜信がおずおずと口を挟んだ。

「わたくしもよいご提案だと存じますが、気になることがひとつございます」

「なんであろう」

淡窓は龍信に顔を向けた。龍信は僧侶で、仲がよかった真道の思いがけない退塾を嘆いていた。それだけに結社の話には賛同してくれるものと思っていたのだが、何か不審があるのだろうか。

龍信は塾生の名を書き連ねた紙に目を遣りながら、

「この中に臼井佳一郎殿の名がありませんが、なぜでございましょうか。成績上位二十人を選ぶとすれば臼井殿が入らぬということはないように存じますが」

と訝《いぶか》しげに言った。宗仙たちも龍信の言葉にはっとして、あらためて紙に目を落とした。確かに佳一郎の名が無い。

淡窓は黙って目を閉じた。

勲平が淡窓の様子を見て口を開いた。

「臼井殿については郡代様から真道殿同様、退塾を求められた。旭荘先生が応じられなかったため、沙汰《さた》止《や》みにはなっておるが、いつまた郡代様からお達しがあるかわからぬ。さようなひとを結社に入れては何かとまずいのではないか」

龍信はうなずきながらも、言い添えた。

「それは、わたくしも承知しておりますが、臼井殿だけを外《はず》せば、あたかも噂《うわさ》されている不義を皆で認めたことになりはいたしませぬか。そうなると臼井殿は塾生の中で孤立いたし、退塾せざるを得なくなりましょう」

宗仙はうなり声をあげて頭をなでた。そして淡窓に顔を向け、

「ここは、やはり先生のお考えをはっきりとうかがっておかねばなりません。臼井殿をかばわれるおつもりはございますか、それとも退塾を迫られますか」

と単刀直入な訊き方をした。

淡窓は辛そうな表情で目を開いた。

「正直に申せば、臼井をかばい切るのは難しかろうと思うておる。だが、退塾させるつもりもない。ただ、いまは咸宜園を守るので精一杯というところだ。結社を作ることでまことに守れるかどうかもやってみなければわからぬ。無情なようだが、臼井のことは、あとで考えるしかない」

淡窓の言葉を四人は重苦しい表情で聞いた。しばらくして龍信が、

「やはり、やむを得ませんなあ」

とつぶやいた。

淡窓は鬱々《うつうつ》とした顔をしてうなずくしかなかった。

七月二十一日、宗仙が〈日新社《にっしんしゃ》〉を結成した。翌二十二日、来真を長にして〈廻《かい》瀾社《らんしゃ》〉ができ、続いて二十四日には勲平の〈必端社《ひったんしゃ》〉、龍信の〈三省社《さんせいしゃ》〉も名のりを上げ、それぞれ四人から八人の塾生が参加した。

高弟たちがそれぞれ結社を作ったことは、塾内に波紋《はもん》を広げた。茂知蔵は、「塾内に私の結社を作るとはいかがなものか。まるで派閥のようではないか」と声高に批判したが、かといって自ら結社を作るだけの力はないだけに、やがて沈黙せざるを得なくなった。

一方、佳一郎は困惑した。どの結社からも声がかからなかったからだ。そのことに不満を覚えたが、辞を低くして入れてくれるよう頼むのも誇りが許さなかった。茂知蔵が派閥ではないか、と難じた通り、結社ができてから輪読《りんどく》は結社ごとに行うことが多くなり、佳一郎は周囲と交わり難くなっていった。佳一郎は博多屋を訪れたおりに、庭先に千世を呼び出して、

「近頃の咸宜園はおかしゅうございます」

と訴えた。

千世も結社には加わっていないが、通いであることと女人である以上、しかたがないと思っていた。もともと尼僧の智白《ちはく》、智参《ちさん》とともに女人だけでの輪読を行ってきたから、すでに結社を作っていたとも言える。

咸宜園に行けば、結社の結びつきが強まっていくのがわかる。結社に加わっていない者は勉学に励んで、どこかの結社に入ろうと努力するようになっていた。

だが、どの結社にも入れないことが初めから明らかな者たちがいた。茂知蔵ら代

官所の子弟たちと、佳一郎だった。

（このままでは佳一郎殿は見捨てられる）

近頃さすがに千世も案じるようになっていたが、どうすることもできなかった。

佳一郎は咸宜園の現状にひとしきり不平を並べた後、

「わたしは咸宜園を出ようかと考えています」

と声を低めて言った。

「退塾されると言うのですか」

「はい。咸宜園には失望いたしました。聞いていたこととは、まるで違うではありませんか。これでは勉学など進みはいたしません」

佳一郎は腹立たしげに口を尖《とが》らせた。

「ですが、淡窓先生や旭荘先生ほどの方の講義は他では受けられないのではありませんか」

「いえ、そんなことはありません。わたしは大坂の洗心洞《せんしんどう》へ行こうかと考えております。大塩中斎《おおしおちゅうさい》という方はなかなかの学者だということです」

そう言うと、佳一郎は千世の顔を見つめた。

「義姉上《あねうえ》もわたしとともに大坂へ行っていただけますね」

「わたくしも大坂へ参れと言われるのですか」

千世は困惑した。国許であらぬ疑いをかけられ、中傷された千世が咸宜園に行くことを望んだのは、故郷の広島を遠く離れた山里の塾で静かに学問に励みたいと思ったからだ。日田に来てみれば、願った通り心の傷を癒《いや》す平安が得られた。いまの生活を捨て繁華な大坂に出る気にはなれない。しかも大坂は各藩の蔵屋敷があり、広島から訪れる藩士も多い。大坂で暮らせば、いつ、誰に会うかわからない。そんな町に行くのは気が重かった。

「わたくしは大坂に参りたくはありません。そのわけはおわかりのはずでしょう」

千世は語気を強めて言った。しかし、佳一郎はのんびりとした声で応じた。

「さほどに気になされることはないではありませんか。大坂に参ってから祝言《しゅうげん》をあげればよいのです。大坂なら、国許から送金してもらうのも容易《たやす》くなりますし、金に不自由いたせば、藩邸を訪ねれば何とでもしてくれましょう。さような時のために、大坂藩邸におる者を新居に招いて親しくいたすなどしておいた方がよいかもしれませんな」

佳一郎の言葉に千世は啞然《あぜん》とした。醜聞に塗《まみ》れて離縁され、別れた夫の弟とともに国を出た千世のことが藩内でどのような噂になっているかは察しがつく。それなのに、佳一郎は大坂で夫婦となって暮らし、その様を藩士の目にさらそうというのだろうか。

（このひとは、やはり何もわかっていない）

千世は唇《くちびる》を嚙《か》んだ。

佳一郎は千世の心の傷などには、まったく思いが至っていない。自分がどのように楽しく世を渡っていくかだけで、頭の中がいっぱいなのだ。そんな佳一郎と一夜だけとはいえ、交わりを持ってしまったことが悔やまれてならなかった。

「わたくしはあなたとともに大坂には参りませぬ」

千世がはっきりと言い切ると、佳一郎は肩を落とした。

「義姉上は、さように咸宜園がよろしいのですか」

恨《うら》みがましい表情で言い残して、佳一郎は帰っていった。その後ろ姿を見送りながら、千世は何としても日田に留まろうと思った。

（わたしの居場所はここにしかない）

そう胸中でつぶやく千世の脳裏には久兵衛の姿が浮かんでいた。


咸宜園に結社ができ様変わりしても、塩谷郡代から特に咎《とが》め立てめいたことを言ってくる気配はなかった。淡窓はほっとしたが、心労が無くなったわけではない。

八月になって淡窓の父、三郎右衛門《さぶろうえもん》が病床《びょうしょう》についた。三郎右衛門は三十一歳で家業を継いでから、粗衣粗食《そいそしょく》に甘んじ、ひたすら勤勉に働いてきた。

その謹直さが認められ、一時は七つの藩の御用達《ごようたし》を務めるほどまでに博多屋を発展させてきた。

久兵衛に家業を譲ってからも、塩谷郡代から〈三老の長〉として手厚く遇されていた。淡窓にとっては、家業を継がずに学者の道を選んだことを温かく見守ってくれた父だった。

三郎右衛門は商人として生きてきたものの、若いころは読書が好きで、学者になりたいと考えたこともあったようだ。だが親が許さず、致し方なく家業を継いだ。そのため淡窓が詩人や学者として名を高くしていくことを誰よりも喜んだ。

親戚の中には、淡窓が家業を継がなかったことを非難する者もいたが、

——彼は既《すで》に学の志《こころざし》あり、その所為《しょい》にまかせて我が少年の宿志《しゅくし》を嗣《つ》がしむにしかず

と、自分の若いころの夢を淡窓に託しているのだという思いを述べて、かばってくれた。

淡窓は、三郎右衛門に付き切りで看病した。父は病床にあって、淡窓から経書や歴史の話を聞くことを何よりの楽しみとした。

淡窓が学問について語ると、目を輝かせて聞き入り、

「まことに、まことに学問とはよきものじゃな。ひとを安らぎに導いてくれる」

としみじみと言った。

「さようなものでしょうか」

父から教えられる気がして淡窓は訊いた。

「そうじゃとも。この世に正しきこと、尊ぶべきことがあると知れば、ひととして生きてよかったと心底《しんそこ》思える」

「それが学問の道かもしれませぬな」

「この世はな、生きていれば嫌《いや》なことが多い。ひとを憎たらしく思うこともままある。そんな世をなにゆえ、あくせくと生きねばならぬのかと思い悩むことも珍しいことではない」

淡窓は、商人として成功した父も生き悩んだことがあるのか、と意外な心持ちがした。

三郎右衛門はなおも話を続けた。

「ひとが生きていくとは、長く降り続く雨の中を歩き続けるのに似ている。しかしな、案じることはないぞ。止まぬ雨はない。いつの日か雨は止んで、晴れた空が見えるものだ」

塩谷郡代に咸宜園が振りまわされていることを三郎右衛門は知っているのだろう。余命いくばくもない病床にありながら、なお淡窓を励まそうとしている。

淡窓は父の心遣いに胸を熱くした。

すでに五十三歳になり、世に高名を馳《は》せた息子を八十四歳の父が案じてくれていることに言葉にならない感動を覚えた。淡窓は三郎右衛門の言葉を胸の中で繰り返した。

(止まぬ雨はない。いつかは晴れる時がくる)

三郎右衛門はそんな淡窓の顔をやさしげな目で見つめていた。

十月五日、三郎右衛門は亡くなった。淡窓は深い悲しみに沈むとともに、三郎右衛門について、

――若キヨリ人ニ物ヲ恵ミ食ヲ施《ほどこ》スヲ楽シミトシタマウ。眼前ノ利得ヲ貪《むさぼ》ラズ陰《いん》徳《とく》ヲ行イテ子孫ニ残スヲ旨《むね》トシタマエリ

と記した。

三

十二月二十七日、久兵衛が淡窓のもとを訪れた。顔に翳《かげ》りがあるのを見た淡窓は久兵衛の言わんとする言葉を察した。

「また、郡代様からのお申し付けがあったのだな」

「さようでございます。代官所に参られるように、とのことでございます」

淡窓は眉をひそめた。

「わしはいま服喪《ふくも》の身だ。公《おおやけ》の場に出ることは憚《はばか》られる。そう申し上げてくれぬか」

「そのことは申し上げました。郡代様は親の喪であっても四十九日を過ぎれば外出いたしてもよいはずだ、と言われるのです」

「なんと――」

儒者は厳格に親の喪に服する。一年の服喪は当然であり、三年の喪さえある。それを、四十九日を過ぎれば外出をしていいはずだ、というのは塩谷郡代がいつものように自分のものさしによって言い出したことなのだろうか。

淡窓はしばらく考えた後、久兵衛に顔を向けた。

「これはやはり、〈官府《かんぷ》の難〉であろうか」

「おそらくそうでありましょう。郡代様は兄様《あにさま》に服喪を中断させ、また何かをお申し付けになるおつもりなのでしょう」

「そうか――」

やはり塩谷郡代は咸宜園に結社ができたことを快く思っていないのだろう。淡窓に服喪の中断という無理難題を押し付け、自らに従うかどうかを試そうとしているのだ。

(わしは父の喪に服することも許されぬのか)

淡窓の胸に怒りが湧いた。

だが、同時に三郎右衛門の温顔が思い浮かび、父は自分がひとを憎むことを喜ばないだろうと、淡窓は憤りを鎮《しず》めた。

淡窓はやむなく支度《したく》をして、久兵衛とともに代官所へ向かった。

塩谷郡代は広間で淡窓と会うなり、丁重《ていちょう》に悔やみの言葉を述べた。久兵衛は隅に控えている。

淡窓は恐縮するばかりだったが、ひと通りの挨拶が終わると、塩谷郡代は口調を変えた。

「さて、本日来てもろうたのは、他でもない。そなたが服喪のため屋敷に引き籠もっておると聞いたからじゃ。いつまでもそなたに引っ込んでおられては、塾生も迷惑であろう。早く講義を始めてもらわねばならぬからな」

「有り難き仰《おお》せではございますが。親の喪に服するは儒者の大事にいたすところでございますゆえ」

淡窓が戸惑いを見せると、塩谷郡代は声をあげて笑った。

「淡窓殿は心喪《しんそう》という言葉を知らぬと見える。もし喪に服するに足りぬと思うのであれば、心で喪に服すればよいのだ」

言うや否《いな》や、ぱん、ぱんと手を叩《たた》いた。それを合図に女中たちが膳を運んできた。焼いた鯛《たい》が皿に載《の》り、酒器も添えられている。

眉をひそめた淡窓が視線を向けると、久兵衛も困った顔をした。

だが、塩谷郡代のやり様を止め立てするわけにはいかない。淡窓と塩谷郡代、そして久兵衛の前にも膳は置かれた。

塩谷郡代は膳の上の鯛を満足そうに見て、

「古礼では老いた者と病《やまい》の者は喪中でも酒を飲み、魚を食することを許されていたと耳にいたしたことがある。そなたはすでに五十を過ぎて、しかも病がちだ。通常の喪の礼にこだわることはあるまい。食べる物も食べなければ、体を損《そこ》なうだけだ」

と嘯《うそぶ》いた。

淡窓は何も言えずに黙って膳を見つめた。真道が僧侶の身であることを知りながら、塩谷郡代は生臭物《なまぐさもの》を食べさせようとしたという。塩谷郡代の胸中にはひとを苛《さいな》むことを喜ぶ心があるのではないかと、そんな気にもさせられる。

塩谷郡代は機嫌《きげん》よさげに話を続けた。

「きょうは、そなたにこのことを言いたくて招いたのだ。明日より咸宜園での講義を行ってもらわねばならぬ。さて、盃《さかずき》を取らせよう」

塩谷郡代は酒器を手にすると淡窓を差し招いた。

困惑する淡窓に、後ろから久兵衛が、

——兄様

と小さく声をかけた。淡窓はやむを得ず前に進み出て、塩谷郡代から盃を受けた。塩谷郡代は執拗《しつよう》に淡窓に酒を飲ませ、鯛に箸《はし》をつけるよう勧めた。

断るわけにはいかないと思い定めて淡窓は鯛の身をむしって口に入れた。ひどくまずい物を食べた気がして喉《のど》につかえた。ふた月前に父が亡くなったばかりだというのに、酒を飲み、魚を食している自分が情けなかった。

淡窓がたまりかねて箸を置くと、塩谷郡代はさすがにそれ以上の無理強《じ》いはしなかった。自ら酒を注《つ》いで口に運びつつ、塩谷郡代は、

「時に近頃、咸宜園では塾生がいくつもの結社を作り、勝手をいたしておるそうだが、まことか」

とさりげない口調で言った。

「勝手ということではございませぬ。それぞれが力を合わせ勉学に勤しもうと集まっておるのでございます」

「しかし、そのための咸宜園ではないか。それなのに、その中で数人ずつが徒党を組むというのは穏やかでない」

塩谷郡代はじろりと威嚇《いかく》するような目で淡窓を睨《にら》んだ。淡窓は表情を固くした。月旦評への介入を許してしまった以上、せめて塾生の自主的な勉学の場だけでも守らねばならない。

塩谷郡代から何と言われようと、結社を解散させてはならないと淡窓は決意していた。淡窓が黙《もく》していると塩谷郡代はにやりと嗤《わら》った。

「何を困った顔をしておる。わしは結社を止めさせろなどとは言うておらんぞ。さようなことがいたしたければすればよいのだ」

「さようにございますか」

淡窓はほっとした。

「されど、わしが先日来、退塾を求めておった臼井佳一郎なる者はその結社に入っておるのか」

なぜそのようなことを訊くのだろうかと訝りながらも、

「いえ、臼井は入っておりませぬが」

と淡窓は答えた。

「結社は塾生が集まって勉学いたすためのものだと、そなたは申したが、それでは臼井は勉学に熱心ではない、ということになるのう」

「さようなわけではございません。臼井は臼井なりに努めております」

「信じられぬな。不義者が聖賢《せいけん》の道をまともに学んでおるとは思えぬ」

吐き捨てるように塩谷郡代は言った。久兵衛は膝を乗り出した。

「恐れながら申し上げます」

「なんじゃ」

塩谷郡代はうるさげに久兵衛に視線を向けた。

「わたくしが聞きましたところでは、臼井様が不義を働いたということはないようでございます。同伴の女人は広島藩のご家中で誤解され、困りはてて日田に参られたもののようでございます」

久兵衛は丁寧な口調で言った。

「ほう、久兵衛が申すことなら、まんざらでたらめとも思えぬ。しかし臼井なる者と咸宜園に通いおる女が実の姉弟ではない、ということはまことであろう」

「それは――」

塩谷郡代に決めつけられると、久兵衛も答える術がなかった。

「仮に不義者でなかったとしても、いわくありげな男女がともに咸宜園におっては、評判に関わる。臼井を退塾させたくないと申すのであれば、その女を止めさせよ」

塩谷郡代は斬りつけるように言った。

淡窓と久兵衛は顔を見合わせた。塩谷郡代の狙いが千世にあるとは思いも寄らないことだった。

翌日、博多屋の一室で久兵衛は千世と向かい合っていた。

「わたくしに咸宜園を止めよとの仰せでございますか」

千世は驚きのあまり声を詰まらせた。

「いや、兄もわたしもさようなことは考えておりません。ただ、郡代様が言い出された以上、いずれ千世さんの耳にも入るでしょうから、お伝えしているのです」

久兵衛は腕を組んで考え込んだ。

「ですが、郡代様のお言い付けとあれば、しかたございません」

千世はうつむいた。せっかく落ち着いた暮らしができるようになったばかりなのに、日田を出なければならないのか、と思うと心が暗くなった。

久兵衛は千世をじっと見つめた。

「千世さん、わたしはあきらめるということが嫌《きら》いな男です。ですから、あなたにもあきらめていただきたくないと思っています。このことは、わたしと兄とで何とかいたしましょう」

「まことでございましょうか」

千世はすがるような目を久兵衛に向けた。久兵衛はうなずいたが、厳しい表情をして言葉を継いだ。

「ただし、ひとつだけうかがっておかねばなりません。郡代様はいわくのある男女が同じ塾にいることはまかりならんとの仰せです。つまり、千世さんを止めさせないのであれば、臼井殿を退塾させよとの意が含まれています」

千世は久兵衛が続けて何を言うのだろう、と緊張した表情で待ち受けた。

「もし、臼井殿が退塾される場合、千世さんはどうなさいます。臼井殿とともに日田を去られますか」

即座に千世は首を横に振った。

「わたくしはこの後、佳一郎殿とともに歩んで参りたいとは思っておりませぬ」

口にしながら、佳一郎に対して自分は残酷なことを言っている、と千世は胸が痛んだ。

久兵衛は、始末のつけようがなくなれば佳一郎を退塾させることで事を収めようと考えているのではないだろうか。自分が咸宜園に残りたいがために、佳一郎を突き離そうとしているような気がした。

千世は困惑の色を浮かべて久兵衛を見た。

「わたくしはひどいことを申したのでしょうか」

「さようなことはありません。わたしは千世さんの本音をお聞きしておいた方がよいと思ったのです。千世さんが、これからどのように生きていかれたいのか、そこのところがわからなければ、やり様が見つかりませんから」

　久兵衛は落ち着いた物言いをした。

「旦那様《だんなさま》はわたくしのために為されてくださるのでしょうか」

「そのつもりでおりますよ」

　久兵衛は温かな笑みを浮かべて、わたしはあきらめるのが嫌いなのです、と付け加えた。

　千世は久兵衛にすがろうと思った。


　そのころ佳一郎は講堂で旭荘の講義が始まるのを待っていた。すると茂知蔵がにやにやと嗤いながら近寄ってきた。

　日頃から仲の悪い相手だけに、佳一郎は素知《そし》らぬ顔をしていた。すると、茂知蔵は声をひそめて言った。

「臼井殿にはお気の毒なことだな」

「何のことだ」

　佳一郎はむっとして茂知蔵を見返した。茂知蔵はわざとらしく目を大きく見開いてみせた。

「ご存じないのか。郡代様から臼井殿か千世殿のどちらかを咸宜園から去らせよとのきついお達しがあったそうではないか」

「義姉上も退塾させよというのか」

佳一郎は目を瞠《みは》った。

「それで淡窓先生と久兵衛殿が何やら相談されておるようだが、どうも退塾させられるのは臼井殿の方らしい」

茂知蔵はつめたく言い放った。

「なぜ、さようなことになるのだ」

「まだ知らなかったとは驚いた。千世殿は博多屋におる間に久兵衛殿にすっかり気に入られ、いつも奥座敷でふたりして話をしておるということじゃ。久兵衛殿は千世殿を手放したくないゆえ、臼井殿に引導を渡すつもりではないかな。さすれば、千世殿をいずこかへ囲って妾《めかけ》にすることもできる」

「なんだと――」

佳一郎はかっとなって茂知蔵の胸倉《むなぐら》をつかんだ。茂知蔵は嗤って、

「落ち着かれよ。日田の掛屋《かけや》はそこらの大名よりも金を持っておる。妾であろうとも栄耀栄華《えいようえいが》は思いのままだ。千世殿のことを思うのなら潔《いさぎよ》く身を退く方が男らしいというものではないか」

と毒のある物言いをした。

「そんなことがあるはずない」

佳一郎は立ち上がった。茂知蔵は見上げて嘲笑《あざわら》うように訊いた。

「どうする。博多屋に行って千世殿に確かめるか？　白昼、店に乗り込んで、さようなことを口走れば、とんだ笑い物になるだろうがな」

佳一郎は血相を変えて講堂を飛び出した。

博多屋へ行こうとして思い止《とど》まった。茂知蔵の言った通り、騒ぎ立てれば赤恥をかくことになるかもしれない。どこへ行って、何をしたらいいものか、聞いたばかりの話に思い惑って、日田の町中を歩きまわった。

頭の中を駆けめぐっているのは千世のことだった。

佳一郎は、千世が兄の妻となった時から惹《ひ》かれていた。しかし、不義密通をするなど思いも寄らず、いつか千世に似た女《ひと》を妻にしたいと夢想するだけだった。ところが思いがけない経緯《いきさつ》から、千世は離縁されることになった。

佳一郎は千世をかばおうとしない兄に腹を立てたが、心の中では千世が離縁されたことをひそかに喜んでいた。千世が峰丹波に乱暴されかけたと聞いた時から、佳一郎の胸に千世をわがものにしたいという思いが湧いていた。

それで、千世が咸宜園に行きたいと言い出した時は、天にも昇る心地がした。千世も自分とともに生きたいのだ、と思い込んだ。

千世が日田に行けるよう駆けまわって段取りをつけている最中に、兄に呼び出されてどういうつもりだと難詰《なんきつ》されたが、千世が藩に留まっていては兄の恥辱になるだろうからしているのだ、と恩着せがましく突っぱねた。

信哉は目を怒らせて佳一郎の言うことを聞いていたが、やがて、

「お前はいつか後悔することになるぞ」

とひややかに言い捨て、それ以降は何も言わなくなった。佳一郎は兄を言い負かしたと得意満面で旅立ちの準備を進めた。

日田への途《と》で千世は佳一郎と一夜をともにした。その後、千世は佳一郎を拒む素《そ》振《ぶ》りを見せているが、正式に夫婦になるのを待っているだけだと考えてきた。咸宜園で学問を修め、学者の道を歩むか、しかるべき藩に仕官できた暁《あかつき》には千世はついてきてくれるに違いないと信じてきた。

だが、千世は、佳一郎が大坂の洗心洞に行こうと誘ったおり、はっきりと断った。大坂へ行きたくないという気持はわからないでもないが、そうなると佳一郎とともに暮らせなくなるということを少しも慮る様子がなかった。

そのことが心に引っかかって佳一郎の胸に影を落としていた。千世が博多屋で大事にされているのは訪ねるたびに感じ取っていた。千世はいまの暮らしに満足し、

自分との将来など考えてもいないのではないか、と佳一郎は恐ろしい想像をして身震いした。

そんなことはあるはずがないと思いながら、佳一郎は久兵衛を思い浮かべた。大名貸しをして数万両もの金を動かしている男には、武士とは違う凄《すご》みと貫禄《かんろく》がある。

（あの男と千世の間に何事かありはしないだろうか）

佳一郎はいつの間にか小高い丘の上に登っていた。日田の町を見下ろしているうちに、身の内に嫉妬と憤りが渦巻いて、どうにも怒りを抑えられなくなってきた。

（もし、千世が久兵衛と通じているようだったら）

佳一郎は脇差《わきざし》を抜いた。白刃《はくじん》が日差しに妖《あや》しく煌《きら》めいた。自分を裏切った者は決して許さない。この時になって初めて佳一郎は、兄の信哉が離縁した千世にしつこく自害するか仏門に入れ、と迫った気持がわかった。

「千世を誰にも渡さぬ」

佳一郎は傍らの笹に向かって脇差を振るった。笹は音もなく斬られて地面に落ちた。佳一郎にはその様が血に染まって倒れる千世に見えた。

小夜時雨《さよしぐれ》

一

年が明けて、天保《てんぽう》六年（一八三五）一月――

日田《ひた》代官所の執務室で塩谷郡代《しおのやぐんだい》は、火桶《ひおけ》に手をかざしながら苦虫《にがむし》を噛《か》み潰《つぶ》したような顔をしていた。目の前に茂知蔵《もちぞう》が平伏《へいふく》している。

「まことに申し訳ございません」

茂知蔵は先ほどから塩谷郡代の叱責《しっせき》を受けていた。傍《かたわ》らに茂知蔵の父宇都宮《うつのみや》正蔵《しょうぞう》が控えている。咸宜園《かんぎえん》では塾生による結社が相次いでできている。それに対して何の対処もしてこなかったことを茂知蔵は咎《とが》められていた。

「結社を作るのを止めることができないのであれば、そなたが結社を作り、他を圧すればよいのだ」

塩谷郡代に決めつけられて、茂知蔵は困惑した。自分が結社を作ったとしても、入るのは代官所の役人の子弟だけだ。しかも皆、学問に秀《ひい》でてはいない。結社を称してもまわりの失笑を買うだけだろうと腹で思いつつ、茂知蔵は額に汗を浮かべて、

「されど、間もなく、咸宜園では不祥事《ふしょうじ》が起こりましょう。そのおりに、綱紀《こうき》粛《しゅく》正《せい》を行い、結社も解散させればよろしいかと存じます」

と言い訳した。

「何が起きるというのだ」

「咸宜園に通っている千世《ちせ》という女と博多屋《はかたや》久兵衛《きゅうべえ》の仲が怪《あや》しいと臼井佳一郎《うすいかいちろう》を焚《た》きつけました。あの男は思慮が浅《あそ》うございますから、嫉妬に駆られて騒動を起こすことになるかと存じます」

得々として話した茂知蔵は、塩谷郡代が何も言わないのを気味悪く思って、恐る恐る顔を上げた。すると、塩谷郡代は怒りに燃えた目で茂知蔵を睨《にら》みつけていた。

塩谷郡代は大喝《だいかつ》した。

「愚か者――」

茂知蔵は震え上がって手をつかえ、額を畳にこすりつけた。

「久兵衛はわしを助けて新田開発を行ってきた者だ。その久兵衛をさようなことに巻き込めば、わしの顔に泥を塗ることにもなるのだぞ。それすら、わからんのか」

しかもかような時期に、と言いかけて、塩谷郡代は口をつぐみ、

「お前は浅知恵を働かせて、わしの足を引っ張ることしかしておらぬ。もはや、あてにはできぬ」

と叱責して茂知蔵に下がるよう言った。茂知蔵は青くなって逃げるように出ていった。

（あ奴《やつ》は何もわかっておらぬ）

塩谷郡代はなおも憤《いきどお》りが収まらず、舌打ちすると広縁《ひろえん》に出て庭を眺めた。老松《ろうしょう》の枝に雪が残っている。宇都宮正蔵が手をつかえ、

「まことにもって、倅《せがれ》めがお役に立ちませず、申し訳ございませぬ」

と深々と頭を下げた。塩谷郡代は振り向きもせず、

「このままではまずいぞ。そなたもわかっておるはずではないか」

と言った。正蔵は怯《おび》えるような目で塩谷郡代の背を見つめた。

塩谷郡代が咸宜園に介入するのは、ある不安があってのことだ。そのことを代官所の役人の中で知っているのは正蔵だけだった。ひと呼吸おいて塩谷郡代は振り向き、正蔵を睨み据えた。

「どうだ。やはり不穏《ふおん》の動きは続いておるか」

「詳しくはわかりませぬが、庄屋どもは相変わらずひそかに寄り合いをもっておる

模様でございます」

正蔵は困惑した表情で答えた。

「そうか。やはり国家百年の大計を心得ぬ愚か者ばかりだ。目の前のことにしか目がいかぬのか」

無念そうに塩谷郡代はつぶやいた。

塩谷郡代は明和《めいわ》六年（一七六九）、幕臣粟津又左衛門《あわづまたざえもん》の次男として生まれた。名を大四郎正義《だいしろうまさよし》という。父親の又左衛門は鳥見役《とりみやく》だったが、昇進して鉄砲奉行《てっぽうぶぎょう》になった。

大四郎は十歳の時、塩谷家の養子となり、寛政《かんせい》四年（一七九二）、幕府御勘定改役《おかんじょうあらためやく》として出仕して切米《きりまい》百俵《ぴょう》を与えられた。三十二歳の時、丹後《たんご》、但馬国《たじまのくに》五万石の代官に任じられて以降、地方官僚の道を歩んできた。

民政に熱心に取り組んで成果をあげ、文化《ぶんか》十三年（一八一六）に九州の天領《てんりょう》十万石の代官に任じられて翌年、日田に赴任《ふにん》した。この時、四十九歳。仕事に脂《あぶら》の乗った時期であるだけに、大きな業績を残したいとの野心を胸に抱《いだ》いていた。

まず目をつけたのが開墾《かいこん》事業だった。小ヶ瀬《おがせ》井手《いで》の開削《かいさく》を行い、十三カ村に水利の便を与えるとともに、五百町《ちょう》歩《ぶ》（約四百九十五ヘクタール）の荒れ地を肥沃《ひよく》な水田にすることができた。

この事業を実際に行ったのは久兵衛だった。久兵衛は慎重に粘《ねば》り強く仕事に取り組み、見事に開墾をやり遂げた。

この成功に気をよくした塩谷郡代は、さらに隈《くま》川や中城《なかじょう》川の改修工事も行って船の運航を可能にした。いずれも久兵衛の手腕があって成し遂げられたのだが、思い立って命じれば、何事もできると自信を深めていった。

そこで文政《ぶんせい》九年（一八二六）、周防灘《すおうなだ》に面している豊後国国東半島西部《ぶんごのくにくにさき》の呉崎《くれさき》を埋め立てて新田を作ることを計画した。埋め立てるのは、桂《かつら》川が周防灘に注《そそ》ぐ河口の北側の一帯で、遠浅《とおあさ》の干潟《ひがた》に沼や水路が連なる荒涼とした風景が広がっていた。

塩谷郡代は管内巡視のおり、呉崎に立ち寄って干潟を眺めているうちに、

（この干潟に三千間《けん》〈約五・四キロメートル〉の堤防を築いて干拓し、田地に変えることはできないか）

と卒然《そつぜん》と思いついた。堤防を築いて海を埋め立てるという大事業である。思いついたら、すぐに行動に移すのが塩谷郡代の仕事のやり方だった。

日田に戻るや否《いな》や、ただちに工事を計画すると久兵衛を呼び、差配を引き受けるよう命じた。久兵衛の他に地元の庄屋たちにも命じて工事を行わせ、およそ六年をかけて長さ二千六百七十間に及ぶ大堤防を築いた。

これに要した人夫《にんぷ》は延べ三十三万人、費用は三万両にのぼった。この大事業で呉

崎におよそ三百六十町歩の埋め立て地ができた。しかし、埋め立て地はすぐには田畑として使用できなかった。

海岸沿いを埋め立てたことから、地中から塩分が滲《にじ》み出て植え付けた稲を枯らし、さらに砂地であるため畑作にも適さなかった。耕作は行われず、ひさしく放置された。その後、備後《びんご》などから移住する農民が現れ、開墾が進められたものの、それでも一昨年の天保四年（一八三三）までに八町（約八ヘクタール）余りが開墾されたに過ぎない。久兵衛は、

「もともと海だった土地ですから、塩が抜けるのを待たねばなりません。十年先、二十年先を楽しみにするほかございますまい」

と気にする様子はなかった。実際、明治のころまでかかって干拓地は新田へと変わっていった。

だが、すぐにでも成果をあげたいと功を焦る塩谷郡代にとっては、思わぬ誤算となった。工事の費用は日田、玖珠《くす》、直入《なおいり》、下毛《しもげ》郡から徴発《ちょうはつ》しており、そのうえ人夫もかき集めたのだ。しかし、できあがった埋め立て地は、塩谷郡代が高言してきたような豊かな田畑ではなく、ただの荒れ地になった。

工事金を割り当てられたのは、呉崎から遠い村々だった。直接、自分たちの利益につながらない工事の金を負担させられた農民は不満を募《つの》らせた。

正蔵が調べたところ、去年から庄屋や豪農たちが句会と称して、しきりに集まるようになっていた。集まった者たちの間からは、

「なぜ、あのような埋め立てを行わねばならなかったのだ」

「郡代様のお見込み違いで、無駄な骨折りをさせられたぞ」

と憤る声が相次いだ。さらには、

「ご公儀に訴え出ようではないか」

と言い出す者もいた。このことを知って、塩谷郡代は焦りを覚えた。

塩谷家は代々、御勘定方に出仕してきただけの家柄であった。塩谷郡代の出世は一門の誉《ほまれ》ともなり、養家から喜ばれ、面目《めんぼく》をほどこしてきた。業績をあげ、ひさしぶりに江戸に戻った時、親戚一同が集まって祝宴が催され、晴れがましい気持を味わうことができた。

老中方の覚えもめでたく、何度もお褒《ほ》めの言葉を頂戴《ちょうだい》した。代官として江戸を遠く離れた天領を渡り歩く暮らしだったが、塩谷郡代は自負と満足を抱いていた。

間違っても領民の上訴によって失脚するようなことがあってはならない。代官となってから、営々と努力して西国《さいごく》郡代まで昇り詰めたことが水の泡となってしまう。

「さような恥をさらしたくはない」

恐れをなした塩谷郡代は、正蔵に命じて農民の動きを探らせているが、状況は依然として好転していない。塩谷郡代を非難する声はしだいに高まっているようだ。

正蔵はおずおずと言った。

「まことに怪《け》しからぬことでございますが、農民どもは郡代様が苛斂誅求《かれんちゅうきゅう》を行い、私腹を肥やしておると言いふらしておるようでございます」

「なんだと――」

塩谷郡代の顔色がさっと変わり、

「いつ、わしがさようなことをいたしたというのだ。わしは清廉潔白《せいれんけつぱく》の身ぞ」

と歯嚙《はが》みした。実際、居丈高《いたけだか》な振舞いはあっても、金子《きんす》を私《わたくし》するような不正を働いたことは一度も無かった。

「われらもそのことはよく存じております。されど新田開発で金を出さねばならなかった豪農どもが、悪し様《あざま》に言っておるようでして、ひとの口に戸は立てられませぬ」

言上《ごんじょう》しつつ、いつ塩谷郡代の雷が落ちるかと恐れて、正蔵は頭を下げたまま震えていた。塩谷郡代はそんな正蔵の様子を忌々《いまいま》しげに見ながら、

「わしは善政を心がけてきた。だが、農民どもは誰もそのことをわかろうとはせず、不平不満ばかりを並べおる」

と吐き捨てるように言った。これまで、塩谷郡代は支配地の農民の評判を気遣ってきた。〈陰徳倉《いんとくぐら》〉と呼ぶ倉を建て、米六百俵を常に備蓄して窮民の救済にあてた。また、八十歳以上の老人がいる家は夫役《ふえき》を免除し、七十歳以上の年寄りを郡代役所に招いて敬老会を行うなどしてきた。さらに親に孝行した者を顕彰《けんしょう》したり、目の不自由な領民を助けるための田を豪農に寄付させるなどしてきた。

大いに善政を行ってきたつもりだが、強引でひとりよがりに陥《おちい》りやすい性格のためか、民心を得られてはいなかった。そのことは自分でも薄々感じていた。それだけに江戸表《えどおもて》に悪評が届くのを恐れてきたのだ。

「やはり咸宜園だな」

塩谷郡代はつぶやくように言った。正蔵は顔を上げて、何度も大きくうなずいた。

「さようでございます。いまや咸宜園の評判は諸国に及んでおります。咸宜園が郡代様のご指導によって盛大になった功績を江戸表にお認めいただければ、たとえ呉崎新田のことで農民からの上訴があったといたしましても、ご老中方のご信頼は揺るがないはずでございます」

「わかっておるわ」

塩谷郡代は苦《にが》い顔をした。かねてから咸宜園を自らの支配下に置こうとしてきた。だが、淡窓《たんそう》から塾政を譲られた旭荘《きょくそう》はことあるごとに塩谷郡代に楯《たて》を突いた。

た。そこで淡窓に再び塾政を執《と》るよう命じたものの、いつの間にかまた、旭荘が執っていた。

淡窓は自分に抗《あらが》っている。塩谷郡代はそう感じるようになったがゆえに咸宜園への介入を強めた。月旦評《げったんひょう》にも自分の意見を反映させようとした。しかし、咸宜園の塾生たちは塩谷郡代を白眼視《はくがんし》するばかりだった。

（おかしい。なぜ咸宜園の者どもはわしを崇《あが》めようとせぬのだ）

塩谷郡代は苛立《いらだ》っていた。あげく思い立ったのが、咸宜園の不始末を摘発し、自らが主宰者となるということだ。

淡窓と旭荘はわしの指図を受けつつ、講義を行えばよいのだ。そうなれば、わしは名郡代であるという為政者としての高い評判を得ることができるだろう、と塩谷郡代は考えるようになっていた。

「何としても咸宜園をわしのものにしなければならぬ」

塩谷郡代は庭を眺めながらつぶやいた。その時、先ほど茂知蔵が言っていた、千世と久兵衛の仲が怪しいというのは本当なのだろうか、と気になってきた。

まさかとは思うが、俗に言うように火の無い所に煙はたたぬはずだ。茂知蔵もまったくのでたらめを口走ったわけではないだろう。

（もしかすると、久兵衛め――）

塩谷郡代の胸に疑念が湧いてきた。久兵衛が千世という女と道ならぬ関わりを持っていたとしたら、久兵衛を用いてきた自分も糾弾《きゅうだん》されることになりかねない。

久兵衛を失っては、これから事業を行うこともできなくなる。いままでの事業が成功を収めたのは、久兵衛の力であると塩谷郡代にもわかっていた。呉崎での干拓工事を成功させたことで久兵衛の名声は九州中に響き渡っている。

(あの男には、これからもわしのために働いてもらわねばならぬ。汚点を残すわけにはいかんのだ)

明日にでも久兵衛を呼び付けて、咸宜園に通う千世という女の追放を言い渡そう、と塩谷郡代は決意した。

それが醜聞《しゅうぶん》から救う道だと言えば、久兵衛も拒《こば》むことはできないはずだ。それが何よりの方策だと塩谷郡代には思えてきた。

二

しんしんと底冷えのするこの日、淡窓は書斎で詩作をしていた。

冬の日田盆地は寒気が厳しく、淡窓は体の節々が痛んで起き上がるのが辛《つら》く、ようやく昼近くになって机に向かうことができた。折々に詩を書き溜《た》めたいと思ってひさしいが、近頃、ようやく落ち着いて詩作に打ち込めるようになった。

淡窓が好む詩人は、陶淵明《とうえんめい》、王維《おうい》、杜甫《とほ》、韋応物《いおうぶつ》、柳宗元《りゅうそうげん》、蘇軾《そしょく》、陸游《りくゆう》の七人だった。いずれも高潔、清雅な作風の詩人たちだった。

窓の外でがさごそと枯れ葉が音をたてるのを聞きながら、淡窓はふと、陸游の詩を思い浮かべた。

陸游は南宋《なんそう》の詩人で祖国が異民族の金《きん》に侵《おか》されるのを憤った激情のひとだが、同時に農村での閑適《かんてき》な暮らしを愛したひとでもあった。

〈遊山西村《ゆうざんせいそん》〉という詩がある。

笑ふ莫《なか》れ農家の臘酒《ろうしゅ》は渾《にご》れるを
豊年客《ほうねんかく》を留《とど》めて鶏豚《けいとん》足る
山重なり水複《かさ》なり疑ふらくは路《みち》無きかと
柳暗く花明らかに又一村《またいっそん》
簫鼓追随《しょうこついずい》して春社《しゅんしゃ》近く
衣冠簡朴《いかんかんぼく》にして古風存す
今従《よ》り若《も》し閑《かん》に月に乗ずる《じょう》を許さば
杖《つえ》を拄《つ》き時と無く夜門を叩《たた》かん

農家の酒は濁《にご》り酒だなどと笑わないでください。去年は豊作で客人をもてなす鶏や豚の肉はたっぷりあります、と農家の主人から誘われた。行ってみると、山々が重なり合い、川筋は曲がり、道は行き止まりかと思われたが、柳が小暗く茂り、花が明るく咲き誇る村里に出た。笛や太鼓の音が聞こえるのは春の祭りが近いからだろう。村人の衣服は簡素で古風をとどめている。これからも閑《ひま》な時には月の光に乗じて訪ねてもよいとのお許しがあれば、杖をつき、夜中にお邪魔しましょう、という意味の詩だ。

桃源郷《とうげんきょう》のような村を訪れて楽しむ詩人の姿が目に浮かぶようで楽しい。日田に住む淡窓には、月の光に乗じ、杖をつき、親しいひとを夜に訪ねる暮らしは身近なものだった。

淡窓は詩とは情を詠《よ》むものだと思っている。情が豊かであることはひととして大切である。詩を詠めばおのずから情操が育《はぐく》まれる。詩情は、

――天籟《てんらい》

であり、天からの風のように降りてくるものだ。詩が雅《みやび》であるためには、目を高いところに向けるとよい。野卑《やひ》なものに目を遣《や》らず、高貴なるものを見つめ続けることで、自らの中に雅が生まれる。古詩を熟読して味わい、おのれの内なる詩心を

高めることだ。

淡窓がそんなことを考えていると、ななが書斎の外から、

「少しよろしいでしょうか」

と言葉をかけた。日頃、淡窓が書斎で詩作にふけっている時、ななは邪魔をしないように、声をかけることさえ控える。珍しいことだと思って、

「どうしたのだ」

淡窓が答えると、ななは遠慮がちに書斎に入ってきて座った。憂《うれ》いのある表情をしている。

「いささか、気になることを耳にいたしたものですから」

ななは声をひそめて口にした。

「何かあったのか」

「それが、久兵衛殿のことで、あらぬ噂を流しているひとがおるそうなのです」

言いにくそうな様子でななが告げる。

「久兵衛の噂を？　誰がさようなことをしておるのだ」

「咸宜園の門人の宇都宮茂知蔵殿だそうでございます」

「また、あの男か――」

淡窓は顔をしかめた。茂知蔵は咸宜園を内側から腐食させようと企《たくら》んでいるので

はないか、と疑いたくなるほど事あるごとにからんでくる。それが腹立たしく思えた。

それで、と淡窓が目でうながすと、ななは話を続けた。

「久兵衛殿と千世さんが不義密通をしているというのです」

「馬鹿な。そんなことがあるわけが無い」

憤然《ふんぜん》とする淡窓に、ななもうなずいた。

「わたくしも、そんなことは無いと存じております。ですが、久兵衛殿が千世さんの身の回りに何かと気を配っておられるのを、博多屋の者たちも知っておりますだけに案じられるのでございます」

ななが気遣っているのは、久兵衛の妻りょうに対してだとは淡窓にも察しがついた。りょうは淡窓の親戚筋にあたるが、幼いころ両親を流行病《はやりやまい》で亡くしたさびしい身の上で、久兵衛との夫婦仲はよかった。

「久兵衛は寡黙《かもく》で弁明をせぬからな。悪い噂がたっても黙って耐えようとするであろうが」

淡窓は、久兵衛が九年前の文政九年（一八二六）に呉崎新田の事業を引き受けた時のことを思い出した。

海を埋め立てる難工事を久兵衛が受けることになったと聞いて、心配した淡窓は博多屋を訪ねた。奥座敷で久兵衛と向かい合った淡窓は、

「呉崎干拓は辞退した方がよいぞ。小ヶ瀬井手の開削はうまくいったが、それでも金を出した者や、工事に駆り出された者たちの不平、不満の声は強かったと聞いておる。それが、此度《こたび》は海を埋め立てるという途方もない工事だというではないか。不満を持つ者たちの矛先《ほこさき》は郡代様でなく、そなたに向かうであろう。まして失敗でもしようものなら、大騒動になる」

と懇々《こんこん》と説いた。塩谷郡代のやり方は身に沁《し》みていた。強引に物事を推し進めたあげく、まわりの者たちが自分の言うことに従わぬと立腹する。そのうえ失敗があれば、周囲に責任をなすりつけるだろう。だが、久兵衛は首肯《しゅこう》しなかった。

「兄様《あにさま》のおっしゃることはもっともだと思いますが、わたしは郡代様から厚遇《こうぐう》されております。まして家督を譲られた時、博多屋は代官様の家臣と同じ気持で仕えるよう父から念を押されました。お断りするわけには参りません」

そう話した久兵衛は、さらに付け加えた。

「それに、わたしが断ったからといって、郡代様は干拓をお諦《あきら》めになるような方ではございません。他の者が押しつけられるだけでございます。難儀するひとが出るくらいなら、わたしが引き受けた方がよいかと存じます」

久兵衛はきっぱりと迷いのない表情で言った。塩谷郡代の強引なやり方に、他の者では耐えきれないことを久兵衛は知っていた。

（いつもそうだった。久兵衛は損とわかっていても、黙って引き受け、決して愚痴《ぐち》を言わぬ）

たとえ誤解され、中傷されようが、何も言わずに淡々とおのれのやるべきことをやり遂げるのが久兵衛の生き方だった。

あれだけは真似《まね》ができぬ、と淡窓は感嘆の想いを抱き続けていた。淡窓の物思いを遮《さえぎ》るように、なながためらいがちに口を開いた。

「実は、りょうさんが千世さんのことを気にしているらしいのです」

「もし、ふたりの間を疑っているのであれば、わたしが話してやってもよいぞ」

ななは頭《かぶり》を振った。

「いいえ、違うのです。旦那様《だんなさま》は香苗《かなえ》という女のひとが豆田町《まめだまち》にいらしたのをご存じでございましょうか」

「さて？」

淡窓は首をひねってしばらく考えていたが、そうか、と言って膝《ひざ》を叩いた。

「昔、肥前屋《ひぜんや》という店があったな。呉服を扱っていたが商売がうまくいかず、店を畳んだのだ。確かあの店に香苗という娘がいたのではなかったかな。そうだ、亡くなった妹のアリによく似た娘だった」

香苗は何度か博多屋を訪ねてきたことがある。その時、店先に立っている香苗を見かけて、アリを思い出したのだった。

そのころのことを思い浮かべていた淡窓は、はっとした。千世と初めて会ったおり、アリに似ていると思った。つまりは、千世は香苗に面差《おもざ》しが似通っていると言える。そう気がついてみると、千世はアリの面影《おもかげ》に通じる香苗にそっくりなのではないか。

「その香苗というひとがどういたしたのだ」

気になった淡窓は急《せ》き込んで訊《き》いた。

「久兵衛殿は、博多屋をお継ぎになる前、その娘さんと言い交《か》わしておられたらしいのです」

「なんだと――」

淡窓は目を瞠《みは》った。いつの間に久兵衛は言い交わしていたのだろうか。あのころは、私塾の桂林園《けいりんえん》を充実させることで頭がいっぱいになっていて博多屋にまつわることまで気がまわらなかった。それでも一度だけ、久兵衛と香苗が店先で話しているのを見かけたような、ぼんやりとした記憶があった。

なぜ覚えていたのだろうと思い返してみると、日頃、寡黙な久兵衛が楽しげに話していたからだ。珍しく久兵衛が女人《にょにん》と親しげに話しているのに驚いて、記憶に残っていたのではないか。

「ですが、お店がつぶれ、夜逃げ同然に日田を出ていかれてから一年ほどして、博多で、香苗さんは病で亡くなられたそうです。久兵衛殿が家督を継がれ、りょうさんを妻に迎えられたのはその後でした。店に古くから勤める者が覚えていて、りょうさんに話したそうです」

「久兵衛にそんなことがあったのか」

そう言えば、家督を継ぐ前に久兵衛が珍しくふさぎこんでいた時期があった。店を継ぐ重圧から気がふさいでいるとばかり思っていたが、久兵衛にも悩みや苦しみがあったのだ。自分は何も知らず、学問に精進することだけを考えていた。

「あのころも久兵衛は何も言わなかった」

淡窓は痛ましげな面持《おもも》ちでつぶやいた。愚痴も言わず、ひとりで耐えていた久兵衛が不憫《ふびん》だった。なないも辛そうな表情で言葉を継いだ。

「ですから、久兵衛殿が千世さんに気を配っておられる心の内に、ひょっとして香苗さんへの想いがありはしないか、とりょうさんは案じているのです」

「二十年以上も前のことだ。さように思い続けるというのもあり得まい。気にかけずともよいと思うが」

後の言葉を言いかけて、淡窓は陸游の故事に思い至った。陸游は二十歳《はたち》の時、妻を迎えた。ふたりは仲のいい夫婦だった。ところが妻を迎えてから、父親が亡くなるなど陸游の身辺では不幸が相次いだ。

思い余った陸游の母親が占い師にふたりを見てもらったところ、このまま夫婦でいれば不幸がさらに続くと言われた。これを聞いた陸游の母親は、ふたりを無理やり別れさせた。

やむなく別れたふたりは、それぞれ再婚したが、陸游が十年後に沈《ちん》氏というひとの園に遊びにいったところ、別れた妻とばったり出会った。妻は再婚した夫と一緒だったが、夫にわけを話して陸游に酒を届けた。

陸游は酒を飲み、胸中に別れた妻への想いがせつなくあふれていることに気づいて、園の壁に詩を書きつけた。

紅《あか》く酥《やわら》かき手
黄縢《おうとう》の酒
満城《まんじょう》の春色《しゅんしょく》宮牆《きゅうしょう》の柳
東風《とうふう》悪《あ》しく
歓情《かんじょう》薄《はかな》し
一懐《いっかい》の愁緒《しゅうちょ》
幾年の離索《りさく》ぞ

錯《あやま》てり　錯てり　錯てり

桃色に染まったやわらかな手で酒を注いでもらうと、ふたりで眺めた春景色や宮殿の壁沿いの柳を思い出す。母親の言い付けで別れねばならなかったふたりが、ともに過ごした時は短かった。あれからひたすら胸にさびしい思いを抱いてきた。どれだけ会わずにいたことだろう。どうして別れてしまったのだろう。

間違った、間違った、間違った。

〈釵頭鳳《さいとうほう》〉、という鳳凰《ほうおう》の頭の簪《かんざし》という題のこの詩で、陸游は、――錯を三度繰り返して、悲痛な心情を詠《うた》いあげた。

再会できて間もなく元の妻は亡くなったが、陸游は晩年にいたるまで別れた妻を想い続けたという。

(ひとの心情は測り難い。あるいは、そのような想いもあるのかもしれぬ)

淡窓は思いをめぐらしつつ、もし久兵衛の胸にそんな想いがあったのなら、さぞかし辛いだろうと思った。

「久兵衛殿にそれとなく、話をうかごうてはいただけませんでしょうか。わたしどもの勘繰《かんぐ》りに過ぎないのであれば、りょうさんも心が落ち着きましょうほどに」

な
い、ななに言われて、淡窓はうなずいた。しかし、久兵衛が胸の内を打ち明けるかどうかはわからない。

さて、どうしたものかと迷いながら、淡窓は久兵衛の顔を思い浮かべた。久兵衛の胸中にもしかすると、

――錯てり　錯てり　錯てり

という叫び声が渦巻いているのかもしれない。

淡窓は腕を組んで考え込んだ。

三

臼井佳一郎は講堂にいた。淡い日の光が障子《しょうじ》をほんのり明るませている。机の前に座り、身が入らない様子で淡窓の著書『約言《やくげん》』に目を通していた。この本は淡窓が敬天《けいてん》の説を述べたものである。

――古昔《こせき》の聖人、仰《あお》ぎて観《み》、臥俯《がふ》して察して、宇宙の理《ことわり》を極《きわ》め、以《もっ》て彼《か》の蒼々《そうそう》の中、主宰者の存する有るを知る。乃《すなわ》ち、これを尊《たっと》んで上帝と曰《い》ふ。なほ、人間に帝王あるがごときなり。天の為《な》す所、これを称して命といふ。なほ王者に命令あるが

ごときなり。

聖人は空を見上げて宇宙の理を極め、宇宙の主宰者が存在することを知った。それが、上帝であり、天である。そして王者も天より命じられることがあるのだ、と淡窓は言う。

「天の為す所、これを称して命という。なお王者に命令あるがごときなり、か」

佳一郎はつまらなさそうにつぶやいた。近頃、書物を読んでも内容が頭に入ってこない。ただぼんやりと文字を追うだけである。

茂知蔵から千世と久兵衛の仲が怪しいと吹きこまれてから、そのことが気になって苛立ちが募っていた。頭が煮えたぎるほどの嫉妬に身を焼き、すぐにも千世を問い質《ただ》しに行こうとしたが、もしも本当だったら、と思うと足が動かなかった。

千世が久兵衛との仲を認めたら、自分は斬《き》ってしまうだろう。そうするかもしれない自分が恐ろしく、何より千世の心が自分に向けられていないと知ることが怖かった。

佳一郎は千世の胸中に薄々気づいていた。日田への旅の途中、一度だけ体を許したことを千世は後悔しているようだ。

あの夜のことを悔《く》いられるのは、たまらなく辛かった。

(わたしの想いは千世に届いていなかったのか)

虚《むな》しい思いを抱きながら読み進めると、淡窓が述べていることは絵空事《えそらごと》のようにしか感じられない。

この世を主宰する天があるのなら、想いは報《むく》われるはずだ。しかし実際には、誰もが報われることなく生きているではないか。聖賢《せいけん》の道を講義する咸宜園といえども、郡代の前ではひたすら怯え、身を縮めているだけだ。

(このような有様《ありさま》では学問とは言えぬ)

佳一郎の心中で、しだいにそんな考えが固まってきていた。為政者に対して毅然《きぜん》たる態度で正対することができてこそ、学問と言えるのではないのか。佳一郎は憤ってそう感じていた。

――天など無い。

佳一郎がつぶやいた時、傍《かたわ》らに茂知蔵が座った。額に汗が滲《にじ》んで顔色が悪い。

「臼井殿、話したいことがある」

茂知蔵はあたりをうかがいながら言った。

「なんだ」

佳一郎は内心身構えて茂知蔵を見た。佳一郎に対しては底意地の悪い振舞いしかしてこなかった男だ。

「実は、先日そこもとに千世殿と博多屋殿のことを話したであろう」

「確かに聞いた」

佳一郎は茂知蔵を睨みつけた。茂知蔵はごくりと唾《つば》を飲み込んで口を開いた。

「あれは、どうやらわしの早とちりでな。つまらぬことを言ったと悔やんでおる。それで、ひと言断わっておこうと思ってな」

ははっ、と茂知蔵は力無く笑った。思いがけない茂知蔵の言葉に驚いて、佳一郎は穴のあくほど、茂知蔵の顔を凝視《ぎようし》した。見つめられて、茂知蔵の顔色はさらに悪くなった。佳一郎は不意にうつむいて、くっくっと笑い出した。

「どうしたのだ」

茂知蔵が気味悪げに訊いた。佳一郎は顔を上げて、なおも笑いながら言った。

「――わかったぞ」

「何がわかったというのだ」

「あんたが、なぜそのようなことを言い出したのか、そのわけがわかった」

「何――」

茂知蔵はぎょっとした。

「あんたが、自分の間違いに断わりを入れるのは、郡代に命じられた時だけだ」

佳一郎は目を据《す》えて言った。茂知蔵は図星《ずぼし》を指されたのか、どぎまぎして顔を伏せた。

「やはり、そうなのだな。おそらく噂が広がり過ぎたので博多屋が郡代に泣きついたのであろう。それであんたは郡代に叱られて、自分が言いふらしたことを取り消してまわっておるというわけだ」

「さようなわけでは――」

形勢が悪いと見た茂知蔵は否定する言葉を呑《の》み込んで立ち上がった。茂知蔵のあわてる様子を見た佳一郎は、

「しかし、これではっきりしたぞ。根も葉も無い噂なら、わざわざ郡代が打ち消させるはずがない。つまり、あんたの言ったことはまことのことなのだ」

そんなことはない、と小声で言いつつ、茂知蔵はそそくさと講堂を出ていった。

その背を見遣《みや》りながら、佳一郎は絶望的な思いを抱いていた。

（やはり、まことだったのか）

できれば茂知蔵の虚言《きょげん》であってほしいと願っていた。だが、いまの茂知蔵の態度から、そうは思えなくなった。

ただひとつだけ明らかなのは、もはや咸宜園にはいられない、ということだった。咸宜園を出ていかなければならないだろうが、しかし、ひとりで出ていくのは業腹《ごうはら》だった。千世を無理やりにでも連れていこう、と決心した。

千世がどうしても自分とともに行かぬと言うのであれば、一緒に死ねばいい。その時には久兵衛をそのままにはしておかない、と佳一郎は思った。

千世は博多屋の台所の脇にある部屋で、若い女中たちに手習いを教えていた。女中たちへ行儀作法を教えるついでに始めたことで、寺子屋で学べなかった女中たちは、月に一度、手習いできることを喜んでいた。水仕事であかぎれが切れた手で懸命に筆を握る若い娘の姿を見ていると、千世の心はなごんだ。

千世が書いた「いろは」を手本にして真面目《まじめ》な表情で手習いをしていた女中たちは、一段落するとほっとした顔をして千世の講評を聞いた。終えた後には茶と菓子が出て、皆で雑談するのが、千世の何よりの楽しみだった。

女中たちの噂話で博多屋の内情や日田のことがよくわかるので、千世も雑談に加わった。すると、やや年かさのお芳《よし》という女中が、

「千世様は咸宜園で学ばれた後、どこかのお武家に嫁《とつ》がれるのですか」

と遠慮がちに訊いた。すると、それまで喧《やかま》しく話していた女中たちが口をつぐみ、千世の言葉に耳を傾ける気配になった。

千世は苦笑して答えた。

「わたくしは一度、嫁《か》して離縁された身ですから、もう嫁ぎはいたしません」

「でも、それじゃあ――」

お芳がなおも言いかけようとすると、他の女中が止めようとして袖を引いた。お芳は袖を引いた女中を振り向いた。

「だけど、やっぱりお訊きしといた方がいいと思うんだけど」

お芳の言葉に、他の女中たちは、お芳さんたら駄目《だめ》よそんなこと、千世様がお気を悪くされるわよ、と口ぐちに諌《いさ》めた。千世は皆を抑えるように言った。

「言いたいことがあるのなら、おっしゃってください。言いかけて止《や》められると却《かえ》って気になりますから」

お芳は、ほれ見ろ、というように皆を見回してから口を開いた。

「実は、旦那様がいずれ別宅を設けられて、そこに千世様をお住まわせになるのではないかと番頭さんたちが噂していますから」

千世は目を瞠った。

「それは、わたしが旦那様の妾《めかけ》になるということですか」

「千世様はそのような方ではないと、わたしたちはわかっています。でも、男のひとたちが皆、そんな風に言うものですから心配になったんです。咸宜園で学ばれた後はお武家に嫁がれると、はっきり言われた方がいいと思うんです。その方がお内《か》儀《み》さんもご安心なさいますから」

千世は衝撃のあまり息を詰まらせた。今後の身の振り方を相談するために、久兵衛と何度もふたりだけで話したことが周囲の誤解を生んだのだろうと悔いた。しかし、ここでうろたえた様子を見せれば、却って噂が広がるだろうし、何より恩のある久兵衛を貶《おとし》めてはならないと思った。千世は顔を上げて微笑《ほほえ》んだ。

「正直、驚きました。そんな噂になっているとは、思いも寄りませんでした。そんなことは決してありませんよ。これからどうするかは、まだ決めていませんが、ひょっとしたら大坂へ行くことになるかもしれません。誘ってくれるひとがいるものですから」

「大坂へ――」

女中たちは顔を見合わせた。

「臼井様とご一緒に行かれるということでしょうか」

お勝《かつ》という小太りの女中がうかがうように訊いた。お勝ちゃんたら、臼井様のことが気になるんだね、と傍らにいる女中がからかうように言った。お勝は真っ赤になって、

「そんなんじゃないってば」

と抗弁した。言えば言うほど、他の女中たちは、お勝が佳一郎に気があるのだ、と言い囃《はや》した。お勝はむきになって千世に訴えた。

「そうじゃないんです。千世様が大坂へ行かれるのなら、臼井様も一緒に行かれるのは当たり前だと思ったんです」

「そうでしょうね」

千世はうなずきつつ、久兵衛との噂を鎮《しず》めるには、こう言い通すしかないと思いながらも行き迷う心持ちがして哀《かな》しみが胸に湧いた。

久兵衛と千世との間柄が疑われているのであれば、博多屋に長くは留《とど》まれないだろう。早々に日田を出ていかねばならず、その場限りのつもりで口にした、大坂へ行くという話が現実味を帯びてきた。佳一郎の思いを受け入れ、大坂で夫婦として暮らすのかと思うと、暗澹《あんたん》たる気持になった。

国許《くにもと》で藩の重役である峰丹波《みねたんば》に無体《むたい》な振舞いをされて以来、千世は誤解と謗《そし》りにさらされて、思わぬ生き方をすることになった。ようやくたどりついた日田も安住の地ではなくなるのか、とせつなくなってきた。

その時、部屋の隅にいたお吉《きち》という小柄でおとなしい女中がおずおずと言い出した。

「千世様は大坂に行かれない方がいいと、わたしは思います」

女中たちは、日頃、寡黙なお吉が口を出したことに驚いて、お吉の顔をまじまじと見た。お吉は皆の視線が集まると困ったようにうつむいたが、言葉を継いだ。

「大番頭《おおばんとう》の弥平《やへい》さんが言ってたんですけど、旦那様は昔、千世様によく似た方と言い交わした仲だったそうなんです。でも、その方は早くに亡くなられて、旦那様のお内儀さんにはなれなかったそうです。千世様がいらっしゃって、多分、旦那様はその方を思い出して親身にお世話をされているだけだから、変な勘繰りはしない方がいいって」

へえー、初めて聞いたよ、旦那様にそんな方がいらしたんだ、と女中たちは騒がしく言い立てた。お吉は静かに話を続けた。

「だから、千世様が出ていかれなくてもいいと思います。旦那様はどんなお気持であろうと、道に外《はず》れたことなどなさいません。それに千世様がおられると、旦那様のお慰《なぐさ》めになるんじゃないでしょうか」

お吉のきっぱりとした言葉に、女中たちは顔を見合わせて、

「そうですよ。千世様、大坂に行かれることはありません」

「いつまでも博多屋にいてくださいまし」

と言い出した。千世は笑みを浮かべてうなずいた。

久兵衛が昔、自分に似たひとと言い交わしたというのは、本当なのだろうか。そのひとを偲《しの》んで久兵衛は温かな心配りをしてくれたのかもしれない。千世は胸の奥にせつない思いが湧くのを感じた。

翌日、久兵衛は代官所に呼び出された。

雪まじりの時雨《しぐれ》が降っていた。門から役所の玄関まで敷き詰められた舗石《しきいし》がしっとりと濡《ぬ》れて黒ずんでいる。

久兵衛は玄関脇の潜《くぐ》り戸《ど》から入り、来意を告げて御用部屋への入り口から上がった。御用部屋で控えていると、間もなく塩谷郡代から呼び出しがあった。

執務室に入って頭を下げた久兵衛に、塩谷郡代は、

「きょうは、ちと内密の話だ」

と常にない穏やかな声をかけた。久兵衛がゆっくりと顔を上げると、塩谷郡代は無表情に言った。

「先日、咸宜園に通っている女を止めさせるように言い置いたが、その後、いかがいたした」

「なにぶんにも女人のことでございますれば、急に止めさせるのもいかがかと存じまして、時機を見はかろうております」

久兵衛は落ち着いた声で淀《よど》みなく答えた。塩谷郡代は薄ら笑いを浮かべた。

「やはり、そうか。そなたは、わしが命じたことを行おうとはせぬようだな」

「滅相《めっそう》もございません」

久兵衛は手をつかえ、畳に額をつけた。

「まあよい。だが、わしの命を聞かなかったばかりに、困ったことになっておるぞ」

塩谷郡代の穏やかな物言いには、いつも以上の不気味さがあった。久兵衛は思わず顔を上げた。

「とおっしゃいますと」

「その女とそなたが不義密通いたしておるとの噂が流れておる」

久兵衛は眉《まゆ》を曇らせた。近頃そんな噂がたっているらしいと気づいていたが、事実無根であるだけに聞き流してきた。まさか、塩谷郡代まで本気に受け止めるとは思いも寄らなかった。

「決してさようなことはいたしておりません」

久兵衛が力を込めて言うと、塩谷郡代は大きくうなずいた。

「わしも、さように思うておる。じゃが、そなたに傷がつけば、わしもひとの誇りを受けるやもしれぬ。それでは困るのだ」

淡々と説く塩谷郡代の言葉には、今回ばかりは譲りはしないという強さがうかがえた。どのように言い繕《つくろ》おうと納得しそうにない。

だが、久兵衛は千世を追い出すようなことはしたくなかった。久兵衛の胸の中では、いつの間にか千世と香苗が重なり合っていたからだ。

久兵衛が香苗と親しく言葉を交わすようになったのは、文化七年（一八一〇）の夏で、二十一歳の時だった。そのころ、すでに久兵衛は学問を志した淡窓に代わって店を継ぐことになり、代官所にも出入りしていた。

この年の秋に、淡窓がななを妻に迎えることが決まった。父の三郎右衛門《さぶろうえもん》は婚礼を前に、家族と店の者たち総出で三隈川《みくま》での船遊びを思い立った。

名物の鵜飼《うか》いを楽しもうというのだ。ところが、当日になって淡窓は風邪をひき、船遊びに行けなくなった。空いた席に近所付き合いのあった肥前屋の家族を招いた。その中に香苗がいた。

よく晴れた日の夕刻、船は川岸を離れ、川面《かわも》を滑《すべ》るように進み出した。さわやかな川風を受けて、久兵衛は心地よい満足を覚えた。

川の上流に進んだころ、すっかり日が落ちて暗くなった川面にいくつかの赤い灯《あか》りが揺らめいた。舳先《へさき》に篝火《かがりび》をかざした鵜飼いの舟だった。船が近づいていくと、篝火の下で綱につながれた数十羽の鵜が、川に潜《もぐ》っては魚を追っているのが見えた。

川面にゆらゆらと灯りが映り、鵜が潜っては魚を咥《くわ》えて浮かび上がる姿は夢幻《むげん》を見るようだった。その光景を飽きずに見ていた時、

「なんだか、鵜がかわいそうですね」

と隣で女のつぶやく声がした。久兵衛が振り向くと、香苗が鵜飼いに見入りながら眉をひそめ、哀しげな顔をしている。

香苗の顔は篝の灯りにほの紅《あか》く浮かび上がっていた。

「どうして、かわいそうなんです」

「だって、あんなに一生懸命、魚を獲《と》っても、吐き出させられてしまいますもの」

鵜匠《うじょう》たちは、鵜を水から揚げると膨らんだ首をしごいて、魚を吐き出させ、久兵衛たちが乗っている船に放り投げた。船頭が巧みに受け取り、素早くさばいて客に出す。これを肴《さかな》に酒を飲むのが、鵜飼いの楽しみだった。

「言われてみれば、そうかもしれませんね」

久兵衛は香苗の言葉に素直にうなずいた。たしか芭蕉《ばしょう》にも「おもしろうてやがて悲しき鵜舟《うぶね》かな」の一句があったが、鵜飼いは哀れな風情《ふぜい》のある遊びなのかもしれない。

久兵衛の前にもさばかれた魚の皿がまわってきたが、なんとなく食べる気になれなかった。ふと見ると、香苗も皿を前にして困った顔をしている。ふたりは目を見合わせ急におかしくなって笑い出した。

同じ船に乗り合わせたひとびとは日頃、寡黙な久兵衛の笑い声に驚いたような目を向けた。

その日から久兵衛は香苗と親しく話すようになり、やがて、香苗を嫁にしたい、と思うようになっていった。三郎右衛門が隠居すれば、久兵衛は正式に博多屋六代目を継ぐことになる。そうなれば妻帯もしなければならない。香苗こそ自分にふさわしい妻だと思えた。

久兵衛はある日、香苗を呼び出して、自分の気持を伝えた。香苗は少し赤くなりながらも嬉《うれ》しげにうなずいてくれた。

日を決めて三郎右衛門に話そうと思っていた矢先、肥前屋は突然つぶれ、夜逃げ同然に一家は日田からいなくなった。ほどなく香苗からの手紙が久兵衛のもとに届いた。

店が大きな借金を抱えてつぶれたため、自分が嫁いでは久兵衛に迷惑がかかるだろうから、どうかわたしとの縁は無かったものと忘れてくれ、と香苗は書いていた。

香苗の居場所もわからず、どう探してよいかもわからなかった久兵衛は、一年ほどたったころに香苗が博多にいることを尋ね当てた。ようやく捜し出した香苗は狭苦しい小さな長屋で病床に臥《ふ》していた。

久兵衛が日田に引きとりたいと申し出ても、香苗は、

「もう、病で長いことはないと思いますから、来ていただいてお会いできただけで

十分です」

と言って断り、

「あの日の船遊びは、本当に楽しかった。わたしが一生のうちで一番、楽しいと思ったのは、あの日です」

とひっそりと笑って告げた。香苗が亡くなったのは、それから三月《みつき》ほど後のことだった。

（あの時、わたしはまだ若くて世間のことにも疎《うと》く、香苗を守ってやることができなかった）

香苗を失った悔いは、いまも久兵衛の胸に残っていた。それだけに香苗に似た千世をどうあっても守ってやりたかった。だが、久兵衛が予感した通り、塩谷郡代はいつにも増して強硬だった。どうやって心を解かせたらいいのかと思案しつつ久兵衛は口を開いた。

「郡代様の仰《おお》せ、まことにありがたく存じますが、怪しげな噂がたったからと申して、その女人を追放すれば、却って何かあったのではないか、と評判がたつのではございませんでしょうか」

「なんだと。やはりわしの言うことが聞けぬと申すか」

目を怒らせる塩谷郡代をなだめるように久兵衛は言葉を継いだ。

「いいえ、さようではございません。郡代様は先日、臼井佳一郎殿を止めさせるか、女人を止めさせるか、どちらかを行えとの仰せでございました」

「それで、どうするというのだ」

「臼井殿に咸宜園を止めていただこうと存じます。そうすれば、女人のことをとやかく言う者はいなくなりましょうし、根も葉もないことですから、わたくしとの噂はいずれ消えましょう」

久兵衛はきっぱりと言った。千世をかばって佳一郎を止めさせるという非情の決断をしたからには、佳一郎から報復されるかもしれないと覚悟した。

（それでもよい。わたしは香苗を守れなかった過《あやま》ちを繰り返すわけにはいかない）

久兵衛の胸に千世の面差しが浮かんでいた。塩谷郡代はじっと久兵衛の顔を見つめた。

「久兵衛、そなた、それほどまでしてその女をかばいたいのか」

「いえ、かばいたいのは──」

あの夏の夜の鵜飼いの思い出なのだ、と胸の内でつぶやいた久兵衛は、塩谷郡代に通じる話ではないと慮《おもんぱか》ってそれ以上は言わなかった。

春驟雨《はるしゆうう》

一

書斎の明り障子にやわらかい光が差している。

この日、淡窓《たんそう》は旭荘《きよくそう》を書斎に呼び寄せて、

「そなた、長崎に遊学してはどうだ」

と勧めた。突然の話に旭荘は驚いた顔をして、

「よろしいのでしょうか。いまわたしが咸宜園《かんぎえん》を離れるのは難しいと思いますが」

と懸念《けねん》を洩《も》らした。旅をして諸国の学者に接し、高説に触れることは学問の修業になる。だが咸宜園の塾政を見ている者が日田《ひた》を離れることを、塩谷郡代《しおのやぐんだい》は喜ばないはずだとわかっている旭荘は、これまで遊学の希望を胸に収めてきた。

淡窓は穏やかに頭《かぶり》を振って言い添えた。

「郡代様には、わたしから申し上げよう。そなたが遊学中の塾政はわたしが見ると申せば差しつかえなかろう」

　淡窓が遊学を勧めるのは、塩谷郡代の干渉下で旭荘の心が鬱《うつ》していると感じていたからだった。心がふさげば、詩はできない。淡窓は、旭荘の学問や詩の才を埋もれさせるのは忍びないとかねてから思っていた。

「学問を志す者にとって〈官府《かんぷ》の難〉は些事《さじ》に過ぎぬ。煩《わずら》わされては、大成の妨《さまた》げになる。いまは遊学して英気を養うのがよかろうと思うてな」

　淡窓の思い遣《や》りのある言葉を聞いて、旭荘は嬉《うれ》しげにうなずいた。学問や詩文の清談に浸《ひた》るのはそれを修めようとする者にとって何よりの楽しみだ。

　天保《てんぽう》六年（一八三五）二月十四日、旭荘は長崎へ旅立った。途次、福岡の亀井《かめい》昭陽《しょうよう》や佐賀の古賀精里《こがせいり》、草場佩川《くさばはいせん》らの学者、文人を訪ねようと心組みしている。

　淡窓は旭荘が旅立つのを見送って、これでよかった、とほっとする思いがした。

　旭荘に西遊させた方がよくはないだろうか、と言い出したのは久兵衛《きゅうべえ》だった。

　塩谷郡代から呼び出されて、臼井佳一郎《うすいかいちろう》と千世《ちせ》についての処分をあらためて督促《とくそく》されたらしい久兵衛は、淡窓の書斎を訪れ、その話には詳しく触れずに、

「この件はわたしにお任せいただけましょうか」

とやわらかい物言いをした。佳一郎をどうするかについては久兵衛を頼るしか術《すべ》

がないため、淡窓は首肯《しゅこう》するほかなかった。その後で久兵衛が、旭荘を長崎に遊学させてはどうでしょうか、と口にしたのだ。

旭荘の留守の間に、佳一郎に因果を含めて退塾させるつもりではないか、と淡窓は察した。

佳一郎はよく書を読むが、浮薄なところがあり、学問が上滑《うわすべ》りして、物事の真実をつかむのに難点がある。高名な学者の説を読めば、すぐに感化され、別な学者の説くところを聞けば、たちまちなびいてしまう。

(ひととしての誠《まこと》がない。おそらくこれ以上、学問は伸びないだろう)

淡窓は、佳一郎に対しては、見切っているところがあった。

比べて千世は、詩文を究《きわ》めようとする真摯《しんし》な心を持っている。詩人として大成してほしいと望んでいるわけではないが、市井《しせい》のひとりの婦人が、豊かな素養として詩心を持つことは学問の効用だと淡窓は思っている。ふたりのうち、どちらを咸宜園に残すのかと問われるならば、選ぶのにためらいはなかった。

だが、もし久兵衛がかつての恋人・香苗《かなえ》への想いを千世に重ね、自らのもとに置こうとしているのであれば、私情が挟まってしまう。まして、妻のいる久兵衛が道を踏み惑うようなことにでもなれば、博多屋《はかたや》ひいては広瀬《ひろせ》家にとっても重大事だ。

そうであるなら、認めるわけにはいかないと思いつつ淡窓は訊《き》いた。

「時に、世間ではそなたと千世殿の仲をとやかく言う者もおるやに聞くが」

「兄様《あにさま》の耳にまで届きましたか。ご心配をおかけいたし申し訳ございませぬ」

久兵衛は微笑《ほほえ》んで頭を下げたが、それ以上は語ろうとしない。業《ごう》を煮やして淡窓が、

「いかがしたのだ、久兵衛。まさか——」

と目を厳しくして質《ただ》すと、久兵衛は頭を振った。

「ご心配はいりません。ですが、わたしにも自分の心持ちがよくわからないところがあるのです。自分で申すのもおこがましゅうございますが、わたしは道にはずれたことをいたしているつもりはございません。自らがこの世に生きた証《あかし》は仕事だけでよい、と思っております。ところが近頃、夢をよく見ます」

「夢だと」

淡窓は眉《まゆ》を曇らせた。久兵衛が夢などと口にするのは絶えてなかったことだ。

(いつもの久兵衛ではないようだ)

不安げな面持《おもも》ちで、淡窓は久兵衛の顔を見つめた。久兵衛はさりげなく話を続けた。

夢の中でわたしは山を歩いております。山を越えれば、国東《くにさき》半島の干拓地なのだ

とわかっていて、わたしはそこで仕事をしなければならぬと思っています。工事をしておる者たちが、指図を待っているので、わたしは山を越えて下りていこうとしますが、下るにつれてあたりは鬱蒼《うっそう》とした森になっていき、日が陰ってくるのです。

地面も湿《しめ》り気《け》を帯びていて、山を下るというよりも地の底へ向かっているのではないかという気がします。時々、空を見上げるのですが、樹木の枝に遮《さえぎ》られて白い光が星のように見えるだけでした。滑りやすい赤土の道を下っていくと、いつの間にか藪《やぶ》の中に入っていました。

これは、道を間違えたかと思ってあたりを見回してみたら、ずっと藪が続くばかりで、振り向くと通ってきたはずの道が消えていました。空を見上げても日がどこにあるかわからず、方角を見定めることもできません。

その時、気がつきました。干拓地に行こうとしているのだから、潮《しお》の匂《にお》いがする方へ進めばよいのだ、と。その場にじっと立っていると、風に乗ってかすかな潮の匂いが感じられました。

潮の匂いがしてくる方角に向かってわたしは歩き出しました。藪をかき分けるようにして進んでいくうちに、先の尖《とが》った枝や葉先で手足は擦《す》り傷《きず》だらけになって、汗みずくになりました。汗が傷に染《し》みて痛かったのですが、やらなければならない仕事があるのだから、と思って必死に下りていきました。不意に藪が途切れ、窪地のようなところに出ました。

ようやく空は見えましたが、薄雲がかかっていて、はたして干拓地へ向かって進んでいるものやら、よくわかりません。そこは窪地でしたから周りの景色は見えなかったのですが、潮の匂いは強くしました。ふと、不安な心持ちがして、わたしは思わず窪地の端に駆け登ったのです。

行ってみるとこんもりとした藪になっていて、一面に濃い緑が広がっていました。一カ所だけ赤い物が目に入り、近寄ってみると一輪の藪椿《やぶつばき》でした。藪椿がなぜ一輪だけ咲いているのか、不思議でした。

わたしは呆然《ぼうぜん》と立ち尽くして、いつまでもその藪椿を見つめていました。すぐにでも干拓地に行かねばならないとわきまえておりましたから、立ち去らねばならぬ、立ち去らねばならぬ、と思いながら魅入《みい》られるように赤い藪椿に見惚《みほ》れていたのです。

「埒《らち》もない話を申し上げてしまいました」

夢の話を終えた久兵衛は、きまり悪そうに頭に手をやった。

「聞いて、なんとのうそなたの心持ちがわかった気がする。ところで、夢の中でその藪椿を手折《たお》ることはなかったのだな」

「手折りはいたしませんでした。そのようにしてはいけないと、わたしはわきまえておるつもりです」

「そうか。ならば、それでよい」

久兵衛はどこまでも自分に厳しく生き抜こうとするのだな、と淡窓はため息をつきたくなった。その生き方は不憫《ふびん》でもあったが、ほっと安堵《あんど》するところもあった。

咸宜園は塾生たちが納める束脩《そくしゅう》（入学金）によって営《いとな》まれているが、博多屋の財力が背後にあってこそ、安《やす》んじて学問に励むことができてもいる。

（わしは久兵衛に頼るばかりで、報《むく》いるところがない）

淡窓はまたもや忸怩《じくじ》たる思いを抱《いだ》いた。もし久兵衛に千世への想いがわずかでもあるとするのならば、かなえてやりたい気もするが、広瀬家の平穏や咸宜園の面子《メンツ》などを考えるならば、久兵衛の気持を踏み込んで訊くこともできかねた。

「ともあれ、旭荘が旅に出てすぐに臼井殿のことを決着いたすのも、露骨に過ぎますゆえ、来月にでもと思っております」

久兵衛は落ち着いた表情で話し、辞去《じきょ》した。

二月中旬、塩谷郡代は淡窓を呼び出した。淡窓が代官所に赴《おもむ》くと、しばらく待た

された後、執務室に通された。書類に目を通していた塩谷郡代は、淡窓が平伏《へいふく》すると、さりげなく、

「旭荘が長崎に参って早《はや》ひと月だな。まだ戻らぬようだが、いかがしておるのだ」

と訊《たず》ねた。声にはひややかな響きがある。

「筑前《ちくぜん》、肥前《ひぜん》にもまわると申しておりましたので、戻るのは夏になるかと存じます」

「随分とゆっくりではないか。まさかとは思うが、江戸へなど行ってはおるまいな」

疑り深い塩谷郡代の言葉に、淡窓は顔を上げた。

「滅相《めっそう》もないことでございます」

言いながら、淡窓は塩谷郡代の顔つきが変わっているのに気づいて驚いた。以前より痩《や》せて頬《ほお》がたるみ、眉毛に白髪《しらが》がまじって頬に染みが浮き出た老人の相《そう》になっている。そのくせ、目だけはぎょろりと大きくなって、眼光が鋭さを増したように感じられる。何かに苛立《いらだ》っているからか、瞼《まぶた》がぴくぴくと震えていた。

「ほう、そうか。近頃、領民どもの間でわしがやって参ったことに不平を洩らす輩《やから》がおるそうだ。なかには江戸表《えどおもて》へ訴え出ようなどと、たわけたことを口走る者までおるということじゃ」

「まことでございましょうか。さようなことは耳にいたしたこともございません」

「そうかな。久兵衛ならば耳ざとく聞いておるはずだがな」

塩谷郡代はさらに猜疑《さいぎ》の目を強めた。淡窓が何も答えず黙っていると、さらに糾問《きゅうもん》するかのような言葉が塩谷郡代の口から出た。

「よもや、旭荘はわしをお上《かみ》に訴えるため江戸へ参ったのではあるまいな」

「さようなことがあろうはずはございません」

淡窓は打ち消しながらも、気味の悪さを感じた。

塩谷郡代は、傲岸不遜《ごうがんふそん》な態度で咸宜園には常に居丈高《いたけだか》に振舞ってきたが、一面、剛毅《ごうき》で細かなことにこだわらないところもあった。しかし、目の前に座っている塩谷郡代はひとが変わったように小心翼々《しょうしんよくよく》たる色を漂《ただよ》わせている。

(何に怯《おび》えているのだろう)

領民の間に不平不満の声があがっているのが、それほど不安なのだろうかと意外な気がした。淡窓のそんな思いを敏感に察したのか、塩谷郡代は忌々《いまいま》しげな顔をして目をそむけ、

「仮に、わしが訴えられるようなことがあるならば、その時は久兵衛も一蓮托生《いちれんたくしょう》であるからな。そう久兵衛に伝えよ」

と言い捨てた。久兵衛がなぜ一蓮托生にならねばならないのか、と質したかった

が、塩谷郡代が答えるはずもないと思い直し、問うのをあきらめた。淡窓は黙って、次に何を言われるか静かに待った。すると、塩谷郡代は咳払《せきばら》いして、

「時に旭荘が長く留守にいたすのであれば、咸宜園の行方《ゆくえ》を考えねばならぬ。そなたひとりにては、何かと苦労であろう。都講《とこう》となる者を呼び寄せることにしたゆえ、さよう心得よ」

と一方的に言い渡した。突然の話に驚いた淡窓は、思わず訊き返した。

「都講を塾生以外から呼び寄せるのでございますか」

都講は塾生の中から月旦評《げったんひょう》で最高位となった成績優秀な者を選び、淡窓や旭荘と協議して塾の運営にあたる。このため毎年、選ばれるということはなく、数年に一度、淡窓の目にかない、これならと思われる者が都講に任じられた。

その都講を、塩谷郡代はいずこから呼び寄せるつもりなのだろうか。都講を選ぶのは塾政を見る者の権限であるだけに、淡窓は塩谷郡代の越権《えつけん》の言い渡しに屈辱を感じた。

「どなたを都講にされるおつもりでございましょうか」

淡窓の口調は気づかぬうちに切り口上《こうじょう》になっていた。塩谷郡代は皮肉たっぷりな笑みを片頰に浮かべて、

「よそから呼ぶと申しても、咸宜園に在塾したことがある者ゆえ、差し障《さわ》りはある

まい。来真《らいしん》だ」

と嘯《うそぶ》くように言った。淡窓はあっと息を呑《の》んだ。僧侶である釈《しゃく》来真は去年、淡窓が結社を作らせた四人の高弟のひとりだ。いまは、故郷の安芸国《あきのくに》へ帰っている来真を塩谷郡代は呼び戻すというのだ。来真はたしかに高弟ではあるが、都講をまかせるほどの逸材《いつざい》とは言えない。

とは言え、人柄が穏やかであることから、茂知蔵《もちぞう》には扱いやすいだろう。塩谷郡代の狙《ねら》いはそこにあると思われる。

（都講まで、わたしに押しつけようというのか）

淡窓は歯《は》嚙《が》みする思いで下を向いた。

二

淡窓の書斎で、久兵衛は顔を曇らせた。兄が塩谷郡代に呼び出されたと聞いた久兵衛は、すぐさま遠思楼《えんしろう》を訪れていた。話を聞いた久兵衛は、

「都講の件は、千世殿を早くどうにかせよとの郡代様の督促と思わねばなりますまい」

と難しい顔をして言った。

「やはり、そうか」

「千世殿ではなく、臼井様を退塾させる旨は申し上げているのですが、どうにも待ち切れぬと暗に匂わせているのでしょう」

やはり久兵衛は臼井を退塾させるつもりなのだと思うかたわら、淡窓は気にかかっていることを口にした。

「郡代様は旭荘がお上に訴え出るために江戸へ参ったのではないか、とお疑いであった。あれはどういうことであろうか」

久兵衛は首をひねった。

「呉崎《くれさき》干拓のことでしょうか。干拓はしたものの、すぐには田畑として使えぬ荒地となっておりまして、工事金と人夫《にんぷ》を割り当てられた日田や玖珠《くす》、直入《なおいり》、それに下毛《しも げ》郡の者たちは、随分と不満を募《つの》らせておるようです。中には不穏《ふおん》なことを企《たくら》む者もおるかもしれません」

「しかし、さような者たちに旭荘が同心するはずはないであろうに」

訝《いぶか》しげに淡窓は言った。

「郡代様は領民が不満を訴えようが、江戸表で評判が落ちぬよう咸宜園の名を利用したいとかねがね考えをめぐらせておられたのだと思います。それゆえ、何かにつけて郡代様に抗《あらご》うて参った旭荘が、領民の意を体《たい》して不満を訴え出るのではないか、と恐れておられるのでしょう」

「さほどに疑り深い方であったのか」

淡窓が顔をしかめると、久兵衛は目を閉じて、

「郡代様が不安に思うておられる子細を、いま少し早《はよ》うに気づいておればよかったのでしょうが」

と無念そうに口にした。塩谷郡代が咸宜園に干渉し続けるもとになっている懸念に思い至っていれば、別に手立てがあったかもしれないと久兵衛は臍《ほぞ》を噬《か》む思いをしているのだろう。

「さようかもしれぬな」

塩谷郡代の保身のために咸宜園が利用されているのかと思うと、淡窓は不快な心持ちになるのを否《いな》めなかった。塩谷郡代は、さらに久兵衛についても言い足していた。

「そう言えば、郡代様は、自らが訴えられるようなことがあれば、そなたも一蓮托生だと言われたが、どうしてあのような言い方をされたのであろうかな」

気遣わしげにうかがい見る淡窓に、久兵衛は苦笑して答えた。

「干拓の工事を実際に行ったのはわたしです。金を集め、ひとも使いました。それぞれの村の者たちからすれば、わたしは郡代様の威光をかさに着て、私腹を肥《こ》やし

たかのようにも見えましょう」

「それで、そなたも道連れにされると言うのか」

久兵衛はやむを得ないとあきらめにも似た薄い笑みを浮かべた。

「郡代様は、さように思うておられるのでしょう」

「しかし、そなたは私費を投じ、寝食を忘れるほどに干拓のために働いたではないか」

久兵衛の苦労を見てきた淡窓には、なぜ久兵衛がひとから責め立てられねばならないのか得心《とくしん》がいかなかった。久兵衛は淡々とした面持ちで口を開《な》いた。

「まず自ら先んじて行わねば、ひとは動きませぬ。わたしは為すべきことを為したまでと考えております」

「まさに、夫《そ》れ仁者《じんしゃ》は、己《おのれ》立たんと欲して人を立たしめ、己達せんと欲して人を達せしむ。能《よ》く近く譬《たとえ》を取る。仁の方《みち》と謂《い》うべきのみ、であるな」

淡窓は『論語』の一節を口にした。

「さように申されては、恐れ多いことでございます。ひとの世を成り立たせるためには、常に誰かが為していることでありましょうほどに」

「野《や》に聖賢《せいけん》は在るが、ひとはそれに気づかぬだけであろうか」

淡窓はため息をついてつぶやいた。

　自分は学問によって、古《いにしえ》の聖賢の行いを伝え、ひとの生き方を示そうとしているが、久兵衛はまさにそれを実践している。だが世間は、過ぎ去ったひとびとの生き方を説く者を重んじても、同じ世に生きている者が何を為しているかをしっかりと目を見開いて見ようとはしない。

　そんな淡窓の感慨に構わず、久兵衛は、

「とは申しましても、郡代様が焦っておられる以上、新たな都講が来る前に臼井様のことは決着をつけておかねばならぬと存じます」

　と自らを納得させるように口に出した。

　庭先の梅の花が散り敷いて、わずかに開いた障子からのぞく景色に風情《ふぜい》を添えていた。


　来真を迎える使いが発《た》ったのは二月二十三日だった。この日、佳一郎は久兵衛に招かれて博多屋を訪れた。

　佳一郎は奥座敷に案内されると落ち着かない素振《そぶ》りで物珍しげに部屋の中を見回した。いつもは店先や庭にまわってあわただしく千世と話をするだけだった。部屋の調度は意外にも質素で、日田の掛屋《かけや》として数万両の金を動かしている豪商の屋敷とは思えなかった。

女中が茶を持ってきたが、会釈《えしゃく》をしてすぐに下がり、千世は顔を見せなかった。なぜ千世が同席しないのだろうかと苛立たしい思いを抱きながら佳一郎が待っていると、久兵衛が間無しに顔を出した。

挨拶《あいさつ》もそこそこに、佳一郎は、

「何の用で呼び出したのですか。わたしに博多屋殿から話があるとは思えませんが」

と食ってかかった。久兵衛は穏やかに笑みを浮かべて頭を下げた。

「お呼び立ていたして申し訳ございません。ちと、咸宜園では話し辛《づら》いことがございまして」

「話し辛いこととは何ですか」

佳一郎は口を尖《とが》らせて訊いた。

「臼井様はいまの咸宜園をいか様《よう》に思うておられますか」

「ひと口に言えば、だらしがない、ですかな」

「だらしがない？」

久兵衛は不思議そうな顔をして訊き返した。

「さようではありませんか。咸宜園の名は諸国にあまねく知れ渡っております。わたしもその名に憧《あこが》れて九州まではるばるやってきたのです。しかし、見ると聞くとでは大違いでした」

「さようですか」

久兵衛は咸宜園を誹《そし》られても表情ひとつ変えず、やわらかい笑みを浮かべてうなずいた。佳一郎は、かさにかかって言葉を継いだ。

「郡代から無理難題を言われても、いつもかしこまって承《うけたまわ》るばかりで、しかも此度《こたび》は都講まで押しつけられるという。天下の名塾としての矜持《きょうじ》はどこにいってしまったのですか。これでは、咸宜園はもはや郡代の私物と変わらない。いまの咸宜園には、学問を志す気骨が感じられません」

「なるほど」

「そこへいくと、大坂の大塩中斎《おおしおちゅうさい》様はたとえ相手が町奉行であろうと、直言して憚《はばか》らなかったと聞きます。大塩様の唱《とな》える陽明学《ようめいがく》は、学問というものはすべからく実践してこそ意義があると教えているそうです。聖賢の教えを学ぼうとも、世に行わずにいては、書物を読む値打ちがありません」

佳一郎は久兵衛を睨《にら》みつけて言い募った。久兵衛は穏やかに佳一郎を見返して口を開いた。

「それゆえ、大坂の洗心洞《せんしんどう》に参られたいと思われたのですな」

「それは――」

佳一郎はどきりとした表情になった。大塩中斎の洗心洞に入塾したいから、一緒に行かないかと千世を誘ったことはあったが、まさか久兵衛に知られているとは思わなかったらしい。久兵衛は落ち着いた声で言い足した。

「大坂に参られたいとの臼井様のご存念は、千世殿からうかがいました。また、ただいまのお話から慮《おもんぱか》りますと咸宜園に愛想《あいそ》をつかされておられるご様子がうかがえます。塾を誘るのは、師を誘るに同じでありましょう。師を誘る者はすでに弟子とは申せませぬゆえ、臼井様はただちに大坂へ赴かれるがよろしいかと存じます」

「なんだと――」

佳一郎は血相《けっそう》を変えて怒鳴《どな》った。それに構わず久兵衛は懐《ふところ》から袱紗《ふくさ》の包みを取り出し、佳一郎の前に置いた。

「これは、些少《さしょう》ではございますが、大坂までの路銀の足しにお納めください」

佳一郎は身を震わせて袱紗の包みを見つめた。絞《しぼ》り出すような声で、

「馬鹿にしおって」

とうめき、さらに久兵衛を睨みつけてわめいた。

「おぬしは、最初からわたしを追い出すつもりでいたのだな。郡代から迫られ、わたしか千世のどちらかを追い出さざるを得なくなったのだろう。そこで、想いを寄せる千世を残して、わたしを追い出そうというのだ。さようなことをして恥ずかし

くはないのか」

どのように罵《ののし》られようが、久兵衛は顔色ひとつ変えず、静かに言葉を継いだ。

「わたしはひとから誇りを受けるような恥ずべき行いをいたしてはおりませぬ。臼井様がいか様に言われましょうとも、ひとは自らにふさわしい場所におるのが肝要と存じおります。臼井様にとりまして、大坂の洗心洞がその場所であろうと思われます。千世殿には咸宜園に留《とど》まられるのがよろしいかと存じます」

「さようなことがどうしてわかるのだ。千世はどこにいる。直《じか》に話を聞かねばわからぬ」

佳一郎が立ち上がろうと腰を浮かした時、久兵衛は厳しい声で制した。

「千世殿は使いに出ております。屋敷にはおりませぬ」

腹立たしげに腰を下ろした佳一郎は、うかがうように久兵衛を見た。

「そういうことだったのか。ようやくわかったぞ。わたしに引導を渡すため、千世をどこかへやったのだな」

「それとこれとは話が別でございます」

冷静な久兵衛の言葉に、佳一郎は逆上して袱紗の包みをつかんだ。

「咸宜園から出ていきはするが、千世も一緒に連れて出るぞ。千世を他の男に決して渡しはせぬ」

　佳一郎は怒鳴りながら、袱紗の包みを久兵衛に投げつけた。包みは久兵衛の胸に当たり、金色の光を放って小判が飛び散った。佳一郎は足音高く、そのまま外へと出ていった。しばらくして、千世が恐る恐る奥座敷に顔を出した。

「旦那様《だんなさま》、大丈夫でございますか」

　千世は久兵衛に言われて離れにひそんでいたが、ただならぬ佳一郎の怒鳴り声が気にかかって居ても立ってもいられず出てきたという。久兵衛はゆっくりと小判を拾い集めて、袱紗に包み直した。

「大したことはございません。案じられますな。臼井様も咸宜園を出ていくつもりになられたようです」

　久兵衛が笑みを浮かべて言うと、千世は眉をひそめた。

「ですが、あのように激昂《げっこう》いたしておりましたゆえ、日田を出る前にまたこちらに押しかけて参るのではございませんでしょうか」

「さようかもしれませんが、そうなればなったで、その時に考えればよいでしょう。心構えをいたしておれば、臼井様とて無体《むたい》な振舞いはなさりますまい」

　やさしく微笑む久兵衛の顔に庭先から春の暖かい光が差していた。

　二日の後、佳一郎は部屋に〈退塾願〉の書付《かきつけ》を残して姿を消した。

　博多屋に佳一郎が押しかけてきて、自分を連れていこうとするのではないかと千世は恐れていた。だが、佳一郎は姿を見せることはなく日が過ぎていった。

三

三月二十六日——

都講として来真が安芸からやってきた。

困惑した表情を浮かべながらも、淡窓に挨拶する来真の言葉の端々《はしばし》に、都講となるのを喜んでいる節《ふし》がうかがえた。

咸宜園の都講と言えば、学才は折り紙つきとなる。この先、来真は世間から高く評価されるのは間違いない。そのことを素直に喜ぶ来真を責めるわけにはいかないが、淡窓の胸には何とはなしにわだかまりがあった。

淡窓は日記に、次のように記した。

——予《よ》塾ヲ開キシヨリ三十年。未《いま》ダ嘗《かつ》テ人ヲ地方ヨリ招キヨセテ、塾ヲ治メシメタルコトナシ。且彼人《かつかのひと》得ガタキ才器アルニモアラズ、是全《これまった》ク、府君愛憎《ふくんあいぞう》ノ私ヨリ出《いで》タルコトナリ。

この日の夜は驟雨《しゅうう》が間断なく通り過ぎた。時おり、遠くで春雷《しゅんらい》が轟《とどろ》き、稲妻《いなずま》も光った。

千世は蔵に入り、書物を探していた。久兵衛から頼まれた書物を取り出し、懐に入れて手燭《てしょく》を持ち、蔵から出ようとした時、中庭で雨に打たれながら立っている人影に気づいた。

突如《とつじょ》、稲光が走って一瞬、庭が照らされ、笠《かさ》をかぶった袴《はかま》姿の武士が青白く浮かんだ。

――佳一郎殿

千世は思わず叫び声をあげそうになって、手燭を持つ手が震えた。

どしん、と落雷の音が響き渡った。佳一郎は蔵の戸口で立ちすくんでいる千世にゆっくりと近づいてきた。

驟雨はさらに激しくなっている。佳一郎は篠突《しのつ》く雨の中で笠に手をかけて取った。揺らめく手燭の灯りに佳一郎の顔が浮かび上がる。

「ひとりで大坂に参ろうかとも思ったのですが、やはり寂しすぎます。あなたも一緒に来てください」

憑《つ》かれたような目をして佳一郎は言った。

「わたくしは参りません」

千世ははっきりと答えた。佳一郎は薄ら笑いを浮かべた。

「どうしてですか。わたしとあなたはひとたび契《ちぎ》りを結んだ仲で、言わば夫婦も同然です。夫の行くところについてくるのは、妻の務めではありませんか」

雨音にかき消されながらも、佳一郎の声は切れ切れに聞こえた。その言葉のひとつひとつが、千世には忌《いま》わしく感じられる。

「わたくしは、あなたを夫とは思っておりません。どうか、わたくしのことは忘れてください」

言いながら、千世は手燭を床に置き、蔵の重い戸を内側から閉めようとした。

これ以上、佳一郎と話していてはいけないという気がした。蔵に閉じこもれば佳一郎はあきらめて帰るだろうと思った。だが、佳一郎は閉めかけた戸に飛びついて、千世が必死に閉めようとするのを力まかせにこじ開けた。

誰か――

千世が助けを求めて叫び声をあげかけた時には、佳一郎は開いた戸の隙間《すきま》から素早く蔵に入り、片手で千世の肩をつかみ、口を押さえた。

「わたしはあなたと話をしたいだけなのです。それなのに、なぜ逃げ隠れしようとするのですか」

佳一郎は目を怒らせて千世の肩をつかみ、激しく揺さぶった。

「手を離してくださいい。わたくしは、あなたにさようなことを言われる覚えはありません」

突き放そうともがく千世を、佳一郎は驚いたように見つめて手を引いた。

「なぜだ。わたしたちは九州に着くまでは、たがいを思い合ってきたではありませんか」

「わたくしとあなたでは思いが違うのです」

千世が冷たく言い放つと、佳一郎の息が荒くなった。

「違うだと。あなたが、日田に来てから変わっただけだ」

「さようなことは――」

「無いとは言わせませんぞ。あなたはわたしと大坂へ行くよりも博多屋の妾《めかけ》になった方が栄耀三昧《えいようざんまい》の暮らしができると思ったのでしょう」

「なにゆえ、さようなことを言われるのですか。わたくしは旦那様とさような仲には――」

疎《うと》ましげに言いかけて千世は言葉に詰まった。久兵衛との間に疑われるようなことは何もない。佳一郎の投げつける雑言《ぞうごん》を打ち消そうとして、千世はなぜか言葉が出なかった。胸の奥に久兵衛との仲を深めたいと望む心持ちがあると気づいて、千世は戸惑いを覚えた。

「それみなさい。答えられないのは、白状したのも同然だ」

佳一郎は、勝ち誇ったように嘲笑《あざわら》うと千世に詰め寄り、

「わたしと一緒に大坂に行くのだ」

と千世の腕をつかんだ。悲鳴をあげて千世は抗った。ふたりがもみ合っていると、

「乱暴はお止《や》めなさい」

蔵の外から久兵衛の声がした。

ぎょっとして佳一郎が振り向くと、傘《かさ》をさして久兵衛が立っている。

「書物を取りに行った千世殿がなかなか戻られないので様子を見にきたのです」

久兵衛は悠然《ゆうぜん》とした物腰《ものごし》で言った。

「旦那様――」

千世は佳一郎を突き飛ばして、蔵の外へ走り出た。千世が久兵衛の傍《かたわ》らに駆け寄った瞬間、稲妻が光り、ずしん、と地響きがした。近くに雷が落ちたのだ。

久兵衛がさしかけた傘に雨が激しく降りかかって水飛沫《みずしぶき》がはねる。佳一郎は蔵の戸口に立って久兵衛を睨みつけた。

「やはり、貴様《きさま》が千世をたぶらかしたのだな」

「さようなことはございません。臼井様は勘違いをなさっておられます」

いささかも動ぜずに答える久兵衛の背に隠れるように千世は寄り添った。その様子を見て、佳一郎は逆上した。

「かような真似《まね》をして、許されると思うのか」

「千世殿に乱暴されたあなたの振舞いこそ恥ずべきではありませんか」

「何を言うか」

怒鳴りながら抜刀《ばっとう》して雨の中に飛び出した佳一郎は、久兵衛に斬《き》りかかった。久兵衛は傘で刃《やいば》を受けた。鈍《にぶ》い音をたてて傘が両断された。

切られた傘を捨てた久兵衛は、土砂降《どしゃぶ》りの中で千世をかばって立ちはだかった。

佳一郎はせわしなく息を弾《はず》ませて、刀を久兵衛に向けた。また、稲光が走って、どん、と落雷の音が響いた。

「千世を渡せ。さもなくば斬るぞ」

「あなたには渡せません」

「なんだと」

「あなたはおのれの心だけが大切で、相手を思いやる心を持っておられない。さような方に千世殿を渡すわけには参りません」

「利《き》いた風なことを」

佳一郎は大きく踏み込み、刀を振り上げて斬りつけた。だが、久兵衛は避《よ》けようとはしなかった。

千世が声にならない悲鳴をあげた。久兵衛の肩先に斬りつけた佳一郎は、その感触に怯えたかのように後退《あとずさ》った。

濡《ぬ》れそぼった久兵衛の羽織《はおり》の肩先が切り裂かれ、血に染まった。久兵衛は一歩も退《ひ》かずに佳一郎を睨み据えた。

「どうしました。わたしを斬るおつもりなのでしょう」

久兵衛は肩を押さえながら、じりっと前に出た。千世がすがって、

「旦那様、危のうございます。お止めくださいませ」

と訴えた。久兵衛は頭を振った。顔は雨に濡れ、目が鋭くなっている。また、一歩踏み出して、佳一郎に近づき、絞り出すような声で言った。

「やるならおやりなさい。おのれの邪《よこしま》な心のままに振るう刀は、ただの人斬り包丁に過ぎませんぞ」

佳一郎は追い詰められたような顔をして、震えながら刀を構えた。大きく目を瞠《みは》って久兵衛を見つめている。

「かかってこい」

厳しい声で言う久兵衛に向かって佳一郎は雄叫《おたけ》びをあげて刀を振り上げた。その刹那《せつな》、千世が久兵衛をかばって前に立った。

「わたくしを斬ってください」

千世は叫んで目を閉じた。観念したような千世の顔を見た佳一郎は、刀を下ろした。大きく口を開けてあえぐと同時に、わあっ、と声をあげ、涙にくれて千世を見つめた後、降りしきる雨の中を庭から駆け去っていった。

久兵衛はがくりと地面に膝《ひざ》をついた。千世はあわてて久兵衛の肩を支えた。

「旦那様、お手当を早くいたさねば——」

苦しげな表情に笑みを浮かべつつ久兵衛は、

「なに、これくらいの傷は大したことはありません。それにしても、千世さんは無茶なことをなさいますな。刃の前に飛び出すような危《あや》うい真似を、これからはなさってはなりませんよ」

とやさしく声をかけた。

「それは、旦那様も同じでございます」

千世がせつなげに言い添えると、久兵衛は肩をかばいつつ立ち上がろうとして、さりげなく言った。

「大切なひとを守るためには、無茶もいたさねばならぬということでしょうか」

その言葉を聞いて千世は涙ぐんだ。

なおも雨は降り続いている。

四

八月になった。

淡窓は書斎で額に汗を浮かべ、書き物をしている。

先月、旭荘は西遊の旅から帰り、ようやく淡窓は塾政から離れていた。

来真は都講になったとはいえ、もともと生真面目《きまじめ》でおとなしい人柄であり、旭荘を立てるのは厭《いと》わないようだ。

ひさしぶりに平穏な日々を淡窓は過ごしていた。

机に向かった淡窓は時おり、帳面に白丸や黒丸をつけた。日々の行いの記録として『万善簿《まんぜんぼ》』をつけようと思い立ったのは、先月に入って間もなくのことだった。

一日の行動や心事を、義と欲、敬と怠《たい》に分け、善行を功、悪行《あくぎょう》を過とする。振り返って正しく行えたと思えば白丸、過《あやま》ったと感じたら黒丸をつける。

一万の善行を行うことを目標としている。子供じみた振舞いにも思えるが、ひとに見せるわけではなく、あくまで自省のためにしようと心に決めた。

この世に於《お》いて、善を為すことは容易ではない。あるがままの、おのれの欲望だけを満たしていけば、ひとは悪行に陥《おちい》る。

だが、世間の目を気にした善行には何の意味もない。何が善で何が悪かを見定めるには、自分の心で測るしかない。そして心を浄化してくれるのが詩なのだ。

日々を自省し、詩作をすることで見えてくるものがあるはずだ、と淡窓は思っている。ひとの思惑に左右されない自らの判断による生き方を究めれば、指針は自《おの》ずとできるはずだ。

（そのためには、やはり一日一日を大事に過ごしていくしかないようだ）

そう考えつつも憂鬱《ゆううつ》な思いが湧いて、しばしば筆が止まった。

佳一郎が咸宜園の学問について大塩中斎と比較し、

「聖賢の教えを学ぼうとも、世に行おうとせずにいるのでは、書物を読む値打ちがない」

と罵ったと聞いたからだ。さらに佳一郎が久兵衛を斬りつけたと聞けば、身に沁《し》みて辛さが増す。

幸い久兵衛は浅手《あさで》で、ひそかに医師の手当を受けることができて世間には洩れなかったが、男女の情に関わる刃傷沙汰《にんじようざた》を元塾生が起こしたことは淡窓の胸を暗くしていた。

何のために営々と塾を続けてきたのか。

ひとを育てたいとの思いで努めてきたことの結果がこれなのか、と思うと淡窓の心は愁《うれ》いに沈んだ。

どのように努力しようとも、憂《うれ》える心持ちから逃れるわけにはいかないのかもしれない。そんな虚《むな》しさに近頃、囚《とら》われるようになっていた。

筆をおいた淡窓は、陸游《りくゆう》の詩を口ずさんだ。

少《わか》き時には愁いと喚《よ》ぶは底者《なにもの》と作《な》すとせしに
老境にて方《はじ》めて知《さと》りぬ　世には愁い有るを
世間を忘れ尽くすとも愁いは故《もと》のごとく在り
身和《みぐる》み忘却して始めて応《まさ》に休《や》むべし

若いころは愁いなどという気持を知ることはなかった。晩年になって、ようやくこの世に愁いがあることを知った。知ってしまえば、もはや世間のことを忘れても愁いはそのままにある。愁いがなくなるのは自分自身を含めてすべてを忘れる時でしかないだろう、という詩だ。

しかし、と淡窓は思う。その愁いの気持とともに、一歩一歩進まなければならないのが、生きるということではないか、と。

時おり、涼しい風が吹き抜ける書斎で、淡窓がぼんやりと考えていると、ながいあわてた様子で入ってきた。

「郡代様からのお呼び出しにございます」

「なに、いまごろまた何であろうか」

塩谷郡代は七月、旭荘が遊学から戻ってきた際に、淡窓とともに呼び出し、布一反《たん》を下賜《かし》した。旭荘が福岡の亀井昭陽の書を持ち帰り、塩谷郡代に献《けん》じたのを賞したのであろう。

そのおりの塩谷郡代には新たな難題を言いかける素振りはなかったはずだが、と思いつつ淡窓は支度《したく》をした。外へ出ると、玄関の前ですでに旭荘が待っていた。肩を並べて代官所へと向かった。いつものように玄関脇の潜《くぐ》り戸《ど》から入ると、そのまま執務室へと通された。傍らに宇都宮正蔵《うつのみやしょうぞう》が控えている。

淡窓が平伏しても、何の声もかからない。

恐る恐る頭を上げてうかがい見ると、塩谷郡代は心ここにあらずという風情であらぬ方に目を向けている。淡窓が目の前にいることも忘れているかのようだ。

「御用の趣《おもむき》をおうかがいいたしてもよろしゅうございましょうか」

淡窓が口に出すと、塩谷郡代ははっとして視線を戻した。いつものように傲岸な顔つきになっていたが、不意に目を落として、

「淡窓、わしは近々、江戸へ参ることになったぞ」

と言う声がひどく弱々しかった。郡代が報告のために江戸へ上るのはままあることである。なぜことさらに告げるのだろうと淡窓は訝しく思った。戸惑って旭荘と顔を見合わせていると、塩谷郡代は言葉を継いだ。

「江戸表へわしを訴えた者がおるそうじゃ。御評定所《ごひょうじょうしょ》にてお取り調べがあるそうな」

訴えたとはどういうことであろうかと、淡窓は首をかしげた。以前、久兵衛が話していたように、呉崎干拓に不満を持つ農民が訴え出たのだろうか。

塩谷郡代はうめくように、

「誹謗中傷《ひぼうちゅうしょう》と申すべき訴えじゃ。そなたらも存じておろうが、わしは私腹を肥やすために事業を行ったことなど一度たりとも無いぞ」

と声を荒らげた。淡窓は首肯《しゅこう》するように、さらに頭を低くした。江戸表への訴えの内容はおおよそわかった。だとすると、この件に関して、自分が言うべきことは何もないのだが、塩谷郡代が訴えられたら久兵衛も一蓮托生だと言われたことが気にかかる。

「そのこと、久兵衛とも関わりがございましょうや」

淡窓が顔を上げて訊くと、塩谷郡代は顔をゆがめた。

「なるほど、まずは身内のことが気にかかるか。そのあたりは聖賢の道を説くそなたとても俗人と変わらぬな」

「恐れ入ります」

「久兵衛のことは知らぬ。江戸に呼ばれたのは、わしだけだ。しかし、安心はせぬがよかろう。久兵衛もわしと同様に領民どもから恨まれておろうゆえな」

塩谷郡代はふふっ、と含み笑いをした。おもむろに、自らを励ますように膝をぴしゃりと叩いて、

「そなたたちを呼んだのは、他でもない。わしが江戸に呼び出された後、お上よりそなたらにお訊ねがあるやもしれぬ。そのことを心得《こころえ》おくように」

と告げた。旭荘が顔を上げて、

「恐れながら、いかようなお訊ねがあるのでございましょうか。また、お訊ねにはどのような返答をいたせばよろしゅうございますか」

旭荘の声にはひややかな響きがあった。塩谷郡代が窮境《きゅうきょう》に陥ったのを察して、突き放すかのような物言いだった。

塩谷郡代はじろりと旭荘を睨んで、

「江戸に呼ばれたからといって、わしが罰せられると決まったわけではないぞ。無実の罪なのだ。わしにかけられた疑いは必ず晴れる。もし、わしを悪《あ》し様《ざま》に申す者がおれば、無事に戻った暁《あがつき》に、その者をきっと罰するであろう」

と言い放った。その言葉を聞いた淡窓は手をつかえ、

「仰《おお》せ、承ってございます」

と声を高くして応じた。頭を下げながら、淡窓は胸中が明るくなっていくのを感じた。長年、咸宜園に干渉してきた塩谷郡代が罪に問われるかもしれない。そうなれば、二度と、日田には戻ってこないだろう。

そう思うだけで重石《おもし》が取れる気がして心持ちが軽くなった。だが、ひとが罪に問われるかもしれないという不幸を喜ぶのは、決して善行とは言えない。

(きょうは黒丸がひとつ増えたようだ)

淡窓はそんなことを思いつつ、塩谷郡代の前から下がった。

八月二十日――

塩谷郡代は江戸へ向かうため日田を発った。

塩谷郡代から呼び出されて数日後、江戸表へどのような訴えがあったかを久兵衛が淡窓に伝えた。日田の農民が塩谷郡代による開削《かいさく》、干拓工事は暴政であるとして、まず大坂へ出て訴え、さらに江戸で上訴したのだという。

塩谷郡代が出立《しゅったつ》する朝、淡窓は塾生数十人とともに見送った。代官所には久兵衛始め掛屋や町役人たちが総出で見送りに来ていた。そのひとびとの顔色を見た塩谷郡代は、苦《にが》い顔をして、

「皆、わしはもはや戻らぬと思っているようだな」

と言った。見送りの者たちの間から、

「滅相もございません」

「お帰りをお待ちいたしております」

と二、三の声があがったが、塩谷郡代の表情は晴れなかった。自ら前途が容易ではないと覚悟しているのだろう。ふと見送りの列に連なるひとびとの間にいる淡窓に目を留めた塩谷郡代は、

「淡窓、かような時の心持ちを託せる詩があろうか」

と声をかけた。淡窓は即座に、蘇軾《そしょく》の詩の一節を詠《えい》じた。

　吏民《りみん》　扳援《はんえん》する莫《な》かれ
　歌管《かかん》　凄咽《せいえつ》する莫かれ
　吾《わ》が生《せい》は寄《よ》するが如《ごと》き耳《のみ》
　寧《なん》ぞ独《ひと》り此《こ》の別れを為《な》すのみならんや
　別離は随所《ずいしょ》に有り

蘇軾は北宋《ほくそう》の詩人で、この詩は徐州《じょしゅう》の知事から湖州《こしゅう》の知事へと転任する際、蘇

軾を慕う人民から引き留められたときに詠《うた》ったものだ。

官吏《かんり》よ、人民たちよ、そのようにわたしにすがりつくでない。送別の歌を奏《かな》でる笛よ、すすり泣くでない。わたしの一生は仮の宿りのように定めなきものだ。別離もこのたびだけであるはずがない。悲哀《ひあい》に満ちた別離はこれからもたびたびあることなのだから。

「なんぞ独り、この別れを為すのみならんや、か」

塩谷郡代は感慨深げに詩の一節を繰り返した後、

「淡窓、世話になったな。息災にて過ごせ」

と言い残して馬上のひととなり、旅立っていった。見送る淡窓の胸に寂寥《せきりよう》の思いが込み上げてきた。

随分と苦しめられた思い出ばかりだったが、それにも拘《かか》わらず、塩谷郡代が去ると思えば、惜別《せきべつ》の情が湧いてくるのはなぜなのだろうか。

(苦しむこともまた、生きているという証かもしれぬ)

塩谷郡代は淡窓に苦痛を与えたが、その歳月をともに生きたとも言える。塩谷郡代を見送ることは、ともに生きた時を顧《かえり》みるに等しいのではないか。

「まことに、吾が生は寄するが如きのみ、だな」

淡窓は誰に言うともなくつぶやいた。

この日の日記に、淡窓は塩谷郡代について記した。

――新田ノ役《えき》、民ヲ労スルコト多クシテ、成功ニ及《およ》バズ、反《かえ》ッテ累《るい》ヲ後人ニ貽《のこ》セリ。此《こ》ノ一事ナクンバ可也《なり》。惜哉《おしいかな》。

次に、広瀬家のひとびとにとって塩谷郡代はどのような人物であったかを述べている。

――先考（父）ト久兵衛トハ、寵《ちょう》ヲ得《う》ルコトアッテ、辱《じょく》ヲ得ルコトナシ。予《よ》ト謙《けん》吉《きち》（旭荘）トハ寵アリ辱アリ。予ハ寵ヲ得ルコト、辱ヨリ多ク、謙吉ハ辱ヲ得ルコト、寵ヨリ多シ。

江戸に出た塩谷郡代は、評定所で取り調べを受けた。その結果、不正についての嫌疑《けんぎ》は晴れたが、ふたたび西下することはなかった。

その後、郡代を辞して二ノ丸留守居《るすい》となったと日田に伝えられたのは、翌天保七年（一八三六）四月十三日のことだ。

そのころ、農民の間で久兵衛への怨嗟《えんさ》の声が高まっていた。

降りしきる

一

煙雨《えんう》が日田《ひた》を覆《おお》っていた。町並みや往還《おうかん》が薄墨色《うすずみいろ》に霞《かす》んで見える。雲が低く垂《た》れこめて薄暗くはあるが、午《ひる》が近いというのに、豆田町《まめだまち》の博多屋《はかたや》は大戸を閉めてひっそりと静まり返っていた。

久兵衛《きゅうべえ》は天保《てんぽう》七年（一八三六）の年明けからずっと門を閉じ、屋敷で謹慎していた。

四月になって、塩谷郡代《しおのやぐんだい》が江戸城二ノ丸留守居《るすい》に転じたという報《しら》せが入ると、淡窓《たんそう》は博多屋を訪れた。奥座敷で久兵衛と向き合った淡窓は、

「塩谷様は罪に問われずにすんだと聞いた。そなたに咎《とが》がおよぶことはないのではないか」

と口にした。久兵衛はゆっくりと首を横に振った。

「いえ、江戸からやがて巡見使《じゅんけんし》が下向《げこう》されるそうでございます。そうなれば、第一に取り調べを受けるのはわたしでございましょう」

「まさか、そなたは一身に罪を負うつもりではあるまいな」

久兵衛とは一蓮托生《いちれんたくしょう》だ、と言っていた塩谷郡代が罷免《ひめん》された時、久兵衛は咎めを受けると覚悟したのだろうか。

「罪を認めるわけではありませんが、百姓衆の不満も無理からぬことだ、とも思っております」

久兵衛の物言いには、降りかかってくる災厄《さいやく》を従容《しょうよう》と受け入れようとする感がある。六年前、久兵衛は広瀬家の家督を養子の源兵衛《げんべえ》に譲っており、自らの保身に執着しないところがあった。淡窓は不安を感じて、

「ひとびとのためになることだと信じて、懸命に干拓事業を行ったそなたが恨まれるのは納得がいかぬが」

と言うと、久兵衛はため息をついた。

「時期が悪すぎました。まさか、これほど凶作が続くとは思いも寄りませんでした」

天保四年（一八三三）から四年間、全国的に天候不順が続き、飢饉《ききん》に見舞われて

いた。

享保《きょうほう》、天明《てんめい》に続く〈江戸三大飢饉〉のひとつに数えられる大飢饉だった。特に東北地方では洪水《こうずい》や冷害が立て続けに起き、中でも陸奥国《むつのくに》と出羽国《でわのくに》の被害は大きく、餓死者を多数出していた。

九州でも凶作が続いていて、塩谷郡代が江戸へ召喚されたのは、宇佐《うさ》郡の農民たちが連名で幕府に訴状を送ったのがきっかけだった。訴状には塩谷郡代への糾弾《きゅうだん》とともに、

「塩谷郡代を罷免しなければ百姓一揆《いっき》が起きるだろう」

との訴えもあった。塩谷郡代の発案で進められた干拓事業に、金や労力を供出《きょうしゅつ》させられたことは凶作に苦しむ農民にとって許し難い暴政だった。

飢饉による一揆を恐れていた幕閣《ばっかく》は、ただちに塩谷郡代を江戸へ呼び戻して、一揆が起きるのを未然に防ごうとしたのだった。しかし、訴状には、塩谷郡代が日田の商人と結託しているとも書かれていた。この商人とは久兵衛を指していることは誰でも知っている。

「さて、どうしたものであろうか」

淡窓が首をひねった時、久兵衛の妻のりょうが茶を持って奥座敷に入ってきた。りょうは、淡窓たちの伯父で博多屋の四代目を継いだ平八《へいはち》の長女いさが隈町《くままち》の相良《さがら》

文之進《ぶんのしん》に嫁《か》して産んだ娘だ。

平八は病弱だったこともあって、淡窓の父三郎右衛門《さぶろうえもん》に身代《しんだい》を譲ると堀田村《ほったむら》に秋風庵《しゅうふうあん》を建て、月化《げっか》と号して俳諧《はいかい》を楽しむ隠居暮らしに入った。そのころ文之進夫妻は、たちの悪い流行病《はやりやまい》にかかり、ともに世を去った。

月化は残された孫娘のりょうを秋風庵に引き取って育て、長じた後、久兵衛に娶《めと》らせた。りょうは久兵衛との間にきち、はなというふたりの娘を産んでいる。病がちで日頃は博多屋の奥にいて、ひと前に出ることはめったにないのだが、久兵衛の身を案じ、淡窓が訪れたと聞いて姿を見せたのだろう。三十代後半ではあるが、ほっそりとした体つきが年齢より若く見え、肌理《きめ》の細かい白い肌《はだ》がひっそりと咲く百合《ゆり》の花を思わせる。

久々にりょうに会った淡窓は、ふと後ろめたい思いを抱《いだ》いた。咸宜園《かんぎえん》に入門したいと願った千世《ちせ》を博多屋に預けたばかりに、久兵衛との仲を疑うあらぬ噂がたった。そのうえ、久兵衛は、もしかすると、若いころに思慕《しぼ》を寄せた香苗《かなえ》への想いを千世に重ねているのではないか、と思える。ななはそのことに薄々気づいており、淡窓も胸の内にもやもやと、りょうに申し訳ないという思いがあった。

りょうはそんな淡窓の心中には気づかぬ様子で、

「義兄上様《あにうえさま》にご心配をおかけしまして申し訳ございません」

と手をつかえて頭を下げた。淡窓は手を振った。

「なんの、此度《こたび》のことは広瀬《ひろせ》家にかかる家難《かなん》だ。皆で思案して、乗り越えねばならぬ」

淡窓の言葉にうなずいた久兵衛は口を開いた。

「そのことですが、旭荘《きょくそう》に江戸へ行ってもらえぬかと考えております」

「旭荘に？」

「はい。日田にいたまま事の成り行きを案じていても埒《らち》はあきません。それよりも江戸の羽倉外記《はぐらげき》様や川路聖謨《かわじとしあきら》様など日田に縁《ゆかり》のあるお旗本《はたもと》の方々におすがりしてはいかがかと存じまして。旭荘はかねてより大坂にて塾を開きたいと望んでおります。いったん大坂に出て、さらに江戸へ行ってもらいたいのです」

「なるほどそういう手もあるな」

羽倉外記は、かつて日田の代官を十五年にわたって務めた羽倉権九郎《ごんくろう》の息子であり、自身、権九郎の没後一年あまり代官を務めた。

権九郎は淡窓に好意的で、着任早々の寛政《かんせい》六年（一七九四）夏に、当時まだ十三歳と若年ではあったが麒麟児《きりんじ》と評判が高かった淡窓を招いて、『孝経《こうきょう》』の講義を命じた。権九郎は、そのころ左門《さもん》と称していた幼い外記を導いてもらいたいという心積もりがあったようだ。

その後、淡窓は福岡の亀井塾《かめいじゅく》に入門して日田にいないことが多かった。だが、権九郎は淡窓が日田に戻るたび、代官所での講義を命じて、交流を絶やさなかった。権九郎は淡窓の塾に干渉するようなことはなく、ひたすら代官としての職務に精励《せいれい》した。

淡窓はその人柄を偲《しの》んで、

――此《こ》ノ人、当世ニ多ク得《え》ガタシ。賢宰《けんさい》ト称シテ可《か》ナリ
と記している。外記は各地の代官を歴任するとともに、近頃は渡辺崋山《わたなべかざん》らとも交流し、学者としての名を高めていた。

また、日田で生まれた川路聖謨は十二歳の時、御家人《ごけにん》の養子になって江戸へ出たが、その後、吏僚《りりょう》として俊秀《しゅんしゅう》ぶりを発揮しているという。

「それはいい考えだと思う。さっそく旭荘に伝えよう。遊学だと届け出れば、日田を出るのは容易だろう」

淡窓はさすがに久兵衛だ、と感心した。久兵衛は、日田に関わりのある幕府の官僚とも交誼《こうぎ》を絶やさず続けてきたのだろう。すでに学者として知られている旭荘が訪ねて窮状《きゅうじょう》を訴えれば、力を貸してくれるのではないだろうか。

淡窓の了承を得た久兵衛は言葉を続けた。

「近々、わたしは飢饉で苦しむひとびとのために施粥《せがゆ》をいたそうかと思っておるのですが」

「窮民に粥を施《ほどこ》すというのか」

淡窓は腕を組んで考え込んだ。日田周辺の農村でも飢饉は起きている。久兵衛は食べ物に困ったひとのために粥を振舞いたいらしい。

「さようです。いまさら人気取りに慈善を行うのか、とお叱りを被《こうむ》るやもしれませんが、かような飢饉となったのも、わたしどもの誠心が足らなかったからのようにも思えます。施粥をすることで、少しでもわたしの思いを百姓衆にわかってもらいたいのです」

「しかし、世間はつめたい目で見るかもしれぬぞ」

淡窓は案じるように言った。

「承知しております。ですが、何もしないよりはましでしょうし、おのれの心の内を披瀝《ひれき》することを恐れるべきではないと存じます。何より、わたしは俯仰《ふぎよう》天地に愧《は》じることはございませんゆえ」

天にも地にも恥じ入る気持はないのだ、と久兵衛はきっぱりと言い切った。

「そうか。ならばやってみるがよい」

淡窓が大きくうなずくと、りょうが口を挟んだ。

「施粥なら、わたしや娘もお手伝いができます」

「いや、わたしが表に出て施粥をすれば、それこそ心底《しんてい》を疑われるかもしれない。家族は出ぬ方がいいだろう。施粥は店の者に任せるとしよう」

久兵衛が思慮深く言うと、りょうは首をかしげた。

「やはり、食べ物のことですから、女子《おなご》の目が届いた方がよろしいのではないでしょうか。食あたりを出しては大変なことになります」

「それもそうだが――」

久兵衛は少し考えた後、ぽんと膝《ひざ》を叩《たた》いた。

「では、千世殿に仕切ってもらうとしよう。千世殿なら咸宜園の門人が行うこととして、粥を施すのに憚《はばか》りがなかろう」

「千世様に――」

りょうはさびしげにつぶやいたが、後は黙ってうつむいた。久兵衛と千世の噂はりょうの耳にも届いているはずだ。そうだとすると、窮地に陥《おちい》った久兵衛が千世の助けを借りると口にするのを、りょうはどのような思いで聞いたことだろうか。

淡窓は咳払《せきばら》いして、

「咸宜園には智白《ちはく》や智参《ちさん》ら女人《にょにん》の弟子もおる。手伝いを頼むといたそう」

と口を添えた。

「そうしていただけると助かります」

久兵衛が安堵《あんど》したように言う傍《かたわ》らで、りょうもほっとしたようにうなずいた。千世だけに頼むのではないと知って幾分か心が安らいだのかもしれない。

淡窓は、さりげなくりょうから目をそらした。


四月二十二日——

旭荘が東遊に出発し、淡窓はまた咸宜園の塾政を見ることになった。

そのころ、博多屋では閉めている大戸の前に大鍋を据えて、施粥を始めた。

久兵衛からの頼みを千世は喜んで引き受け、かねてから手習いを教えている女中たちを指揮して大量の粥を煮た。尼僧《にそう》の智白と智参も駆けつけると、博多屋の前には飢民《きみん》が集まり始めた。

最初は四十人ほど並んでいたが、しだいに増えて三百人も集まった。飢《う》えを凌《しの》ぐ食を求めて並ぶひとびとに毎日、粥を振舞わなければならない。千世の指図のもと、女中たちは汗だくになって働いた。それでも、久兵衛に対する非難の声はいっこうに収まらなかった。日田でも、久兵衛がかつて行った小ヶ瀬《おがせ》井手開削《いでかいさく》や日田川通船の事業について不満を言い立てる農民が現れ出した。

このころ、幕府から下向するのは巡見使ではなく、勘定奉行《かんじょうぶぎょう》が直々《じきじき》に取り調べ

に来るという噂が流れ、夜中に博多屋の大戸に石を投げつけられたりするようになった。昼日中《ひるひなか》に、

「久兵衛がお縄になって、博多屋はつぶれるぞ」

「ざまあみろ」

と罵声《ばせい》を浴びせかける者も出てきた。久兵衛が行っている施粥について、掛屋仲《かけや》間からは、

「ひとりだけ目立つことをしてもらっては困りますな」

「粥目当てに集まってきた者たちが打ち壊し騒ぎを起こしたら、どうするつもりなんです」

などと苦情が寄せられた。どのように不平、不満を言われようが、久兵衛は言い返すこともなく屋敷の中で謹慎を続けるばかりだった。

ある日、施粥を終えて屋敷に戻ってきた千世は、廊下で久兵衛と出会った。

「毎日、ご苦労をおかけして申し訳なく思っています」

と言って久兵衛が頭を下げると、千世はあわてて頭《かぶり》を振った。

「とんでもないことでございます。旦那様《だんなさま》のお気持が皆様に通じればよろしゅうございますね」

「そうなれば、よいのですが。何にせよ、ひと様にわかってもらうのはなかなか難

しいようです」

久兵衛の言葉を聞いて、千世は当惑したように眉《まゆ》を曇らせた。確かに、施粥をすれば、ありがたいと感謝の言葉を口にする者が大半だったが、中には粥の椀《わん》を受け取りながら、

「さんざん儲《もう》けたのだから、これぐらいは当たり前だ」

「粥ぐらいじゃ、ごまかされないぞ」

と罵《ののし》りの言葉を吐く農民もいた。千世がそのことを話して、

「哀《かな》しい心持ちがいたします」

と洩《も》らすと、久兵衛は同意するようにうなずいた。

「さようですが、飢えほど恐ろしいものはありません。飢えを逃れるためひとの情けを受けることに忸怩《じくじ》たる思いを抱くのも、ひととして当たり前のことではないでしょうか」

「ですが、せっかくの施粥が報《むく》われないのでは、何のためにしているのか、と時に思ってしまうことがございます」

千世は、久兵衛のために悲しむ胸の内を吐露《とろ》した。

「いえ、皆が皆、わたしに憤《いきどお》りを抱いているとは思ってはおりません。たったひとりでもいいのです。わかってくださる方がいれば、やった甲斐《かい》があるというもので

す」

久兵衛は静かに言った。久兵衛の額にわずかながら汗が浮いている。

日田特有の肌にまつわる蒸し暑い季節が近づいていた。

二

五月になって、旭荘から淡窓に手紙が届いた。

旭荘はいったん大坂に出た後、江戸に赴《おもむ》いて羽倉外記に面会したという。旭荘の話を聞いた外記は久兵衛の苦境に同情して力を貸すことを約束してくれたらしい。

淡窓は、その手紙を持って博多屋を訪れた。ここ数日、しとしとと降る雨が続いているにも拘《かか》わらず博多屋の前には施粥を求めるひとびとが列をなして並んでいる。千世や智白、智参は、店の軒下《のきした》で粥を配っていた。

それらのひとびとを横目に見つつ、淡窓は潜《くぐ》り戸《ど》から中に入った。入ってすぐの薄暗い土間に、ひとが立っているのに気づいて、淡窓は驚いて声をあげそうになった。りょうがぼんやりと大戸を見つめている。

「こんなところにひとりで、どうされたのだ」

淡窓が声をかけると、りょうはきまり悪げに答えた。

「雨の中の施粥はさぞかし大変でございましょう。とは申しましても、わたしにできることは何もございません」

「さようなことを気にしていては体に障《さわ》るであろう。こんな時こそ、しっかり養生して久兵衛を支えてくだされ」

淡窓は励ますようにやさしく言った。はい、とうなずいて、りょうは奥へ入っていったが、その背を見遣《みや》りながら淡窓は、

（りょう殿は、やはり千世のことを気にしているのかもしれぬな）

とりょうを気遣った。いままで久兵衛は刻苦勉励《こっくべんれい》して難しい仕事を乗り越えてきた。ところが、初めて久兵衛の手に余るかもしれない困難に遭遇《そうぐう》した。

かつては塩谷郡代という後ろ盾《だて》がいて仕事は順調だったが、いまでは却《かえ》ってそれが仇《あだ》となって窮地に追い込まれている。久兵衛は自らの力だけで戦わねばならず、それを助けるのは身内しかいない。そんな時、妻であるりょうが何もできず、千世が久兵衛のために働いているとあっては、焦燥《しょうそう》に駆られるのも無理はない。

賢《かしこ》くて自制心があるりょうは、表立っては何も言わないが、時には嫉妬に苦しんでいるのではないだろうか。思い煩《わずら》っているであろう、りょうが不憫《ふびん》だ、と淡窓は思った。

淡窓は、奥座敷へと向かいながら、唐《とう》の詩人李白《りはく》の詩、

——烏夜啼《うやてい》

をつぶやいた。

黄雲城《おううん》辺烏《からす》棲《す》まんと欲し
帰り飛び啞啞《ああ》として枝上《しじょう》に啼《な》く
機中《きちゅう》錦《にしき》を織る秦川《しんせん》の女
碧紗《へきさ》煙の如《ごと》く窓を隔《へだ》てて語る
梭《さ》を停《と》め悵然《ちょうぜん》として遠人を憶《おも》う
独《ひと》り空房《くうぼう》に宿《しゅく》して涙雨の如し

黄色く霞む靄《もや》の中をねぐらへ向かう烏が、枝の上でカアカアと啼く。機《はた》を織っているのは、遠い地にいる夫への想いを回文《かいぶん》にして錦に織り込んだと伝えられる秦川の女だろうか。碧紗の帳《とばり》は煙のように霞み、女は窓越しに独り言《ごと》を言っている。時に機を織る手を止めて、悲しげに遠征した夫を思う。独り部屋にあって、流す涙は雨のようだ。

〈烏夜啼〉とは、南北朝の宋《そう》の時代、重臣が皇帝に疎《うと》まれて自宅謹慎させられた時、烏が夜啼くのを聞いた女が、

「明日はきっとお許しがありましょう」

と予言したところ、その年のうちに許され、昇進したという故事に重ねあわせて、兵役に出ている夫を思う妻の詩とされている。

秦川の女とは『晋書《しんじょ》』列伝に見える蘇若蘭《そじゃくらん》のことで、夫が罪を得て左遷されたため、遠く離れた夫を思って、織り込んだ字が二百文字余りの詩となる〈回文詩〉の布を織って贈ったという。

蘇若蘭の夫には妾《めかけ》がいて、左遷の地に妾だけを伴ったともいわれ、このことを悲しんで〈回文詩〉の布を織って贈ったところ、夫は後悔して妻を迎えたと伝えられる。

廊下の端に見える軒先の雨垂《あまだ》れを見遣りながら、降りしきる雨が久兵衛を思うりようと千世の涙に思えて淡窓は大きくため息をついた。

奥座敷では久兵衛が待っていた。淡窓は床柱《とこばしら》を背に座って旭荘の手紙を渡した。しばらく読みふけった久兵衛は、やや安堵した表情をして顔を上げた。

「旭荘がうまく取りなしてくれたようです」

「ともあれ、願いを容《い》れてくれたことを喜ばねばなるまい。外記様は誠実なお方だ。話を聞かれた以上は、できるだけのことをしてくださるであろう」

「さようでございますな」

久兵衛はうなずいて手紙を畳んだ。さすがの久兵衛も、引き続く難事に気の弱りが少しく見えて、やつれたような気もする。淡窓は気にかかっていることを口にした方がよさそうだと思った。

「ところで、施粥はいつまで続けるつもりでおるのだ。近頃では施粥を求めて、毎日、五、六百人も来ると聞いたが」

「およそ、それぐらいのひとびとが参っておるようでございます」

「何をするにしても遺漏《いろう》のないそなたがすることだ。間違いはないと思うが、随分と金子《きんす》もかかっておるのではないか」

久兵衛は吹き出す様《さま》を見せて答えた。

「兄様《あにさま》が、さような金銭の心配をなさることはございません。施粥を毎日、千人に振舞おうと博多屋の身代《しんだい》が揺らぐことはございませぬゆえ」

「そうか。これは釈迦《しゃか》に説法《せっぽう》であったな」

淡窓は苦笑しかけて、ふと顔を引き締めた。

「金子の心配はせずともよいかもしれぬが、施粥のことはたいそう評判になっておる。それだけに、そなたの人気取りだと邪推して嫉《ねた》む者も出て参ろう。その用心をしておかねばな」

「心得ておるつもりでございます」

「さようであろうが、ひとの心は難しい。思わぬところから綻《ほころ》びが出ぬとも限らぬ」

淡窓が奥歯に物が挟まったように言うと、久兵衛は首をかしげて次の言葉を待つ風である。どう言ったものかと庭に目を遣った淡窓は、しばらくして思い切ったように向き直り率直な物言いをした。

「りょうさんの気持も慮《おもんぱか》ってやらねばな、と申しておるのだ。千世殿がそなたを助けて働けば働くほど、妻たる者の胸の内はせつなかろうて」

淡窓に言われて、久兵衛は驚いたような表情をしたが、やがて、大きく息を吐いた。

「わが身にお上《かみ》の咎めがあるかもしれぬと思い、動転いたしておったのかもしれません。さようなことまで気がまわっておりませなんだ」

「ふむ、そなたにしては珍しいことだな」

そう言って淡窓は、久兵衛をうかがい見た。日頃、緻密なまでにひとへの気遣いを忘れない久兵衛が、りょうの思いに気づいていなかったのは、やはり千世に香苗への想いを重ねているからではないだろうか、と懸念《けねん》を抱いた。

もしそうだとすると、博多屋の家難が久兵衛と千世を結びつけることになりはしないだろうか、と気がかりだった。そうなっては困ると思いながらも、謹直《きんちょく》に生きてきた久兵衛にそんな心持ちが生じたのならば、かなえさせてやりたいような気もする。

「久兵衛、わたしが老子《ろうし》を尊崇《そんすう》しておることは知っておるな」

淡窓が突然、老子の名を出したことに久兵衛は驚いた。

「存じておりますが」

久兵衛は、淡窓が何を言い出すのかと待ち受ける顔をしている。

「老子は無為自然《むいしぜん》を以《もっ》てよし、とされた。本来、あるがままに生きることこそ、ひとの道だとわたしも思う。しかし、この世には邪《よこしま》なものや悪《あ》しきものがあって、ひとは道を踏み迷う。それゆえ、ひとには心があるのだ。心をもってすべてを測れば、どれがおのれの行く道であるかわかるはずだ」

「心を見失うな、との仰《おお》せでございますか」

「そうだ。迷いが生じたならば、常にわが心に訊《き》け。答えはそこにある」

淡窓は、それだけを言い置いて立ち上がった。

久兵衛は頭を下げたまま、淡窓が去った後もその場に座って考え続けた。わが心に訊けとは、どういうことなのだろうか。淡窓の言葉が久兵衛の胸の奥に響いていた。

この日も施粥が終わったのは、夕刻だった。ようやく雨も上がり、店の前のひとだかりがなくなると、女中たちは、後片付けをしながら、

「ああ、やっと終わった」

「くたびれたねえ」

と口々に言い合った。そんな女中たちに千世が、

「ご苦労様でした。明日も大変でしょうから、早く寝《やす》んでください」

と声をかけると、女中のひとりが、はい、お内儀《かみ》さん、と答えそうになって最後まで言葉に出さずにあわてて口に手を当てた。それを見た女中のお芳《よし》は、

「いいじゃないですか。いまは旦那様《だんなさま》が大変な時なんですから、一生懸命働いて旦那様を助けている千世さんが、実際のお内儀さんだと言ってもおかしくないですよ」

とあっさり言った。千世がとんでもないと言わんばかりに、

「お芳さん、そんなことを言われては困ります」

と少し厳しい口調で言うと、お芳は千世を見返して、

「でも、千世さんは旦那様を助けたいという気持で毎日、働いていらっしゃるんでしょう」

と言い足した。言われた通りだけに、何と答えたらいいのかわからないで口ごもっているうちに、お芳はほかの女中たちとひそひそと囁《ささや》き交《か》わしながら店の中へ入ってしまった。

呆然《ぼうぜん》と立ち尽くす千世に、智白が声をかけた。

「千世様もあれこれ言われて大変ですね」

「どうしたらいいのでしょう。時々、わからなくなることがあります」

千世が困惑すると、智白は微笑《ほほえ》んだ。

「淡窓先生なら、自分の心に訊け、とおっしゃるでしょう」

「心に、ですか」

「ええ。でも、それは女人には難しいことのように思えます。心に従って生きれば、ひとを傷つけるかもしれませんから」

智白はさりげなく言ったが、その言葉で千世は臼井佳一郎《うすいかいちろう》に自分の意を通して、ひとりで大坂に行くよう言ったことを思い出した。自分の心に従って生きようとしたことは、佳一郎を傷つけ、義弟の人生を曲げてしまったかもしれない。

千世はどんよりと曇った夕空を眺めて、ひとの世の生き難さにため息をつきたくなった。

　掘建《ほった》て小屋の暗がりの中で、三人の男が話していた。以前は馬小屋だったらしく、馬糞《ばふん》の臭《にお》いが籠《こ》もって息苦しい。薄汚れた手拭《てぬぐい》で頬《ほ》っ被《かむ》りした男が、垢《あか》だらけの顔の目を光らせて、

「博多屋の施粥は、きょうもあったそうだ」

　と憎々しげに言った。蓬髪《ほうはつ》の大男が答えた。

「もうひと月も続いてるんじゃねえか」

「掛屋の身代なら、どうってこたあねえだろうよ。なにせ、何万両も大名貸しをしているらしいからな」

　板壁に背中をもたせかけた、痩《や》せて骨ばった男が、窓からどんよりと暗い空を見上げて言った。

「それで、自分の悪行をごまかそうって肚《はら》じゃねえか」

「打ち壊しをやられるよりは、施粥をして百姓の機嫌を取った方がましだって思ってるんだろうぜ」

　頬っ被りした男が吐き捨てるように言った。

「腹が立たねえか」

　蓬髪の大男が言い、傍らにあった鍬《くわ》に手をのばした。振り上げて土間に叩きつけるように下ろすと、ざくり、と音がして鍬が土にめりこんだ。

「いっそのこと一揆《いっき》でも起こすか」

痩せた男がつぶやくように言う。

「いま、日田には代官もいねえし、やりたい放題できるかもしれんな」

頰っ被りした男が小《こ》ずるそうな顔つきで言った。するとやせた男がくっくっと忍び笑いした。

「馬鹿なことを言うな。俺たちみてえに年貢も納められんで村を逃げ出したつぶれ百姓が何を言うたっちゃあ、誰も動かねえ。本百姓が動かな、一揆なんて起こせやしねえのはわかってるだろう」

「けどよ、騒ぎなら起こせるぞ」

蓬髪の大男が吠《ほ》えるように言った。

「騒ぎだと」

痩せた男の目が光った。

「そうだ。博多屋の施粥をぶち壊して、二度とできなくしてやるんだ。そうすりゃ、粥をもらっていた連中が腹を立てて、博多屋の打ち壊しぐれえやるだろう」

「そうだな」

頰っ被りした男が舌なめずりした。

「その騒ぎにまぎれて博多屋の金を頂戴《ちょうだい》するちゅうのも悪くねえな」

「そいつはいい考えかもしれねえ」

男たちのひそひそ話は闇《やみ》が濃くなった小屋の中で続いていった。

三

翌日は、また朝から雨が降り出した。

千世は身支度《みじたく》を手早くととのえ、朝餉《あさげ》をそそくさとすませて、日課になった感がある粥作りの指図を女中たちにした。そのころには店の前に飢民が並び始めるのはいつものことだった。

千世は粥ができる前に表の様子を見ておこうと潜《くぐ》り戸《ど》を開けて外に出た。雨にも拘わらず、蓑《みの》や蓆《むしろ》をかぶった男女が並んで待っているが、中には子供たちの姿もあった。真っ黒に日焼けして何も履《は》いていない子供たちが粥を求めて集まってくる姿を見ると、千世はいつも胸が詰まるのだった。

久兵衛は、高まる怨嗟《えんさ》の声を少しでも減じようと施粥を始めたのかもしれないが、これほど飢えたひとびとを目にすると、やってよかったのだと思う。たとえわずかであってもひとびとの飢えを凌げるのなら、何と謗《そし》られようと、やり続けた方がよさそうだ。

久兵衛もおそらくそんな気持で行っているのではないだろうか。千世は日田に来て、初めて自分の居場所を見つけることができたような気がした。

久兵衛を助けて、ひとの役に立つことが続けられるのなら、こんな幸せなことはないように思える。そんなことを考えながら並んだひとたちを遠目で見ていたところ、列の中にいた五、六歳の男の子がふらっと倒れた。

千世は急いで駆け寄り、男の子を抱《かか》え起こした。傍らに祖母らしい老婆がいて、どうしていいかわからないといった様子でおろおろしている。男の子の額に手を当ててみると、焼けるように熱い。

早く手当をしなければ、と思い、男の子を抱き上げ、老婆を目でうながして、店の中に連れていこうとした時、

「おい、なんで、その餓鬼《がき》だけを連れていくんだ」

列の中から煩っ被りした男が怒鳴《どな》った。

「この子はすごい熱を出しているのです」

千世が答えると、頬っ被りした男はせせら笑った。

「ここに並んでいる奴《やつ》は皆、何も食うもんがねえから、体の具合が悪いもんばっかりだ。少しばっかし熱があるからって、その餓鬼が、先に粥にありつけるってのは、おかしいじゃねえか」

「手当をするだけなのです。お粥はまだ煮あがっていませんから、この子に先にあげたりはできません」

千世が言い置いて店に入ろうとすると、蓬髪の大男が、

「本当だろうな。嘘《うそ》をつくと承知しねえぞ」

とわめいた。すると、痩せた男が、ぼろぼろになった着物をはだけてあばら骨が浮いた胸を手でかきながら、

「その女は博多屋の妾らしいぞ。あんまり責めちゃあ、せっかくの粥にありつけんごとなるかもしれんちゃ。気ぃつけろや」

と嘲《あざけ》るように言った。

千世は言い返したいのを堪《こら》えて男の子を抱え、潜り戸から店に入った。手代《てだい》や小《こ》僧《ぞう》たちが何事かと驚いて出てきた。

「病人です。床《とこ》をとってください」

千世が言うと、老婆は痩せた手を合わせて、ありがとさん、ありがとさん、と繰り返して言った。その時、久兵衛が帳場に出てきた。

上がり框《かまち》に横たえられた男の子と土間に立っている老婆を見て、

「どうしました」

と千世に声をかけた。

「申し訳ございません。この子の熱が高いので、手当をしようと思いまして店に連れてきたのですが、表にいるひとの中にそれが不満だという方がいまして」

「さようでしたか。すぐに奥に寝かせて医者を呼んでやるといい」

と答えた久兵衛は、番頭や手代たちに顔を向けて、

「ひょっとすると、騒動を起こそうとする者が入り込んでいるかもしれない。用心するように」

と言い渡した。

久兵衛の厳しい言葉つきに千世は目を瞠《みは》った。

「まさか、施粥を求めて並ぶひとたちの中に乱暴しようとするひとがまぎれ込んでいるのでしょうか」

「それはわかりませんが、用心をしておくに越したことはありませんので」

久兵衛の表情は穏やかだったが、目は油断のない光を放っていた。

奥座敷に寝かされた子は与吉《よきち》という名だと老婆が語った。飢饉の中で両親が病にかかって亡くなり、老婆とふたりきりで村はずれの小さな田を耕して暮らしているという。いまは施粥で命をつないでいるようなものだ、と老婆は涙ながらに話した。

千世はその話を聞いて女中たちに粥作りを急ぐよう言った。施粥を求めて並んでいるひとびとは雨に濡《ぬ》れて震えている。一刻も早く空腹を満たしてあげなければ、

と思った。

　やがて大戸が開けられ、軒下に大釜を運び出して施粥が始まった。並んでいたひとびとが我先にと椀を手に奪い取るように粥をもらっていく。千世が大釜の傍《そば》に立って、

「お粥はたくさんありますから、押さないで並んでください」

　と呼びかけると、列の中からまた、

「そりゃあ、いっぱいあるだろうよ。自分たちはうめえもんをたらふく食って、その余りを施してるんだからな」

　と口汚く罵る声が聞こえた。千世は耳を疑った。いままでも不満を洩らす声はあったが、これほどはっきりと悪口を言われたことはなかった。続いて、

「残飯を施して、さぞかしいい気持だろうな。博多屋は、俺たちを野良犬《のらいぬ》かなんかだと思っていやがるんだろう」

「郡代とぐるになって、百姓からしぼり取った金で身代を大きくしやがったくせに、施しをするなんざ、いい気なもんだ」

　頰っ被りした男や蓬髪の大男がわめき散らした。次に、痩せた男が粥をよそってもらったばかりの椀を高々と掲げて、

「こんなもんのために、俺たちは頭を下げなきゃならねえんだぞ。馬鹿にするのも

いい加減にしろってんだ」

と怒鳴って椀を地面に叩きつけた。粥が水溜《みずたま》りに飛び散った。それを見た千世は、思わず飛び出して叫んだ。

「せっかく作ったお粥なんです。食べ物を粗末にするのは止《や》めてください」

「なんだと。俺に指図する気か」

痩せた男が千世を睨《にら》みつけ、頬っ被りした男と蓬髪の大男も列の中から飛び出してきた。男たちの凶悪《きょうあく》な人相《にんそう》を見て、千世は恐怖を覚えた。

頬っ被りした男が、並んでいるひとびとに向かってわめき声をあげた。

「みんな、粥なんかでだまされるな。博多屋の身代は、俺たちからむしり取った金なんだぞ。粥なんかより、金を出してもらおうじゃねえか」

「その通りだぞ。粥なんか食うんじゃねえぞ」

蓬髪の大男が、列を押しのけて大釜に手をかけた。智白と智参が悲鳴をあげた。

「何をするんですか、止めてください」

と言って蓬髪の大男に駆け寄ろうとした千世の肩を頬っ被りした男がつかまえて突き飛ばした。千世は雨でぬかるんだ地面に倒れて泥に塗《まみ》れた。

その時、ひとびとの間から悲鳴ともつかぬ異様なうなり声が起きた。蓬髪の大男が大釜を抱えて放り投げたのを見た女中たちが恐れをなして騒ぎ立てた。降りしきる雨の中で、白い粥がざあっと地面にこぼれて広がった。

「何をするんだ」

「わしらの粥だぞ」

ひとびとは、わめきながら大釜に駆け寄り、中に残った粥をすくい取ろうとした。その騒ぎの最中に、頬っ被りした男は店の大戸を蹴《け》った。

「店の中には、食いもんがいっぱいあるぞ。遠慮はいらねえ。もともと俺たちのものなんだ」

大戸が蹴倒されると同時に、中から番頭や手代が出てきて、頬っ被りの男を取り押さえようとした。その隙《すき》に蓬髪の大男と痩せた男が店に飛び込んでいく。粥にありつけなかったひとびとが、男たちの動きにつられるように店の中へなだれ込んだ。怒鳴り声が飛び交い、あたりは騒然となった。

「止めて、止めてください」

千世は立ち上がって、懸命に押し止《とど》めようとした。だが、ひとびとの押す力は強くて撥《は》ねのけられ、突き飛ばされるだけだった。千世が絶望的な思いになって、その場にへたりこんだ時、

「代官所のお役人が来たぞ」

と男の叫び声が響いた。羽織《はおり》、裁着袴《たつつけばかま》姿の役人が、六尺棒《ろくしやくぼう》を手にした下役《したやく》を引

き連れて走り寄ってくる。それを見たひとびとは、蜘蛛《くも》の子を散らすように一斉《いっせい》に逃げ始めた。店の中で暴れていた三人の男も、役人が来たという声に驚いて外に飛び出そうとしたが、手代たちが折り重なるようにして取り押さえた。

駆けつけた役人は群衆を追い散らすと、千世や女中たちに店に入るよううながした。泥だらけでびしょ濡れになった千世たちが、よろめきながら土間に入ると久兵衛が立っていた。

役人が来た、と叫んだ声は久兵衛に似ていた。久兵衛は何事か起こりそうだ、と用心して役人を呼んできたのかもしれない。

役人は、土間に引き据えられた三人の男を睨み据えて、

「騒ぎを起こしたのは、そのほうたちか」

と訊いた。男たちは不貞腐《ふてくさ》れたようにそっぽを向いて素知《そし》らぬ顔をしている。代わって久兵衛が、

「さようでございます。いままで施粥に来ていた者たちでは見かけない顔ですから、打ち壊しをするのが狙《ねら》いだと思われます」

と口を添えた。役人はうなずいて、下役に男たちに縄をかけるよう命じた。そして、店を出ていきかけて振り向き、

「博多屋、かような騒ぎが起きたからには、施粥は取り止めにいたすであろうな」

と言った。久兵衛は落ち着いた声で、

「店の者たちとも相談いたして決めたいと存じます」

と答えた。

「さようか」

とひと言応じただけで、役人は雨で白く霞む通りへと出ていった。

その日の昼下がりに、久兵衛は奥座敷に家族や使用人を集めた。千世や女中たちはびしょ濡れになった着物を着替え、髪をととのえて参集した。

「きょうのような騒ぎは、一度起きたら、二度、三度と続くかもしれない。施粥を続けるかどうか、皆の考えを聞かせてくれ」

問いかけられて、年寄りの番頭が膝を乗り出した。

「やはり、もうお止めになった方がよろしいのではないかと存じます。これ以上続ければ、いつか打ち壊し騒ぎになるかもしれません」

番頭の言葉に手代たちはうなずいたが、若い手代のひとりが、

「ですが、せっかく続けてきたものを急に止めては、旦那様の評判に関わりはしないでしょうか。止めるにしても、時機を見た方がよいように思いますが」

と口を挟んだのを皮切りに手代たちの間で、さて、どんなもんだろう、とか、そ

れもそうだ、などと賛成や反対の意見が囁かれた。千世はたまりかねて、

「施粥はお続けになるべきだと、わたくしは思います」

と声をあげた。すると、女中たちの間からも、

「いままで一生懸命やったんですから」

「喜んでくれるひとがたくさんいるんですよ」

と声があがった。年寄りの番頭はそんな声を聞いて、

「そんなことを言って、また騒ぎが起きたらどうするんですか。それに、店に押し入った連中をお役人に引き渡したことは、すぐに近郷《きんごう》近在にまで知れ渡るでしょう。そうなれば、博多屋の施粥に来る者は少なくなるに違いありません」

その言葉に同意するように久兵衛は首を縦に振った。

「いま、わたしに対する悪評には凄《すさ》まじいものがある。それに加えて、店に押しかけた男たちをお役人に引き渡したのだから、評判は地に落ちて、施粥に来るひとはいなくなるかもしれない」

淡々と言う久兵衛に、千世は身を乗り出して口を開いた。

「それでも、よろしいではございませんか」

千世が真剣な眼差《まなざ》しで言うと、座敷は水を打ったように静まり返った。久兵衛は苦笑して訊き返した。

「それでもいいとは、どういうことですかな」

「旦那様は施粥を始められたおり、『皆が皆、旦那様に憤っているわけではない。たったひとりでもわかってくれるひとがいれば、やり甲斐はある』とおっしゃいました。わたくしは旦那様のことをわかってくれる、たったひとりのために施粥をしたいと思います」

きっぱりと言い切る千世の言葉を耳にして、久兵衛は目を閉じて考えをめぐらし、店の者たちも黙り込んだ。その時、

「わたしも施粥は続けた方がよいと存じます」

隅に座っていたりょうが、遠慮がちに言い出した。久兵衛は目を開いてりょうに顔を向けた。

「どうして、そう思うのかね」

「施粥はひとのためになる、よいことだと思います。よいことをあきらめずにひとつずつ行っていけば、やがてお前様の思いが世間の皆様に通じるのではないでしょうか。いままで大変な大仕事もそうやって乗り越えてこられたではございませんか」

りょうは穏やかに言った。それを聞いた久兵衛は力強くうなずいた。

「そうだな。随分と困難な工事も、あきらめなかったからこそやり遂げられたのだったな」

「さようでございますとも。あきらめるのはお前様らしくございません」

りょうの言葉に勇気づけられたのか、

「何事もあきらめてはいけないな」

と久兵衛は自らを励ますようにつぶやいた。

久兵衛が施粥を続ける気持を固めたことがわかって、集まった者たちの間に安堵する空気が流れた。

千世が思わず頭を下げると、りょうは温かな笑みを返した。出過ぎず、穏やかに久兵衛を支えようとするりょうの姿を見て、千世は夫婦の絆《きずな》の深さに思いが至った。

（わたしは久兵衛様のことを、りょう様ほど深くわかってはいなかった――）

久兵衛夫婦の来し方《こかた》を思うと、千世は心が打ちのめされるような気がするのだった。

施粥は翌日も行われることになった。

この日は雨が上がって、時おり雲間から夏日が差した。千世と女中たちは早朝から張り切って支度を急いだが、表を見に行ったお吉《きち》が戻ってきて、

「まだ、誰も来ていません」

とがっかりしたように言った。いつもならば、夜も明けない薄暗いうちから、店

の前に列をなしてひとが並ぶのだ。

千世も確かめようと表に出てみた。空は明けているが、路上に人影は無かった。

（やはり、もう誰も来てくれないのだろうか）

気落ちしたが、店に戻った千世は、

「きっと誰か来てくれます。お粥を作って待ちましょう」

と女中たちに声を励まして呼びかけた。元気な声で応じる女中たちに交じって、千世も懸命に立ち働いた。やがて粥ができあがって大戸を開け、大釜を軒下に出した。すでに日は高く昇っていたが、店の前には誰もいない。

「やっぱり、来てくれないんですね」

お吉が悲しげにつぶやいた時、こちらに向かって歩いてくる小柄な人影が見えた。子供のようだ。

店の前に来たのは、昨日、倒れてかつぎこまれた与吉だった。与吉はふたつの椀を持っていた。

「昨日はありがと。きょうは、ばあちゃんが風邪ひいたんで、ふたり分もらえるじゃろか」

与吉はおずおずと言った。千世は駆け寄って与吉の肩を抱いた。

「もう大丈夫なの？　来てくれてありがとう」

千世にやさしく言われて、与吉は目を丸くした。

「なしてそげんこと言うの。いいことをしよるのに」

与吉の「いいこと」という言葉が、千世の胸に沁《し》み入った。

施粥を求めるひとは昼にかけて増え続け、いつも通りのにぎわいとなった。

博多屋の施粥は夏いっぱい行われた。

久兵衛に対する農民の弾劾《だんがい》の声は、しだいに静まっていくかのようだった。


十一月になった。

淡窓が書斎で読書をしていると、ななが障子《しょうじ》を開けて、

「久兵衛さんがお見えです」

と告げた。久兵衛は施粥を止めた後も屋敷で謹慎していた。咸宜園に淡窓を訪ねてきたのもひさしぶりのことだ。久兵衛の訪れを告げにきた時、どことなくななの顔色が悪い気がした。書斎に入ってきた久兵衛も緊張した顔をしている。

「何かあったのか」

不安になった淡窓が声をかけると、久兵衛は懐《ふところ》から手紙を出して、淡窓の前に置いた。

「旭荘から報《しら》せが参りました。塩谷様が九月に亡くなられたとのことでございます」

「塩谷様が――」

淡窓は絶句した。信じられない思いがした。

塩谷大四郎《だいしろう》は、今年、六十八歳のはずだ。年齢で言えば亡くなっても不思議はないが、去年まで郡代として精励していたのを知るだけに、江戸に戻ってから、わずか一年で訃報《ふほう》に接するとは思いも寄らなかった。旭荘の手紙によると、大四郎は九月八日に江戸牛込《うしごめ》の屋敷で亡くなったらしい。

「九月に亡くなられたのであれば、遅くとも十月には日田に伝わってもいいはずだが」

大四郎は、代官、西国郡代《さいごくぐんだい》として在任二十年近くに及んだ。関わりのあったひとも多いのに、かつての赴任地に報せが届くのが、これほど遅いとはどういうことなのだろうか。大四郎の死を悼《いた》む前に、そんな疑念が湧いた。

今年六月から西国郡代は長崎代官の高木作右衛門《たかぎさくえもん》が兼務している。日田への報せが遅れたのはそのためだろうか。通常なら、日田代官所から町役人を通じて達しがあり、弔意《ちょうい》を示すという手順を踏む。旭荘からの手紙を読み進むうちに、

「まさか――」

と淡窓は驚いて声をあげた。手紙には信じられないことが書かれている。目を瞠って顔を向けると久兵衛はうなずいた。

「そのことを伝えるため、旭荘は兄様ではなく、わたしへ手紙を寄越《よこ》したものと思われます」

「しかし、まことなのだろうか」

手紙を持つ淡窓の手が震えた。旭荘は大四郎の死について奇怪な噂が流れていると伝えてきていた。

大四郎を江戸に召喚して取り調べた結果によって、疑いが晴れたとされたのは表向きのことで、実は幕府では内々にその後も調べを続けていたというのだ。来春には勘定奉行が九州に出張《でば》って、直々取り調べにあたることになる。そうなれば、罪に問われるのは間違いなかろうから、大四郎はこれを恐れて自決したというのだ。

「ここに書かれていることがまことだとすると、以前流れていた勘定奉行が下向されるという噂は本当だったのか」

淡窓は暗い顔で言った。もし大四郎が罪に落とされるのであれば、久兵衛も無事ではすまないのは明らかだった。

「塩谷様が亡くなられても取り調べが続いておるのであれば、来年の春には勘定奉行が日田に来られることになります」

久兵衛は硬《かた》い表情で言った。

「信じられぬな。塩谷様が自害されるなど」

淡窓は不審を抱いて言った。あれほど剛毅《ごうき》だった大四郎が、自らの罪を認めるかのように自決をするとは信じられない。

「わたしもさように思います。しかし、諸国で相次ぐ飢饉で百姓衆の一揆は次々に起こっております。お上には百姓衆の怒りの矛先《ほこさき》をそらして一揆が起きぬようにするため、塩谷様の罪状をことさら喧伝《けんでん》したいのかもしれません」

久兵衛はため息をついた。

「そうであったか。それが家難になったのか」

淡窓は旭荘の手紙に目を落としながらつぶやいた。飢饉はいまだに続いている。飢えに苦しむ農民たちの憤りが、地鳴りのように聞こえてくる気がした。

淡窓は十一月三日の日記に、

――故ノ明府塩谷君、九月ヲ以《もっ》テ江戸ニ於《おい》テ没《ぼっ》シ玉《たま》ヒシコトヲ告来《つげきた》レリ

と書き留《と》めた。さらに、勘定奉行が下向して大四郎の罪科を調べようとしたのを知り、自決したという噂があることも記した。

――故《ゆえ》ニ恐レテ自裁《じさい》セラレタリト。此全《これまった》ク怨《うら》ムル者ノ流言《りゅうげん》ナリ。

朝霧

一

天保《てんぽう》八年（一八三七）一月——
元旦にあたって、淡窓《たんそう》は詩を賦《ふ》した。

客冬《きやくとう》は雨雪多く
新歳《しんさい》は尚《なお》氷霜《ひようそう》あり
道《い》ふことを休《や》めよ　梅花《ばいか》晩《おそ》しと
終《つい》にまさに艶陽《えんよう》に綻《ほころ》ばんとす

昨年の冬は雪や雨が多かった。新年になっても氷霜があって厳しい寒気が続いている。だが梅の花が咲くのが遅いと嘆くことはない。間もなく暖かな日差しに綻びようとしているのだから、という詩だ。

あわただしい明け暮れの中で新しい年を迎えたものの、次々と難題は降りかかってくる。詩を詠《えい》ずることで、淡窓は自らを慰《なぐさ》め、活力をかき立ててきた。

塩谷大四郎《しおのやだいしろう》が急死した後、久兵衛《きゅうべえ》を糾弾《きゅうだん》する農民の声は強まっていた。大四郎が罪を暴《あば》かれることを恐れて自決したとされることで、久兵衛は咎《とが》めを受けずにすむのではないかという猜疑《さいぎ》が却《かえ》って広がったのだ。農民たちは、日田《ひた》の会所に集まっては、

「塩谷様が亡くなったからといって、博多屋《はかたや》がしたことが許されるわけじゃねえぞ」

「このままませておくわけにゃいかねえ」

「巡見使《じゅんけんし》様に下向《げこう》してもらおうじゃねえか」

などと言い立てた。それらの声は博多屋に届き、久兵衛は謹慎を続けている。このような弾劾《だんがい》の声が高まれば、実際に巡見使が下向することになるかもしれない。

そのことを思うと、淡窓は鬱々《うつうつ》とした心持ちになるが、それでも新たに方策を立てて歩み出さねばならないと決意していた。

淡窓が肚《はら》を据えなければならないと思い定めるほど、咸宜園《かんぎえん》は塾の存立の危機を迎えていた。前年の入門者は二十九人という少なさだった。八年前には九十一人に

及んだことを思えば、かつてない衰微《すいび》だと言わざるを得なかった。

このころ、他国でも私塾が興っていて、塾の繁栄を競うようになっており、咸宜園に対して、

――小広《しょうこう》（旭荘《きょくそう》）はすでに去れり、大広《だいこう》（淡窓）は老病にして少しの業をも講ぜず。塾生一人も存するものなし

という流言《りゅうげん》が広がっていた。旭荘が東遊して咸宜園を離れており、淡窓は病《やまい》のため講義を行うことができず、塾生はひとりもいなくなったというのだ。このことについて、淡窓は日記に、

――是皆《これみな》、他邦ノ儒先《じゅせん》、我門《わがもん》ヲ傾《かたむ》ケンガ為《ため》ノ奸計《かんけい》ナリ

と怒りをこめて記した。だが、入門者が減ったのは、飢饉《ききん》で暮らしが苦しくなり、遠隔地から九州の日田まで遊学できる者が少なくなったためで、遊学費が捻出《ねんしゅつ》できないことに加えて、旅の途中で飢《う》えにさらされる危険があったからでもある。

この日、淡窓は咸宜園を立て直すため規則を新たにしようと書斎で机に向かい、〈告諭《こくゆ》〉の文を作っていた。どれほどの効果があるかはわからないが、塾生に示し、奮起《ふんき》をうながしたいと思っていた。

淡窓はため息をつきつつ筆をおいた。見計らったように、ななが、よろしいでし

ようか、と声をかけて書斎の襖《ふすま》を開けた。見れば書状を手にしている。

「誰からの便りだ」

淡窓が訊《き》くと、ななは誰からとも答えずに近寄り、

「思いがけない方からでございます」

と言って差し出した。訝《いぶか》しく思いつつ、淡窓は書状を開いた。驚いたことに臼井《うすい》佳一郎《かいちろう》からの手紙だった。

「これはまた、何を言ってきたのであろうか」

淡窓は首をかしげた。

佳一郎は、久兵衛に斬《き》りかかって手傷《てきず》を負わせた後、日田から姿を消した。おそらく大坂の大塩中斎《おおしおちゅうさい》門下に入ったのではないかと思っていたが、手紙によれば、やはり中斎の洗心洞《せんしんどう》にいると書いてある。

手紙には中斎への鑽仰《さんぎょう》が書き連ねてあった。

中斎は学問に励むあまり十日も寝なかったことがあるという。佳一郎はある夜、用足《ようた》しに起きたが、廊下の先にある中斎の部屋で明々《あかあか》と蠟燭《ろうそく》が灯《とも》り、書見《しょけん》をしている姿が障子《しょうじ》に映った。それから佳一郎がわずかばかりまどろんで、夜が白《しら》み始めたころ起き出してみると、中斎は講義室で紋服《もんぷく》に威儀を正して端座《たんざ》していた。いったい中斎はいつ寝るのだろうか、と訝しく思ったとある。

中斎は体力が常人離れしていて、一日三十里（約百二十キロメートル）を平然と歩き、冬でも窓を開けて講義した。佐分利《さぶり》流槍術《そうじゅつ》の免許を得ており、時に門人たちに槍《やり》の稽古をつけることもあるらしい。

淡窓は、佳一郎の手紙を読むにつれ、強靭《きょうじん》な体軀《たいく》を持つ中斎に畏怖《いふ》を感じた。そんな多病に生まれついた自分は、書を読み、講義を行うのも体を労《いたわ》りながらだ。そんな自分とは違い、中斎は学問に専心して疲れることを知らないのだろう。「知ることは行うことである」という中斎の説は、淡窓には到底、成し難いと思われる。先を読み進めるうちに、淡窓は眉《まゆ》をひそめて怪訝《けげん》な顔になった。

佳一郎は中斎にまつわる異様な話も書いていた。

剛直《ごうちょく》な中斎は、かつて大坂西町奉行矢部定謙《にしまちぶぎょうやべさだのり》との会食のおりに政談に及ぶと、時勢を論じて憤激《ふんげき》し、体をぶるぶると震わせて、金頭《かながしら》という魚を頭の骨からばりばりと音をたてて嚙《か》み砕《くだ》いた。中斎に好意的だった定謙も、その異様な様子に目を剝《む》いて驚いたという。

奉行との会食の際、興奮のあまり魚の骨を嚙み砕く中斎には、どこか常軌を逸《いっ》したものがありはしないだろうか。

（儒者は中庸《ちゅうよう》をもってよしとする。しかし陽明《ようめい》学徒である中斎は激することを誇る風があるようだ）

佳一郎は、中斎が奉行所与力《よりき》を辞するにあたって作った詩を書き添えていた。

昨夜閑窓《かんそう》夢始めて静かなり
今朝心地《けさここち》僊家《せんけ》に似たり
誰か知らん未《いま》だ素交者《そこうしゃ》に乏《とぼ》しからず
秋菊東籬《とうり》潔白《けっぱく》の花

与力という繁忙《はんぼう》な職を離れ、学問一筋に生きることができると安堵《あんど》した気持が述べられているが、自らを籬《まがき》に咲く秋の菊のような、

——潔白の花
となぞらえる強さが中斎をよく表している。中斎は、淡窓とも交友がある詩人の頼山陽《らいさんよう》と親しいという。中斎の詩心は山陽に似通うように思えるのも納得がいく。学問をする者は、時に自らの志に酔う。世間を睥睨《へいげい》し、自らを高しとするあまり、現実の物事が見えなくなってしまう。魚の骨を嚙み砕く中斎の姿は、そんな学者の在《あ》り様《よう》を示しているのではないだろうか。

そこまで読んで、淡窓はふと、

(佳一郎は中斎の矯激《きょうげき》さに怯《おび》えているのではないか)

と思った。

塩谷郡代《ぐんだい》の干渉に諾々《だくだく》とする淡窓を誹《そし》って咸宜園を飛び出した佳一郎だが、一身を擲《なげう》って何事かを成し遂げようとする覚悟が定まっていたわけではない。中斎に心酔《しんすい》したとしても、おそらく一時のことに止《とど》まるだろう。

淡窓は何事を伝えたかったのか判然としない佳一郎の手紙を静かに畳んだ。


そのころ、博多屋にいる千世《ちせ》にも佳一郎から手紙が届いていた。

この日は、千世が女中たちに手習いを教える日だった。女中部屋で手本を書いて示した時、店の小僧《こぞう》が、

「千世様にお手紙でございます」

と飛脚《ひきゃく》が届けた佳一郎からの手紙を手渡した。女中たちは誰からの手紙だろうと好奇心を募《つの》らせて、千世の手もとに目を注いだ。手紙の主を言わないと収まりがつきそうもないと思った千世は、

「佳一郎殿からです」

とさりげなくつぶやいた。

隠し立てをすれば、女中たちは却って詮索《せんさく》するに違いない。日田を出る時、佳一郎が久兵衛との間で悶着《もんちゃく》を起こしたことは薄々気づかれているようだった。

ひそかに医師が呼ばれ、久兵衛が手当を受けたのを店の者たちも知っており、佳一郎と争ったのではないかと察しているだろう。その原因となったのは千世だと、皆はすでに思い至っているような気がする。千世が佳一郎の名を口にすると、案《あん》の定《じょう》、女中たちは顔を見合わせ、うなずきあった。

千世は女中たちに手習いを始めるように言った後、部屋の隅で手紙を開いて読んだ。やはり、何を書いてきたのか気がかりで、すぐに読まずにはいられなかった。

佳一郎は洗心洞で勉学を続けていると述べた後、日田を去る際、博多屋の庭先で刀を振るう乱暴を働いたことを詫《わ》びていた。

千世を思う気持が嵩《こう》じたあまり、思いも寄らぬことをしてしまった、いまはそのことを悔いている、と書いていたが、久兵衛への謝罪の言葉はひと言もなかった。佳一郎はいまも片意地を張っているように、千世には思えた。

手紙には他に取り立てて言うほどのことは書かれていなかった。ただ、末尾に故郷の広島に戻れる日がくればよいのですが、と書き添えているのが気にかかった。

佳一郎が大坂に出るつもりだと話したおり、そのまま上方《かみがた》に居ついて学者として名をあげ、塾を開きたいと洩《も》らしていた。あの時、故郷に戻ることは考えていないようだったのに、どことなくさびしさが漂《ただよ》う筆致《ひっち》に不安を抱《いだ》いた。

久兵衛に傷を負わせた佳一郎に憤《いきどお》りを覚え、その後は思い出したくもなかったが、頼りなげな風が垣間《かいま》見える手紙を読むと、関わりのない相手だと切り捨てることもできかねた。

思い惑っていると、お吉《きち》が書き上げた字を見せに来た。

だが、視線が手紙に注がれているところを見ると、佳一郎が何と言ってきたのかが気になっているのだとすぐにわかった。

「佳一郎殿は大塩中斎様という方の塾で学問に勤《いそ》しんでおられるようですよ」

千世がさらりと言うと、お吉はうなずいた。

「上方も飢饉で困っちょるそうですね。餓死するひとまでいるのですから、臼井様もご苦労なさっておられるんじゃないですか」

「そうですね。いまはいずかたも難儀な時ですから」

答えながら、そう言えば佳一郎は飢饉のことに触れていなかったと、千世は不審に思った。

佳一郎は苦難に遭遇《そうぐう》すると、大仰《おおぎょう》に言い立てるはずだが、手紙には飢饉で困窮《こんきゅう》しているとは書かれていなかった。千世は女中たちの字を見てやりつつ、そのことについて考え続けた。しばらくしてから、

（やはり久兵衛様に手紙のことを申し上げよう）

と思い至った。近頃、博多屋の奥で謹慎している久兵衛とは話をする機会もなか

ったが、佳一郎から手紙が来たことを知らせた方がいいように思えた。

女中たちの手習いを見終えた千世は奥へ向かった。久兵衛は中庭が見える書斎で書見をしているはずだ。

廊下をたどった先の書斎の前で膝《ひざ》をついて声をかけようとした時、部屋の中から声が聞こえた。

りょうが何事か話しかけ、それに久兵衛が応じている。

夫婦の話を邪魔してはいけないと思った千世は、そっと立ち去ろうとした。その時、りょうが廊下にひとがいる気配に気づいた。

「誰かいるのですか。用があるなら、お入りなさい」

声をかけられて、やむなく、

「千世でございます。よろしゅうございましょうか」

と声をかけて、千世は襖を開けた。

書斎では、久兵衛とりょうが向かい合い、ふたりの前には茶碗がそれぞれ置いてあった。書見している久兵衛のために、りょうが茶を持ってきたのだろう。それまで話をしていた余韻《よいん》なのか、ふたりは穏やかな笑《え》みを浮かべている。夫婦の間に流れる落ち着いた空気に触れて、千世は胸が波立つのを感じた。

「何かありましたか」

久兵衛がやわらかい声で話しかけた。千世は心の動揺を抑えつつ、

「佳一郎殿から便りが参りまして、そのことをお報《しら》せしようと存じまして」

と答えた。

佳一郎の名を聞いたりょうは、眉を曇らせた。その表情を見て、久兵衛を傷つけたのは佳一郎だということをりょうは知っているに違いない、と千世は察した。

それとともに、佳一郎の手紙を懐《ふところ》にしているのがひどく後ろめたく思えた。日田への旅の途次《とじ》、一夜だけとはいえ、佳一郎と男女の間柄になった。その関わりがあったがゆえに、久兵衛が傷を負うことになったのだと思うと、いたたまれない気持になる。

りょうにとって、佳一郎は夫に傷を負わせた忌《いま》わしい男でしかない。その男からいまも便りが送られ、そのことを久兵衛に告げにきた千世を、りょうは許せないと思ったのではないだろうか。千世は早々《そうそう》にこの場を去ろうと思い、腰を浮かしかけた。その時、久兵衛がさりげなく声をかけた。

「臼井様は何と書いてこられたのですか」

とっさに居住《いず》まいを正して、千世は顔をうつむけた。

「いえ、特に取り立てて申し上げるほどのことはございません。ただ、手紙が参りましたことをお報せしなくてはと思っただけでございます」

佳一郎の手紙には不審なところがある、と相談したかったのだが、りょうの前ではとても口にすることはできなかった。

「さようですか。では、わたしは聞かないでおきましょう」

久兵衛は穏やかな口振りで言ったが、千世はその言葉で突き放されたように感じて、一層、この場に留《とど》まっていられなくなった。

千世は手をつかえて、

「お邪魔いたしました」

と言い、頭を下げた。かろうじて声の震えを気取《けど》られぬよう取り繕《つくろ》い、久兵衛の書斎を後にした。

久兵衛との間には、乗り越えられない垣《かき》があると感じた千世は、思いに沈む胸をかき抱いて暗い廊下を静かに歩き去った。

二

佳一郎は、大坂天満《てんま》にある大塩中斎の家塾、洗心洞にいた。

凍《こお》りつくような寒気の厳しい日だった。

それでも中斎の塾では戸を開け放って講義が行われる。佳一郎は先ほどから手足に痺《しび》れを感じながらも、額には汗が浮いていた。緊張のためだった。薄暗い座敷には、三十数人の塾生がいずれも硬い表情で並んでいた。床《とこ》の間《ま》を背にした中斎の声が低く響いていた。

佳一郎はその言葉を青ざめた顔で聞いていた。中斎の説くところが針のように佳一郎の胸に突き刺さる。

「飢饉により、庶民の難儀は止まることを知らぬ。餓死者が出るにおよんだのは、政《まつりごと》が至らぬゆえだ。その非を知りながら、座視いたすのはわが学問の許さぬところだ」

中斎は淀《よど》みなく説き明かした。切れ上がった目が怒りのために炯々《けいけい》と輝き、額が広い細面《ほそおもて》の顔からは異様な気迫が滲《にじ》み出ている。中斎の言葉を塾生たちは片言隻《へんげんせっ》句《く》も聞き逃すまいと身構えている。

中斎の説くところは〈天保大飢饉〉に際し、為《な》す術《すべ》もなく惰眠《だみん》を貪《むさぼ》る役人の糾弾だった。冷害や大風の被害で凶作が三年続き、大坂の米の値段は一石《こく》あたり銀百匁《もんめ》だったものが二百二十匁にまで急騰《きゅうとう》した。諸国に餓死者があふれ、昨年には、〈天下の台所〉と言われた大坂ですら餓死者が出た。

中斎はこのことを憂《うれ》い、時の町奉行跡部良弼《あとべよしすけ》に対して、

「米問屋は売り惜しみをしている。飢民《きみん》に米を分け与えるよう命じてはいかがか」

と意見書を差し出した。だが、良弼は耳を貸すどころか、中斎を「身の程をわきまえぬ」と詰《なじ》った。

良弼は、奉行所内に心酔者を多く持つ中斎をかねてから快く思っておらず、事あるごとに中斎の信望を削ごうとしていた。しかも飢饉にあたって良弼は腹心の与力をひそかに兵庫に派遣し、大坂を素通りして江戸に直接米を送るよう手配させていた。

春には将軍家斉《いえなり》が隠退し、家慶《いえよし》が十二代将軍の座につく大礼が行われることになっており、これに備えて江戸へ米を送れと良弼の実兄水野忠邦《みずのただくに》が命じたためだった。このことを知った中斎は、

「すでに大坂市中でも百人を超える餓死者が出ているというのに、何事であるか」

と、烈火のごとく憤った。中斎は鴻池善右衛門《こうのいけぜんえもん》ら大坂の豪商に窮民《きゆうみん》救済のため六万両の義捐金《ぎえんきん》を出すことを求めた。しかし、これも無視された。

「かくなるうえは非常の手段をもって窮民を救うしかない」

と中斎は決起して、豪商の米蔵を開かせ、飢民に給しようと考えた。さらにいっそのこと大坂城の米蔵をも開けようと目論《もくろ》んだ。

昨年十二月から、中斎は鉄砲を用意するなど蜂起《ほうき》の準備をひそかに進めていた。そして、この日、檄文《げきぶん》の草案を作り、塾生たちに意見を訊《き》いた。佳一郎は前からま

わってきた紙を震える手で受け取り、目を通した。

――天より下され候《そうろう》。

上書きにはそう記されている。天からの声であるという烈々《れつれつ》たる気概にあふれた字が書かれていた。本文には、

――四海《しかい》の民が困窮を極めておったならば、天の許しもなくなるであろう。取るに足らぬ小人《しょうじん》どもに国家を治めさせていたなら、災害は度重《たびかさ》なるばかりであろう

と記され、立身出世に汲々《きゅうきゅう》とする役人が上に媚《こ》び、不公平、不仁《ふじん》を行っていると糾弾したうえで、此《こ》の度《たび》、有志の者をこぞって大坂中の富家《ふけ》を襲い、金や米を奪って窮民に分配する企《くわだ》てを行う、と宣言している。

さらに、もし大坂で事件が起きたと聞いたら、すぐに駆けつけよ、と付け加えている。自分たちの挙については、四海万民《ばんみん》を安《やす》きに置こうとするものだ。それゆえ、この書き付けを村々にまわすよう求め、役人に密告する者があれば殺せとまで指示していた。

最後に、自分らの行動は平将門《たいらのまさかど》や明智光秀《あけちみつひで》の挙と同じに見做《みな》されるかもしれないが、決して天下を盗み取ろうなどとするものではない。天に代わって悪人どもに

罰を与えるのだ、と結んでいた。

読みながら佳一郎は暗い奈落《ならく》の底に落ちていくような戦慄《せんりつ》を味わっていた。

(去年のうちに逃げ出してしまえばよかった)

後悔したが、すでに遅かった。

中斎が町奉行に対する憤りを口にする時、佳一郎も心から賛同した。しかし武器を持って蜂起するとなると話が違う。

(どう言おうと一揆ではないか)

与《くみ》すれば死罪は免《まぬか》れないだろう。佳一郎はそのことが恐ろしかった。だから、淡窓と千世に手紙を書いた。窮状を訴えようかと思ったが、それもできなかった。日田の咸宜園から洗心洞に移ったころは、中斎の峻烈《しゅんれつ》さを敬慕《けいぼ》する気持が強かった。

塩谷郡代の顔色をうかがい、身を縮めるようにして塾を守っているだけの淡窓を蔑《さげす》み、中斎の学問こそが本物ではないかと考えた。

しかし、蜂起するなどということは思いも寄らない。何とか一味から抜けたいと思ったが、中斎の鋭い目に射すくめられると何も言い出せなかった。

挙に加わらないことは不義、臆病の振舞いだと塾生たちは見做していた。それだけにお互いの動きを監視する気配がある。もし、洗心洞から逃げ出そうとすれば、訴人《そにん》するのではないかと疑われ、追われるだろう。見つかれば殺されるに違いない。

そう思うだけで、佳一郎は怯えて体が動かず、塾から一歩も出ることができなかった。ひたすら、中斎が蜂起の一歩手前で考えを変えてくれないだろうか、と一縷《いちる》の望みを託していた。

いかに中斎であろうとも、命を捨てる決起が間近に迫れば、その無謀さに気づくはずだ。佳一郎は、息が詰まるような気持で日々を過ごしていた。だが、中斎の決意は微塵《みじん》もゆるがず、こうして、檄文の草案を見ることになったのだ。

佳一郎が、がくりと肩を落としていると、古参《こさん》の門人のひとりが、中斎と何事かひそひそと話し合った。その門人は、塾生たちに向き直って、

「方々《かたがた》、もはや決起の時は近い。あらためて同志連判状に血判《けっぱん》いたして結束を固めようと思うが、いかがか」

と問いかけた。先ほどの様子から、中斎の指示であることは明らかだった。塾生たちの間からは、

「いかにも、もっともだ」

「さっそく、血判いたしましょうぞ」

と色めき立つ声があがった。すぐに中斎の前の文机《ふづくえ》で、門人たちが次々に連判状に血判をしていった。やがて佳一郎の番がまわってきた。うながされるまま蒼白《そうはく》になって前に出た佳一郎は筆を取ると、

──臼井　馨《かおる》

と書いた。すると、中斎が目ざとく署名を読んで、

「名が違うようだが、それは諱《いみな》か」

と訊いた。諱とは実名のことだ。佳一郎は通称であり、連判のような場合には実名の諱を記すことになる。

「さようでございます」

佳一郎は震える声で答え、脇差《わきざし》で親指の先をわずかに切って血判を押した。額から汗が滴《したた》り落ちた。佳一郎の本当の諱は健《たける》だった。とっさに偽名を使うことで、連判状に署名した咎《とが》を逃れようと思いついたのだ。

中斎はひややかな目でじっと佳一郎を見つめている。何もかも見透かすような目だ、と思って佳一郎は背筋が寒くなった。

「まあ、よい。いずれわかることだ」

切り捨てるように中斎はつぶやいた。佳一郎は膝を震わせながら、座っていた場所に戻った。中斎は佳一郎の本音《ほんね》を見破ったのではないか、という気がした。それと同時に、連判状に偽名を書いたのは失敗だったと悟《さと》った。

たとえ、どのように言い逃れようとも、洗心洞に自分がいることは広島の親戚に伝えており、藩内でも知っている者はいる。名を偽《いつわ》ったぐらいで誤魔化《ごまか》すことはで

きないだろう。しかも、偽名を使うという姑息《こそく》な手段を使ったために、中斎に疑念を生じさせたのであれば、監視の目が強まり、ますます塾から抜け出すことができなくなるだろう。

むしろ、堂々と連判状に名を記したうえで、塾を抜け、奉行所に訴え出た方が助かる道があったかもしれない。だが、自分にそれほど大胆なことができるとも思えない。このまま一味に引きずり込まれ、決起に加わることになるのではないか。そこまで思い至った時、淡窓と千世になぜ手紙を出したのかがわかった。

(助けてほしかったのだ)

あのように淡窓を誘り、久兵衛に怪我を負わせた以上、助けてもらえる筋合いではない、とわかってはいるが、本心は助けてもらいたかった。

佳一郎はうつむいて唇《くちびる》を嚙《か》んだ。

その様子を中斎はじっとうかがい見ている。

連判状に署名した門人は三十人に及んだ。この中には奉行所の与力や同心《どうしん》が十一人いて、豪農が十二人もいた。

この日から佳一郎には息詰まる日々が続いた。夜も明けやらぬ早暁《そうぎょう》、中斎と一部の門人たちは裏庭に出て、

「矢倉《やぐら》（照尺《しょうしゃく》）を掛けよ――」

「打ち薬（火薬）よし」

「筒《つつ》を構えよ――」

などと声を張り上げる。どうやら鉄砲の稽古をしているらしい。佳一郎が雨戸の隙間《すきま》からそっとのぞいて見ると、鎖帷子《くさりかたびら》をつけ、白鉢巻《しろはちまき》や白襷《しろたすき》をした門人たちがあわただしく走りまわっている。

指導を行っているのは佳一郎も顔を見知っている奉行所の同心で、砲術の心得《こころえ》がある男だ。鉄砲を抱《かか》えて片膝をつき、すぐさま立ち上がって射撃する稽古を熱心に繰り返している。さすがに実際に発砲はしないものの、実戦さながらだった。

（やはり、本気なのだ）

佳一郎は雨戸をそっと閉めて、布団《ふとん》に潜《もぐ》りこんだ。すると傍《かたわ》らに寝ていた若い門人が、

「どうしたのです。眠れぬのですか」

と低く声をかけてきた。

「いや、そうではないが」

佳一郎が口ごもると、門人は声をひそめて訊いた。

「あなたは、逃げ出したいのではないですか」

ぎょっとして、佳一郎は相手に顔を向けた。この二十歳《はたち》前の若い門人は、たしか吉見英太郎《よしみえいたろう》という名ではなかったか。

「どうして、そんなことを言うのだ」

佳一郎は用心深く訊き返した。日頃、この部屋で五人が寝起きしているが、三人が鉄砲の稽古に出ているので、いまは佳一郎と英太郎のふたりだけだ。

「あなたの目を見てわかったんです。他のひとは決起に加担すると決めてから目の色が変わりました。けれど、あなただけは以前と変わっていません。それに——」

英太郎は口ごもった。

「それに、何だというのだ」

苛立《いらだ》った佳一郎が押し殺した声で質《ただ》すと、英太郎は含み笑いした。

「大塩先生はあなたを信じていないようです。いつもあなたに見張りの者をつけています」

「やはり、そうか——」

中斎に疑われているのではないかと前々から思ってはいたが、あからさまに指摘されると落胆する気持が大きくなった。

「だから、あなたは逃げ出そうとしても無駄だと思います。でも、わたしは違います」

「どう違うのだ」

何が言いたいのかたしかめようと口を開きかけて、佳一郎は思い直して英太郎の言葉を待った。この若者は思いがけない大胆さを持っているようだ。

「わたしは若輩者《じゃくはいもの》ですから、同志として数に入っていません。姿が見えなくなっても誰も気にしないでしょう」

「だからと言って、表玄関から出ていこうとすれば見咎《みとが》められるだろう」

「そうです。だから、裏の塀を乗り越えて出るしかないと思います」

「馬鹿な。塾の中はいつも見張りがうろついている。塀をよじ上ったりすれば、すぐに見つかる」

嘲《あざけ》るように佳一郎は言った。

「その通りですが、あなたが裏庭の見張りに立つ時なら大丈夫なのではありませんか」

「まさか――」

屋敷内の見回りは交代でふたりずつが組になって行っていた。佳一郎は裏庭の見張りにまわされることが多い。

「あなたが見逃してくれれば、わたしは逃げることができます。その時、あなたに助けられたと申し立てますから、あなたは一味ではない、ということで助かります」

英太郎は冷静な口調で話した。

（それしか助かる道はないかもしれない）

薄暗い部屋の中で佳一郎は、すがるような思いでほの白い英太郎の顔を見つめた。


二月に入って、中斎は五万冊の蔵書を全て売り払い、手に入れた六百三十両を資金に安堂寺町《あんどうじまち》五丁目の本屋会所で窮民に義捐金を配る施行《せぎょう》を行った。

表向きは書肆河内屋《しょしかわちや》が行うという形をとったが、実際には中斎と門弟たちが出向き、集まってきた窮民に金を配った。この際、門人たちは金を渡しながら、

「天満に火事がある時は、必ず駆けつけてくれ」

と声をかけた。金を受け取ったひとびとは、何を言われているのかわからないまうなずいていた。中斎はこれに合わせて村々にひそかに檄文をまわした。大坂で騒動が起きた時に駆けつけさせようとの目論見《もくろみ》だった。

中斎は、門人のうちから相談相手となる者を集めて計画を練《ね》っていった。

このころ、大坂西町奉行として堀利堅《ほりとしかた》が赴任《ふにん》していた。

恒例となっている市中巡察《じゅんさつ》が十九日に行われる予定で、その際、堀が中斎の屋敷の真向かいにある与力・朝岡助之丞《あさおかすけのじょう》の屋敷で夕刻に休息をとると耳にした中斎は、その日に決起しようと決めた。奉行の堀を真っ先に討ち取って勢いに乗ろうと

思ったのだ。

中斎たちが決起の打合せを行っていた十八日深夜、佳一郎と英太郎は裏庭にひそんでいた。この夜、幹部は集まって密議しており、裏庭の見回りは佳一郎ひとりだけだった。

春とはいえ、夜ともなれば寒さは身に沁《し》みる。築地塀《ついじべい》に手をかける英太郎の腰を佳一郎が押し上げた。塀によじ上った英太郎に、

「よろしく頼むぞ」

佳一郎は声をひそめて言った。振り向いた英太郎は、歪《ゆが》んだ薄笑いを浮かべて佳一郎を見下ろした。蔑むような表情を見せて、そのまま塀の向こうへ飛び降りた。

佳一郎は英太郎が走り去る足音を聞きながら臍《ほぞ》を噬《か》んだ。月光に浮かんだ英太郎の顔に一瞬、嘲りが浮かんだのを佳一郎は見て取っていた。

(だまされたか——)

英太郎は洗心洞から逃げ出すために佳一郎を利用しただけだ、とはっきりわかった。英太郎は奉行所に駆け込んだとしても、佳一郎のために弁明することなどないだろう。中斎が蜂起すれば、佳一郎はその一味として奉行所に捕《と》らえられるに違いない。恐ろしさに体が震え、絶望の思いが押し寄せてきた。

この時、中斎の決起については組同心目付役《めつけやく》・平山助次郎《ひらやますけじろう》が探索して注進してい

たが、あまりに大胆すぎる企てだけに奉行所としても真偽を決めかねていた。そこへ英太郎が檄文を持って訴え出たので、ようやく中斎の蜂起の中身を知ることができた。

奉行所ではすみやかに中斎の一味と見られる与力ふたりを捕らえようとした。ひとりは抵抗したため斬《き》り伏せたが、ひとりが逃げて洗心洞に走った。

翌十九日、早旦《そうたん》——天満与力町の一角から火の手が上がった。火元は中斎の屋敷、家塾洗心洞だった。

中斎は企てが露見したことを知ると、決起の時刻を早めた。燃え盛る屋敷を後に、中斎は鍬形《くわがた》の兜《かぶと》をかぶり、黒い陣羽織《じんばおり》を着て出てきた。もうもうと黒煙が立ち込める中を、門人二十数人を従えて先頭に立っている。

中斎の傍らで、門人が捧《ささ》げ持つ〈救民〉と大書した幟《のぼり》が風に翻《ひるがえ》った。

三

日田の朝霧は相変わらず濃かった。

淡窓は、霧の朝にしばしば訪れる憂鬱《ゆううつ》な思いを抱きつつ目覚めた。洗面をして着替え、庭に出てみた。

空だけでなくあたりは一面霧に覆《おお》われ、白く霞《かす》んでいる。ところどころ、樹影《じゅえい》が黒く滲《にじ》んで浮かび上がる。

淡窓の目覚めを知ったななが起き抜けの茶を持ってきた。だが、庭に佇《たたず》む淡窓が振り向かず、何事か考えにふけっている姿を見て、声をかけずに茶を置いて、そっと出ていった。

昨日から淡窓の脳裏を占めているのは、大坂で大塩中斎が起こした乱のことだ。

――大坂乱アルコトヲ聞ケリ

と日記に記したのは、大塩中斎の蜂起から十日後のことだった。二月二十九日に、日田の淡窓のもとに、大坂の騒動が伝わった。

中斎は辰《たつ》の刻《こく》（午前八時）ごろ自らの屋敷に火を放ち、門人を率いて打って出た。百目筒《ひゃくめづつ》を撃ちかける、凄《すさ》まじい砲声が大坂の空に響いた。かねてから「天満に火の手が上がったら駆けつけよ」と言われていた農民たちが加わって、手勢は七十人余りになった。

大塩勢は、砲車《ほうしゃ》に載《の》せた百目筒を撃ちまくりつつ天満橋へと向かった。だが、奉行所の手配により、天満橋の橋桁《はしげた》が切られているのを知ると、淀《よど》川の北岸を西へ向かい、難波《なにわ》橋を南へ渡った。

鴻池善右衛門や三井《みつい》呉服店などの豪商の邸宅を襲撃し、奪った米や金銀をその場で窮民たちに配った。

昼頃には町人も加わり、総勢は三百人ほどになっていた。これに勢いを得た中斎は、町奉行所、大坂城を襲おうと進んだ。しかし、正午過ぎに大坂城から二千人の幕府軍が繰り出し、鉄砲を撃ちかけて大塩勢に迫ったため、農民や町人は逃げ散った。

中斎は百余りの手勢になってもさらに抵抗したが、幕府軍の砲撃によって淡路《あわじ》町《ちょう》まで押し返された。夕刻になって大塩勢は解散を余儀なくされ、百目筒や槍、刀、檄文などを路上に投げ捨てて逃走した。

中斎は、養子の格之助《かくのすけ》とともに淡路町筋の商家の表口から入り、裏口へ抜けて別の町筋へと巧みに行方《ゆくえ》をくらまして落ち延びた。

乱は鎮圧されたものの火災は収まらず、翌日の夜まで燃え続け、大坂市中の二万軒を焼いて〈大塩焼け〉と呼ばれる大火事になった。

乱を起こすに至った経緯は詳《つまび》らかではないが、もと能吏《のうり》として知られた中斎に飢民を救おうという思いがあったのは、嘘《うそ》ではないだろうと淡窓は思った。しかし、乱を起こしたことについては、

――天性高慢ノ質《たち》ヲ以《もっ》テス。遂《つい》ニ発狂スルニ至ル者ナリ
と手厳しく日記に記した。

淡窓は中斎の決起を認める気にはなれない。

(大坂市中で大筒《おおづつ》を放つなど、とんでもないことだ。火災で家を焼かれ、どれほどの民が困窮したことか)

そう思うと同時に、かつて咸宜園で学び、洗心洞に移った後、中斎の『洗心洞箚《せんしんどうさつ》記《き》』を贈ってきた松本保三郎が数年前に病没して、今回の乱に加わっていなかったことに安堵する思いがあった。

臼井佳一郎がどうしているかは気になるが、これほどの激烈な企てに加わることはしないだろう。そう思いつつも、淡窓は佳一郎からきた手紙が気になった。佳一郎は中斎を畏敬《いけい》するだけでなく、怯えに似た気持を抱いていたようでもあった。

(あるいは、一味から抜け出せないまま、決起に加わっているのではあるまいか)

もしかすると佳一郎はいままさに霧の中を踏み迷いつつ、逃亡を続けているのではないかという気もする。

淡窓が思いをめぐらせながら、座敷に戻り、ぬるくなった茶を喫《きつ》していると、ながい入り口に膝をついて、

「久兵衛殿がお見えでございます」

と告げた。謹慎していた久兵衛が、淡窓のもとを訪れるのはひさしぶりのことだった。

「通しなさい」

淡窓はうなずきながら、久兵衛がこのように朝早くから訪ねてきたのは、大塩の乱に関わる話があってだろうと思った。間無しに入ってきた久兵衛は、やはり沈鬱《ちんうつ》な表情を浮かべている。

「大塩の乱について何かあったか」

淡窓の問いに、久兵衛は屈託ありげにうなずいた。

「実は昨日、代官所の手代《てだい》からひそかに呼び出されました」

「どのような話であった」

緊張した面持《おもも》ちで淡窓は先をうながした。塩谷大四郎が日田を去って以来、代官所が咸宜園に関わる難題を言ってきたことはない。

「乱を起こした者たちが私塾の門人であったことをお上《かみ》は重く見ており、私塾が謀《む》反《ほん》を企む者の巣窟《そうくつ》になるのではないか、とお疑いだそうでございます」

「大塩は陽明学徒だ。わたしたちとは考えが違うが、それは言うても始まるまい」

淡窓は眉を曇らせた。

「さようでございます。咸宜園は諸国に聞こえた私塾でございますゆえ、お上の目が注がれるであろうから、心得ておくようにと申し付けられました」

そうか、とつぶやいた淡窓は久兵衛に顔を向けた。

「しかし、さようなことがそなたの身の上にまで及ばねばよいのだがな。わたしはそれを案じている」

　久兵衛はいまなお農民から弾劾される苦しい立場にいる。そのような時、お上の目が咸宜園に向かうのは避けたかった。

「わかりませぬが、塩谷様が亡くなられた裏に何かあるようでしたら、わたしにも火《ひ》の粉《こ》が飛ぶやもしれません」

　塩谷大四郎が追及を免れるために自決したのだとすれば、幕府は久兵衛への猜疑を強めている恐れがある。そんなおりに大塩の乱が起きたのは間《ま》が悪いとしか言えない。

「大塩中斎は蔵書を売り払って窮民に施《ほどこ》しを行いました。手代殿のお話では、その話をわたしの施粥《せがゆ》と結びつけて噂する者もおるのだそうでございます」

「なるほど、油断がならぬな」

　淡窓は顔をしかめた。いま久兵衛を誇る者は多い。その者たちが、大塩の乱に重ね合わせて、あらぬ流言を広めることはありそうだった。

「さて、どうしたものか……」

　淡窓は首をかしげて、ため息をついた。

「そのことでございますが、旭荘にまた江戸に赴《おもむ》いてもらうのはどうか、と思っております」

いったん江戸に出た旭荘はいま堺《さかい》で学塾を開いているが、江戸に出た際に羽倉外記《はぐらげき》に会って、何かあった時は、仲介の労をとってくれるよう頼んでいた。大塩の乱という大事件があったいまこそ、すがるべきではないか、と久兵衛は話した。

「そうだな。そのように、わたしから旭荘に手紙をやろう」

淡窓が同意すると、久兵衛は、ありがとうございます、と頭を下げた。淡窓はふと思いついて訊いた。

「そう言えば、千世殿に臼井から便りが来ておらぬか」

久兵衛は困惑した顔をした。

「一度、便りがあったと言っておりましたが、それが何か――」

「いや、洗心洞にいた臼井がどうしておるか、気になる。無事であるなら、千世殿に便りを寄越《よこ》しそうなものだと思うてな」

言いながら、佳一郎が大塩の乱に加わっていないなら、そのことを千世に報せてくるのではないか、と淡窓は思った。

何も言って寄越してないのであれば、それは佳一郎の身に何かがあったという証《あかし》なのかもしれない。

佳一郎がかつて咸宜園の門人であったと、代官所の役人たちも知っている。ひょっとして、佳一郎が大塩の乱に加わっていれば、咸宜園にも累《るい》が及ぶかもしれない。

「よもや、とは思いますが、戻りましたら千世殿に訊《たず》ねてみましょう」

そう言いつつ、久兵衛は中庭に目を向けた。その表情に翳《かげ》りが見える。どうしたのだ、と訊きかけて淡窓は口をつぐんだ。久兵衛にとって千世と佳一郎の関わりには複雑な思いがあり、それに触れたくないような色が見えた。

霧が動いて、ようやく青空がのぞき始めていた。


そのころ、千世のもとに佳一郎から新たに手紙が届いていた。

何ということもない事柄が書かれていたが、気になるのは近く日田に行くかもしれないけれど、このことは淡窓先生に黙っていてほしいとしているところだった。しかも佳一郎は、この手紙を読んだ後、火中に投じて、誰にも便りのことを話さないでもらいたい、と書き添えていた。

千世は嫌《いや》な予感がした。佳一郎は大塩の乱については、ひと言も書いていない。洗心洞にいた佳一郎が乱を知らぬはずがない。だとすると、佳一郎には乱のことを書けない事情があるのだ。

――まさか
佳一郎が自ら乱に加わったとは思えないが、無理やり一味に引き込まれたということはありそうだ。佳一郎は気弱なところがあり、ひとに逆《さか》らえない一面を持っている。そうであるなら、佳一郎はいまや謀反人の一味として追手《おって》から逃れるために日田に来ようとしているのではないだろうか。

（そんなことになれば、咸宜園に迷惑がかかる）

千世にはそのことが案じられた。いずれにせよ、手紙を持っているのは不安だった。台所に行くと、湯を沸かしていた竈《かまど》に火が焚《た》かれ、おりよく女中の姿がなかった。ひと目に触れる前にと、素早く手紙を投じた。すぐに手紙に火がついて燃え始めた。

千世がほっとしていると、

「千世様――」

後ろからお吉の呼びかける声がした。はっとして振り向く千世に、お吉は怪訝《けげん》な目を向けながら、

「旦那様《だんなさま》がお呼びです」

と告げた。

「わかりました。すぐ参ります」

手紙が焼けるのを目の端で見遣《みや》りつつ、千世は返答した。すぐに奥へ向かおうとしない千世を、日頃にないことだと不審に思ったお吉は、

「お訊ねになりたいことがあるそうですよ」

と言い足した。

黙ってうなずいた千世は、手紙がすっかり焼けたのを見定めて、土間から板敷に上がった。奥へ向かう千世の背を、お吉は訝しげに見送った。

奥座敷で千世を待っていた久兵衛は、落ち着いた口調で、

「いましがた、兄様のところをお訪ねしたおりに、千世さんのところに臼井様から手紙は来ていないだろうか、と訊かれたものですから、千世さんにうかがおうと思いまして」

と言った。佳一郎から手紙が来ているはずだと淡窓に見透かされた気がして、千世はぎくりとした。答えようと口を開きかけた時、手紙に「淡窓先生には黙っていてほしい」と書かれていたのが頭を過《よぎ》った。

「いえ、佳一郎殿からの便りはあの後、ございません」

久兵衛に偽《いつわ》りを言うのは心苦しかった。しかし、佳一郎が大塩一味に加わっていたとすれば、隠し通すしかない。

「そうですか」

うなずいてから、久兵衛はおもむろに千世を見つめた。

千世は偽りを久兵衛に見抜かれたのではないかと恐れて思わず下を向いた。だが、久兵衛が口にしたのは、別の話だった。

「近頃、わたしは奥に籠《こ》もって暮らしていますから、千世さんとゆっくり話す機会がありませんでした」

千世はほっとしてわずかに顔を上げ、久兵衛が続ける言葉を待った。

「千世さんは臼井様が日田を出ていかれた後も店に残り、苦難に陥《おちい》ったわたしを助けてくださいました」

久兵衛はしみじみとした口調で言った。施粥の際、千世が女中たちの先に立って立ち働いたのを思い出しているかのような口振りだった。あのおりは施粥を邪魔しようとした暴漢に狼藉《ろうぜき》を働かれることもあったが、怯《ひる》むことなく、千世は身を粉にして働いた。

「店で働くひとたちは皆、同じ気持だったと思います」

きまり悪そうに顔を赤らめて千世は答えた。懸命に久兵衛を助けたのは自分だけではない。店の者は皆そうだったし、何よりもりょうからは、久兵衛を守りたいという妻の思いを控え目ながらも強く感じた。

「さようかもしれませんが、千世さんの助けは、わたしにとってどれほど心強くありがたいかわかりません」

「旦那様がおっしゃってくださいますほど、わたくしは何も……」

久兵衛がずっと自分を見つめてくれていたと知った千世は、身の内が熱くなるのを感じた。

久兵衛は千世を見つめたまま、言葉を続けた。

「ですから、お願いしたいのです。もし何か困ることがありましたら、隠し事をせずにわたしに相談してください」

やはり久兵衛は千世の胸の内に秘め事があると感じ取ってくれていたのだ。千世は、そのことが嬉《うれ》しく、ありがたかった。

いつも自分を温かく見守ってくれるひとがいる。これほど幸せなことはない、と思う。久兵衛との間に乗り越えられない垣があると感じた自分の心が恥ずかしくなった。

無理に乗り越えなくてもいいのだ。いまのままで、自分なりに久兵衛のために尽くして生きていけるのなら、心は満たされるだろうし、それ以上のことを望んでいるわけではない。そう千世は自らに言い聞かせながら、

「ありがとう存じます。そのようなことがございましたら、必ずご相談させていただきます」

と深々と頭を下げた。間近に千世の白いうなじを目にして艶《つや》めきを感じた久兵衛は、思わず目をそらした。

奥の庭に咲く梅の香りが匂《にお》やかに漂ってきた。

大塩の乱の後、幕府は執拗《しつよう》な追及を行い、一味と見られる門人たちを次々に捕縛《ほばく》していった。

中斎と格之助の行方はなかなかつかめなかったが、四十日間余り逃走した後の三月二十七日早朝、市内靭油掛町《うつぼあぶらかけちょう》の美吉屋五郎兵衛《みよしやごろべえ》宅に潜伏《せんぷく》していることがわかった。

この報告を受けた大坂城代土井利位《じょうだいどいとしつら》は、町奉行所の捕り方を向かわせず、城方から人数を出した。町奉行所にいまも中斎に通じる者がいることを警戒したのだ。すでに捕らえた五郎兵衛の供述によって、家の見取り図を作り、中斎が所持している火薬で放火するかもしれぬと用心して、火消人足《ひけしにんそく》も連れていくよう命じた。

捕縛の指揮を執《と》ったのは、利位の家臣鷹見泉石《たかみせんせき》だった。町奉行所からは中斎をよく知る与力の内山彦次郎《うちやまひこじろう》のみが同道した。

捕り方が美吉屋の離れ座敷に迫った時、戸がわずかに開いて、黒羽二重《くろはぶたえ》の着物を着た中斎が顔をのぞかせた。中斎は包囲に気づくと、戸を素早く閉めた。

「大塩、逃れられぬぞ。観念せい」

大声で怒鳴《どな》った捕り方は雨戸を蹴破《けやぶ》り、離れに雪崩《なだれ》を打って乱入した。そのとたん、離れの座敷に火の手が上がった。逃げられないと観念して、中斎が自ら火を放ったのだ。

煙が立ち込め、炎が噴き出る座敷の奥に突き進んだ捕り方の目に、床柱《とこばしら》を背にして立ち、脇差を抜いて自らの喉《のど》に突き立てる中斎の姿が映った。炎が天井に燃え広がり、捕り方はいっせいに立ち退《の》いた。

火消人足が必死で消火にあたり、ようやく消し止めたものの、離れは焼け落ち、中斎と格之助の遺骸《いがい》は焼け焦げて見つかった。格之助の遺骸は右乳の下を脇差で刺していた。

中斎は享年四十五歳。格之助は享年二十八歳だった。

大塩の乱で捕縛、処罰された者は、合わせて七百五十人に及び、このうち六人は自害した。一味の名前を吐かせるため凄まじい拷問が行われ、ひと月の間に十七人が獄中で死亡している。

幕府は焼けて黒焦げになった中斎の遺体を塩漬けにした後、門弟二十人の遺骸と共に磔《はりつけ》に処した。

大塩一味への追及の手はさらに全国に及ぼうとしていた。

恵み雨

一

五月に入り、降り続いていた雨が小止《こや》みになった晴れ間に、淡窓《たんそう》はななを伴って三隈川《みくまがわ》に舟を仕立てた。

三隈川は日田《ひた》の中央を流れている。筑後《ちくご》平野をゆるやかに下り、有明海《ありあけかい》に注ぐ筑後川の本流だが、日田では三隈川と呼ばれている。玖珠《くす》川や花月《かげつ》川に加えて大山《おおやま》川や高瀬《たかせ》川、串《くし》川などの支流が流れ込んで水郷の景観を成《な》している。

若いころから淡窓は三隈川を好んで詩の題材としており、

——十里の清江《せいこう》　藍《あい》も如《し》かず

と十里（約四十キロメートル）にわたって流れる三隈川の碧《あお》さは、藍も及ばぬほどだとした。また、別の詩では、

——江上《こうじよう》の数峰《すうほう》　画屏《がへい》の如《ごと》く

と周辺の峰々《みねみね》はあたかも美しい屛風絵《びようぶえ》のようだと讃《たた》えた。

三隈川に沿っている家々では、この景色を窓から眺《なが》められるよう競って工夫を施《ほどこ》した。富裕な者は千金を投じてでもこの景色を購《あがな》いたいと思うだろうが、亀山《きざん》の青々とした絶景の片鱗《へんりん》すら買い取ることはできない、と賦《ふ》した。

夏の眩《まぶ》しい日差しを浴びて屋根舟《やねぶね》に乗ったななは、涼しい風に吹かれて川辺の風景に目を細めながら楽しげに話しかけた。

「旦那様《だんなさま》が舟遊びをされるとは、近頃、珍しいことでございますね」

「わしとても書斎にばかりいては気が鬱《うつ》するばかりで、よい詩も浮かばぬからな」

淡窓は穏やかに応じながら、白雲が流れゆく青空を仰《あお》ぎ見てくつろぐ表情を見せた。

「でしたら、久兵衛《きゆうべえ》殿もお誘いすればよろしゅうございました」

ななの言葉に淡窓は首を横に振った。

「いや、久兵衛はまだ謹慎の身だ。舟遊びはまずかろう。されど、それもいましばらくの辛抱《しんぼう》だ」

淡窓の表情は明るかった。

数日前、淡窓のもとに江戸の旭荘《きょくそう》から手紙が届いていた。羽倉外記《はぐらげき》の屋敷に逗留《とうりゅう》しており、近く西国郡代《さいごくぐんだい》に新任する寺西蔵太《てらにしくらた》に引き合わせてもらえたと簡略に記されていた。

淡窓は書斎に久兵衛を呼んで、旭荘の手紙を見せた。

「新しい郡代様にお引き合わせていただいたとはありがたいことではないか」

高揚《こうよう》した面持《おもも》ちで淡窓が言うと、久兵衛も大きくうなずいた。

「寺西様が旭荘にお会いくだされたのは、望みが持てる話だと存じます。わたしに対して厳しい見方をしておられるのであれば、面会などかなわなかったでしょうから」

このところ、久兵衛は代官所の下役《したやく》に間に立ってもらい、庄屋や百姓たちの主立《おもだ》った者と話し合いを重ねていた。

依然として久兵衛に敵意を剥《む》き出しにする者は多かった。だが、幾度か顔を合わせるうちに、塩谷《しおのや》郡代は性急に事を進める向きはあったが、将来に向けて必要な事業を行ったのであり、必ず百姓たちを潤《うるお》すことになると説く久兵衛の話に耳を傾ける者も出てきていた。

時に面罵《めんば》されつつも、久兵衛は話し合いを辛抱強く続けていこうと思い定めていた。そんな中で新任の郡代がわずかながらも理解を示してくれたのは心丈夫《こころじょうぶ》であった。久兵衛も久々に憂悶《ゆうもん》が晴れる思いがした。

淡窓はゆっくりと久兵衛に顔を向けて、

「ところで、よいことがあったおりゆえ、聞いておきたいことがあるのだが」

と切り出した。久兵衛は膝《ひざ》を正して表情を引き締めた。

「何でございましょう」

「そなたは大塩中斎《おおしおちゅうさい》の乱についていかように思うておるか」

淡窓に唐突に訊《き》かれて、久兵衛は首をかしげた。

「兄様《あにさま》は狂挙《きょうきょ》であるとおっしゃいましたが」

「うむ、たしかに暴《ぼう》にして狂である。だが、世の中には中斎を義であるとする者もいるようだ。それについてつらつら考えてみた」

「とおっしゃいますと」

「あの乱で家を焼かれた大坂のひとびとは中斎を憎んでいるはずであろうに、それでも慕《した》う者がいるという。これはひとえに此《こ》の度《たび》の大飢饉《だいききん》において、お上《かみ》が為《な》す術《すべ》なく手を束《つか》ね、民の信を失ったからにほかならないと思う」

淡窓は声をひそめて言葉を継いだ。

「そなたが塩谷様のご命令に従い、辛苦《しんく》の末に干拓事業を成し遂げたにも拘《かか》わらず百姓衆の怨嗟《えんさ》を買ったのも、領民が塩谷様に信を置いておらなかったからではないか」

「たしかに塩谷様は領民の声を聞こうとはなさらず、威《い》をもって従わせようとなさいました。それゆえ、干拓地がすぐに良田にならないと知った百姓衆は不満が募《つの》り、抑えがきかなくなりました」

淡々と応じる久兵衛にうなずいて、淡窓は話を続けた。

「つまるところ、政《まつりごと》が信を得ておらぬときには、狂挙も義挙となるのだ。わたしはこれまで、ひとびとが聖賢《せいけん》の教えを学び、詩によって心を涵養《かんよう》すれば、おのずと世の道は開けると思うてきた。だが、中斎が見抜いたように政の要路を奸悪《かんあく》なる者が占めれば、民は苦しむばかりだ」

久兵衛は黙ってうなずいた。

「中斎は奸を除こうとして烽火《のろし》を上げた。しかし、炎では餓《う》えに苦しむひとびとを救うことはできぬ。却《かえ》って劫火《ごうか》に苛《さいな》まれるだけだ。求められるべきは炎を鎮《しず》め、田畑を潤し、稔《みの》りをもたらす慈雨《じう》ではないか」

慈雨という言葉に久兵衛は目を開かれる思いがした。

「われらは慈雨にならねばならぬと仰《おお》せられますか」

「なろうと思うてなれるものではない。永年、わたしは〈官府《かんぷ》の難〉に苦しみ、いつか、降り続く雨に祟《たた》られたような難儀が終わる日が来ないものかと願《ねご》うてきた。

しかし、いまにして思えば、この長きにわたった苦痛は、ひとの痛みを分かち合い、ともに生きよと命じる天の諭《さと》しではなかったかと考えるようになった」

しみじみと心中を述べる淡窓に目を向け、久兵衛はおもむろに口を開いた。

「お教え、肝《きも》に銘《めい》じます」

「そなたを諭しておるのではない。自らに言い聞かせているのだ。たとえ霖雨《りんう》の中にあろうとも進むべき道を誤ってはなるまいとな」

「われらは、これより後も雨中を進まねばならぬのでございましょうか」

「それが慈雨となる道であろうが、さて――」

「行き着く先にどのような道が待っておるやら、計り知れませぬ」

ふたりはどちらからともなく、顔を見合わせて笑い声をあげた。ほどなく淡窓の書斎を辞した久兵衛の表情は心の暗雲を払ったように晴れ晴れとしていた。

ともあれ淡窓はようやく明るい光を見た気がして、ひさしぶりに舟遊びを楽しもうと思い立ったのだ。

舟はゆるやかに下流に向かって進んでいく。

三隈川の流れの半《なか》ばに差しかかったあたりで亀山を望み、淡窓は自らの詩を思い起こした。

亀山《きざん》　宛《えん》として　水の中央に在り
伝《つた》ふこれ　毛侯《もうこう》の古戦場
画戟彩旌《がげきさいせい》　空《むな》しく一夢《いっぽう》
蘆花《ろか》　乱れ発《ひら》いて　月蒼蒼《つきそうそう》

亀山は、慶長《けいちょう》年間に毛利高政《もうりたかまさ》が黒田《くろだ》氏と戦った古戦場だという。毛利高政は豊臣秀吉《とよとみひでよし》の九州平定の際、舟奉行《ふなぶぎょう》を務めた武将だ。元は森《もり》姓だったが、中国地方の大名毛利輝元《てるもと》に気に入られて毛利姓を許されたという。関ケ原《せきがはら》の戦《いくさ》のおりには日田・玖珠二郡で二万石を領しており、最初は西軍についていたが後、東軍に転じた。黒田氏と戦ったのはこのころのことらしい。

華やかな鉾《ほこ》や色鮮やかな旌旗《せいき》が行き交った戦場も虚《むな》しい一時の夢と消え、いまは蘆《あし》の白い花が咲き乱れ、月光が青白く照らすばかりだ、という詩だ。

(詩に詠《うた》ったように、すべての争いも過ぎてしまえば儚《はかな》いものだ)

淡窓が古《いにしえ》の戦に思いを馳《は》せ、舟べりを打つ水音に癒《いや》されつつ何気なく川岸に目を遣《や》ると岸辺にぼんやりと男が立っていた。

編笠《あみがさ》をかぶった旅姿の武士だ。

川岸には時おり、釣糸《つりいと》を垂《た》れる者がいるが、武士は釣竿《つりざお》を持っていない。ただ悄然《しょうぜん》と川面《かわも》を見つめているだけの姿が淡窓はなぜか気になった。天領の日田で、武士の姿を見かけることはさほど多くない。

武家の身なりをしている者は、代官所の役人か咸宜園《かんぎえん》の塾生である。旅にある武士は日田街道をあわただしく通り過ぎるだけで、川岸に所在無《しょざいな》げに立つことはない。

「臼井《うすい》ではないか」

淡窓はつぶやいた。なで肩でほっそりとした体つきが似ている気がする。

「臼井様がまさか――」

傍《かたわ》らでななも淡窓の視線の先に目を向けた。武士は編笠で顔が隠れているが、言われてみれば立ち姿が佳一郎《かいちろう》に見える。

ななは首をかしげながら言った。

「背格好は臼井様に似ておられますが――」

淡窓がなおも目を凝《こ》らすと、川岸の武士は船上に目を転じ、すぐさまあわてた様子で編笠を目深《まぶか》にかぶり直し、体を硬くした。そのうろたえた様を見て、

(間違いない。臼井佳一郎だ)

淡窓は確信した。その間にも舟は流れを下り、見る見る川岸の武士から遠ざかっ

ていった。舟を戻すよう船頭に言おうとして、淡窓は危《あや》うく思い止《とど》まった。佳一郎が大塩中斎の洗心洞《せんしんどう》にいたことに思いが至った。

諸国で大塩門人を名のる者が一揆《いっき》や打ち壊し騒ぎを起こしていると伝えられていた。さらに、捕縛《ほばく》されかけて火を放ち、自決したと聞く中斎が、死なずにいまも逃亡を続け、再起を図ろうとしているという流言《りゅうげん》さえあった。

死んだのは中斎によく似た門人のひとりで、いわば身代わりとなって死に、中斎を逃がしたのではないか、とまことしやかに囁《ささや》かれていた。幕府では、中斎が生きているのではないかという噂が絶えないのを焦慮《しょうりょ》していた。

このため大塩門下に対する詮議《せんぎ》は厳しくなっている。佳一郎が中斎の乱に加わったかどうかは知らないが、中斎の門人に声をかければ、お上の咎《とが》めを被《こうむ》ることになるかもしれない。

なないもそれに思いが至ったらしく、

「あのお侍《さむらい》が臼井様だとしたら、大坂から逃げてこられたのでしょうか」

と不安げに言った。

「あの御仁《ごじん》が臼井だと決まったわけではない。仮にそうだとしても、臼井は無謀な企《くわだ》てに加わるような真似《まね》はしておらぬであろう」

淡窓は半ば願うように言い、なないも同意する表情をしたが、それにしても川岸に佇《たたず》む武士の姿には不吉なものがあった。

淡窓は舟が進むにまかせ、遠ざかる武士の姿を呆然《ぼうぜん》と見続けた。

梅雨《つゆ》晴《ば》れの空に雲がゆったりと流れている。

この日、千世《ちせ》はりょうから奥座敷に来るよう言われた。

何事だろうと思いつつ、声をかけて襖《ふすま》を開けると、りょうは茶と菓子を用意して待っていた。千世が敷居《しきい》の手前に手をつかえ、かしこまって、

「ご用でございましょうか」

と言うと、りょうは戸惑ったような顔をした。

「取り立てて用があるわけではないのですが、千世様と少しお話をしたいと思いまして」

言われて、千世はどう応じてよいかわからず、下を向いて口ごもった。りょうと親しく話をしようなど考えたことがなかった。

久兵衛の妻であるりょうに対して、自分は慎《つつ》ましく控えねばならないと心に決めて、親しくなることも望んではいなかった。

「わたし、千世様にいろいろお聞きしたいのです」

「どのようなことを、でございましょうか」

千世は顔が強張《こわば》るのを感じた。りょうは、千世の久兵衛への気持を問い質《ただ》そうとしているのではないだろうか。久兵衛をどう思っているかと訊《き》かれたら、偽《いつわ》らずに心の内を告げようと思った。りょうは千世をじっと見つめた。

「お国のことや、どんな学問をされているのかなどをうかがいたいと……」

ためらいがちなりょうの言葉には、千世を傷つけまいとする気遣いがあるように感じられた。千世は心を落ち着かせて座敷に入り、りょうの斜向《はすむ》かいに座った。

「どうぞ、お菓子を召し上がれ」

りょうは若い娘のように楽しげな口調で言い、菓子器を千世の前に勧めた。千世はそっと干菓子《ひがし》に手をのばし、口に入れた。やさしい甘味が口の中に広がった。

「千世様が博多屋《はかたや》に来てくださって、わたしは心丈夫な思いがしております」

怪訝《けげん》な面持ちでうかがい見る千世に、りょうは微笑《ほほえ》んで、

「わたしはあまり体が丈夫ではないのです。いつまで元気でいられるかわからないと、時々、不安に思うことがあります。ですから――」

言いかけた言葉を呑《の》んで、りょうは口を閉ざした。

続く言葉を察した千世は目を伏せた。りょうは、自分に万一のことがあった際は、久兵衛を頼むと言いたかったのではないだろうか。

（りょう様は強いお方だ）

そう思いながらも、実際にその言葉を口にされてしまえば、千世が辛《つら》いと感じるのはたしかだった。りょうがこの世にあるうちは久兵衛との間の垣《かき》が取り払われることはないと言われたも同然だと思う。

日頃から久兵衛に思いを寄せることすら禁じられた気がして、千世が黙ってしまうと、りょうは、はっと気がついた様子で言い添えた。

「申し訳ありません。わたしは心ないことを口にしてしまいました」

眉《まゆ》を曇らせるりょうに、千世は頭《かぶり》を振った。

「滅相《めっそう》もございません。慈《いつく》しみ深い、お気遣いをいただき、ありがとう存じます。わたくしは自分の不甲斐《ふがい》なさに思いが至り、恥じ入るばかりでございます」

「千世様、さようなことは――」

「いえ、お聞きおよびかもしれませんが、わたくしは一度、嫁《か》したことがございます。あらぬ誤解を受けて離縁されましたが、夫から信じてもらえなかったのは、身の至らなさゆえであったと、いまならよくわかります。そして義弟の佳一郎殿が道を踏み迷ったのも、わたくしに生き惑う思いがあったからではないかと思えてなりません。りょう様のお言葉は、わたくしの身に余るかと……」

千世はさびしげな笑みを浮かべた。りょうはため息をついて、

「お心に沿わぬことを申しました。お許しくださいませ」

と悔いた。千世は目をそらして、中庭に視線を向けた。

眩《まぶ》しいほどの強い日差しが照りつけて、庭の樹木が緑濃く輝いている。その様を見ながら、千世はつぶやいた。

「生きて参るのは哀《かな》しいと思うこともございますが、それゆえにこそ、喜びもあるのかもしれません。ひとに出会えたからこそ、哀しみを抱《いだ》くのではなかろうかと存じます」

りょうは、千世の横顔に穏やかな目を向けた。

「出会えたことを喜びと言えるのならさようでしょうが、ひとはつい、その先を望んでしまいます。それは致し方のないことだとわたしは思うております」

生きてゆくには、おのずから、いま少しの心の糧《かて》を求めてしまうものではないか、と千世に問いかけているようだ。しかし、千世は、様々に思いが湧き起こるばかりで答えることができなかった。

風が吹き寄せて、庭の木々が葉を揺らした。

二

六月になって、淡窓のもとへ旭荘から便りがあった。

新任の郡代である寺西蔵太にまた会うことができたのかと期待して読んだが、違っていた。旭荘は羽倉外記から聞いた話を伝えてきたのだ。

六月一日の明け方、国学者《こくがくしゃ》平田篤胤《ひらたあつたね》の門人生田万《いくたよろず》が同志とともに越後《えちご》の桑名《くわな》藩領柏崎陣屋《かしわざきじんや》に乱入する、〈柏崎騒動〉が起きたという。この時、万は、平田篤胤の弟子であるにも拘わらず、〈大塩門人〉と称した。諸国で大塩門人を名のる一揆が起きていたためではないかと旭荘は記していた。〈大塩門人〉という言葉は幕閣を震撼《しんかん》させたと続けて書いてある。

生田万は、上野国館林《こうずけのくにたてばやし》藩士の家に生まれた。藩校に学び、詩文に優れていたが、文政《ぶんせい》七年（一八二四）、平田篤胤に入門した。四年後、藩政改革の意見書「岩にむす苔《こけ》」を藩当局に呈上《ていじょう》したところ、忌《い》まれて藩を追放された。

その後、各地を流浪《るろう》し、上野国太田《おおた》に私塾を開いていたが、天保《てんぽう》七年（一八三六）になって知人の勧めで越後柏崎に移り、桜園塾《おうえんじゆく》を開いて国学を教えた。

柏崎陣屋は、越後の桑名藩領六万石を差配しており、郡代始め、五十人ほどの役人がいた。桑名藩では、凶作のおりに農民が納める年貢に不足が生じると、その分を〈拝借金〉として農民が藩に借金する形をとっていた。

このため、農民は天保四年から同七年に及ぶ大凶作で飢饉に苦しむだけでなく、多額の借金まで負わされることになった。農民は食物に窮《きゅう》していたが、柏崎郡代は救済策を施《ほどこ》さず、却って米価のつり上げを図った。

万は再三、農民の救済を嘆願したが容《い》れられず、大塩中斎の騒動が伝わると同志を募った。これに応じたのは、尾張浪人《おわりろうにん》で神道無念流《しんとうむねんりゅう》の剣客《けんかく》だった鷲尾甚助《わしおじんすけ》と水《み》戸《と》浪人の鈴木城之扶《すずきじょうのすけ》、村役人らわずか五人だった。

四月から五月にかけて、柏崎郡代の非を訴える捨文《すてぶみ》の〈生田の落し文〉を撒《ま》き、五月晦日《みそか》に柏崎から二里（約八キロメートル）ほど離れた与板藩荒浜《よいたはんあらはま》村の庄屋を襲って金品を奪った。その後、奪った金品を村民に配り、

「柏崎に至らば、さらに金品を与える」

と煽動《せんどう》し、

——奉天命誅国賊《ほうてんめいちゅうこくぞく》
——集忠臣征暴虐《しゅうちゅうしんせいぼうぎゃく》
天命を奉じて国賊を討つ、忠臣を集め、暴虐を征する、という意の二本の旗を掲《かか》げ、八人の村民を従えて、柏崎に至った。万は刀を抜いて陣屋に突入し、他の者が続いて乱入した。

この日、近くで起きた火事の後始末などで陣屋にはひとが少なかった。突然の襲撃に動転した役人たちはうろたえ騒ぐばかりだった。たちまち万たちに斬《き》り立てられ、右往左往して逃げ惑った。

突然の襲撃により、陣屋では三人が斬られて死亡し、七人が負傷した。だが、万らはしだいに追い詰められ、鈴木城之扶が斬り死にし、ふたりが鉄砲で撃たれると、万は自害した。享年三十七歳。

鷲尾甚助ひとりは遁走《とんそう》したが、江戸寺社奉行に自首して出た。乱はこのように、あっけなく鎮圧されたが、米商人は万の決起に恐れをなして、翌日から米の値段を下げた。また柏崎陣屋でも飢民《きみん》への救恤米《きゅうじゅつまい》を放出せざるを得なくなったという。

旭荘の手紙には最後に、

「かような企ては今後も続くかもしれぬゆえ、間違っても巻き込まれることのないよう、くれぐれも用心されるようにとの羽倉様からのお申し付けにございます」

と書かれていた。淡窓は手紙を巻き戻しながら、はるか遠国《おんごく》の越後で起きた乱に思いをめぐらせた。

大塩中斎、生田万といういずれも学塾を開いていた者が、このような過激な行動を相次いで起こしたことに淡窓は衝撃を受けていた。

(学者が、学問によらず、武に訴えることでしか世を変えることはできぬと思い詰めたのだ)

久兵衛には慈雨となる生き方をしなければならない、とは言ったものの、中斎の放った炎は燎原《りょうげん》の火のように燃え広がりつつあるように思える。

諸国で起きる乱や一揆、打ち壊しが鎮圧されたとしても、それですべては終わらないのではないか。地鳴りのように響いてくる警鐘を淡窓は感じていた。

淡窓が気を取られたように物思いにふけっているところに、ななが茶を持ってきた。

「旭荘殿からのお便りになんぞ悪《あ》しきことが書いてございましたか」

座りながら、淡窓の顔色が曇っているのを案じて訊くななに、

「いや、さようなことはないが」

心配させたくないと思った淡窓は手紙の内容を告げなかった。久兵衛にも伝えず、日記にも記さないでおこう、と思った。

(遠い越後で起きたことだ。他の者は知らずともよかろう)

そう考えたものの、旭荘の手紙に書き添えてあったことが頭を過《よぎ》った。

生田万の妻鎬《こう》は、乱の後、縛《ばく》についていたが、役人が目を離した隙に二児を絞殺《こうさつ》して自害したという。辞世として漢詩とともに、

手弱女《たをやめ》の数ならぬ身も二筋《ふたすじ》に
　迷ひは入らじ背の山の道

という歌が残されていたらしい。夫の万が亡くなったからには、二夫に見《まみ》えぬという覚悟を示したのだろう。しかし、これを読んだ際に、淡窓は、

——酷《むご》い

と感じた。万はおのれの信ずる義挙に命を捧げれば、それで満足だったかもしれないが、妻子がなぜこのように理不尽《りふじん》な死を遂げねばならなかったのか。淡窓は目の前に座っているななの顔を見ながらそんな感慨を深くした。ななをそのような目にあわせるなど、自分にはとてもできそうにない。

大塩の乱でも中斎の家族は捕らえられた。中斎に家族への気持がなかったわけではないだろう。義挙のためなら、おのれ一身も家族も顧《かえり》みない覚悟が必要なのかもしれないが、家族を慈しむ心があってこそ、国家についても考えを深めることができるのではないか。

淡窓にはそう思えてならなかった。

中斎や万から見れば、淡窓は小心翼々《しょうしんよくよく》たる書斎学者に見えるに違いない。だが、ひととして大切に思うものを大事にするという当たり前のことこそが、国の根本ではないだろうか。

淡窓はため息をつきつつ、

「いささか、書き物をしたい」

と告げた。淡窓の顔色が落ち着いたのを見届けて、ななは安堵《あんど》した様子で書斎を出ていった。

淡窓は文机《ふづくえ》に向かうと、筆を手に取り、
――国本《こくほん》
と記した。国の在《あ》り様《よう》を論じてみたい、という念が湧いていた。

泰平の世が続き安逸《あんいつ》に慣れ親しんだため、君主から庶民にいたるまで脆弱《ぜいじゃく》となり、懶惰《らんだ》となっている。倹約などに努めても、根本を正さなければ国はよくならないだろう。

正すために何が必要かといえば、まず風紀を改めることから始めるべきではないか、と考える。

武士の風紀はかつてないほど、乱れているからだ。武士の在り様を改めなければ、やがては衰退し、乱にいたるのは必至だ、と書いた淡窓は次に、
――六弊《ろくへい》
をあげた。すなわち、
一、行儀が尊倨《そんきょ》高大に過ぎる
二、誇張《こちょう》 矜伐《きょうばつ》を務める

三、諸事に秘密閉戸《へいこ》する
四、門地《もんち》の高下《こうげ》を論ずる
五、先格《せんかく》に因循《いんじゅん》する
六、文盲不学《もんもうふがく》である
という六つの弊害だった。

行儀、振舞いが尊大で傲《おご》り高ぶっているため、君臣の間が近づき難いものになっている。さらに何事も大げさに飾り立てて誇り、参勤交代《さんきんこうたい》の行列などが華美で贅沢《ぜいたく》なものになっている。

何事も秘密裏《ひみつり》に進めるため、姦臣《かんしん》がひとびとの目から主君を隠し、弑逆《しいぎゃく》するもととなっている。門地の高下を論じ、家柄によってひとを見るため有能な人材が登用されない。

先格因循とは古い習慣や、先例のみにしたがって物事を行うことだ。

一時しのぎに終始し、改革はできない。文盲不学とは、学問がなく、変化に対応することができない状態をいう。

ここまで書いて淡窓はいったん筆をおいた。書きたいことが次々と湧いてくる。

(そうか、わたしはこのようなことを日頃から思っていたのか)

淡窓が胸に抱き続けてきた鬱憤《うっぷん》であり、武士に対する批判でもあった。

塩谷郡代は常に、蹲踞高大であり、誇張矜伐に努め、秘密閉戸して、門地の高下を論じ、先格に因循した。そして、

――文盲不学

でもあった。まことの学問を知らず、おのれの知識だけを傲岸《ごうがん》にひとに押し付けようとした。

淡窓の胸には、永年にわたって咸宜園に介入されたことへの憤《いきどお》りが蟠《わだかま》っていた。そのような倨傲《きよごう》な幾多の役人が世に何をもたらしたかと言えば、大塩中斎や生田万の乱ではないか。淡窓は〈六弊〉の文字が連なる紙を見つめた。

この〈六弊〉を無くすために自分の考えをまとめようと思った。その後、どうするかはまだ決めていないが、それがまとまれば、大塩中斎や生田万に対して申し分が立つのではなかろうかと胸の内に納得するところがあった。

淡窓はふたたび筆を取った。

書斎の窓の外では、音を立てて驟雨《しゅうう》が降り出していた。

いったん止《や》んでいた雨が、また急に降り出したその日の昼下がりに、博多屋の前に立つ武士の姿があった。

雨具の用意がなかったのか、羽織《はおり》、袴《はかま》が濡《ぬ》れていた。三人の供《とも》をつれた三十歳ぐ

らいの武士で、大名家の身分ある家臣のように見えた。

供の者が訪《おとな》いを入れて、番頭に何事か告げた。番頭はあわてて土間に下りると、武士を迎え入れながら、武士の到来を久兵衛に知らせるため手代《てだい》を奥に向かわせた。

手代が奥から戻ってきて番頭に小声で耳打ちした。番頭はうなずいて、

「岡本《おかもと》様、どうぞ、奥へ」

と案内に立った。

武士は濡れた衣服をそのままに悠然《ゆうぜん》と番頭に続いていく。武士は豊後府内《ぶんごふない》藩二万一千石の重臣岡本主米安展《しゅめやすのぶ》だった。

府内藩は対馬《つしま》藩田代《たしろ》領、福岡《ふくおか》藩とともに、博多屋がかねてから日田金《ひたがね》で大名貸しをしている藩だった。岡本家は府内藩主松平《まつだいら》家に三河《みかわ》以来仕える譜代《ふだい》の家臣で、代々、家老《かろう》職を務めてきた。

主米は、府内藩士増田茂太夫《ますだしげだゆう》の五男に生まれ、岡本家の女婿《むすめむこ》となった。小姓《こしょう》を務めていたが、天保四年（一八三三）に家督《かとく》二百五十石を継ぐとともに重臣列座となった。

久兵衛は、府内藩を訪れた際に何度か主米に会ったことがある。俊秀《しゅんしゅう》な吏僚《りりょう》であり、将来は府内藩を背負う人物だろうと見ていたが、親しく交際してきたわけで

はなかった。その主米が突然、博多屋を訪れたことは番頭を驚かせた。

主米が奥座敷に入ると、待ち受けていた久兵衛は眉をひそめた。

「そのようにお召し物を濡れたままにしておられましたら、風邪を召されましょう。すぐにお召《め》し替《か》えをなされてくださりませ」

「いや、たいしたことはない。さようなことより、藩の大事に関わることで参ったのだ。まずは聞いてくれようか」

細面《ほそおもて》で若々しい顔立ちの主米は座るなり、久兵衛をまっすぐに見て言った。そうは言っても濡れた衣服をそのままというわけにはいかず、久兵衛が重ねて勧めると、主米は女中が持ってきた着物に着替えた。

雨で濡れて青ざめていた顔にやや血《ち》の気《け》が差してきた。

茶を待つ間、久闊《きゆうかつ》を叙《じよ》しながら、久兵衛は主米が訪ねてきた用件は何であろうかと考えた。府内藩は永年、財政窮乏《きゆうぼう》にあえいでいる。借財はすでに二十万両に達しているといわれ、事実上、破綻《はたん》していた。

その府内藩から重臣のひとりである主米が来た以上、新たな借財の申し込みであろうと予測はできた。しかし日田のどの掛屋《かけや》も、借財まみれの府内藩に新たに金を貸そうとはしないだろう。博多屋にしても同じことだ。

（お気の毒だが、お断りする以外にはない）

久兵衛は暗澹《あんたん》たる思いで、主米が話を切り出すのを待った。

なおも雨は激しく降り続いている。

三

岡本主米が辞去《じきょ》した後、久兵衛は奥座敷にしばらくひとりで残り、考えをめぐらせていた。すでに雨は上がっており、雲間から日が差して庭の木々の葉に残る雨滴《うてき》が光る様を見つめていた。

千世が淹《い》れ直した茶を持って部屋に入り、久兵衛の膝元に置いてすぐに去ろうと一礼した時、

「千世殿、少しお聞きいたしたいことがあります」

と久兵衛があらたまった声をかけた。訝《いぶか》しげに顔を上げた千世に、久兵衛はゆっくりと茶を喫《きっ》してから口を開いた。

「ただいまお見えになられた岡本様は、わたしに府内藩の財政を建て直す仕法《しほう》を行うよう頼みたい、と仰せになられたのです」

「それはまた……」

千世は目を瞠《みは》った。

が〈報徳《ほうとく》仕法〉とは藩の財政改革をやり遂げる方策のことで、二宮尊徳《にのみやそんとく》の〈仕法〉が名高い。尊徳は、天明《てんめい》七年（一七八七）に相模国《さがみのくに》の農家に生まれたが、小田原《おだわら》で武家奉公に出ると、勤倹《きんけん》に努め、主家の財政を建て直した。さらに、旗本《はたもと》の家政や天領での殖産興業《しょくさんこうぎょう》でも成果をあげ、広くその名を知られた。

久兵衛は、これまでにも大名貸しをしていた対馬藩田代領が借財で行き詰まると、相談にのって借財整理の仕法を提案し、成果をあげていた。

主米は、そのことを見込んで久兵衛に財政再建の仕法を頼みたいのだと言う。久兵衛は、

「ただいまわたしは、百姓衆に怨《うら》まれ、謹慎いたしておるところでございますから」

とひと度《たび》は断ったが、主米は諦《あきら》めなかった。

「無論のこと、すぐにというわけではござらぬ。わが藩では、これまでにも大坂の商人を銀主として銀札の発行を行いましたが、これは失敗しました。いまは藩内の商人を銀主として改革を試みようとしておるところですが、これも難しかろうと存じます。所詮《しょせん》、九州では日田の掛屋殿に動いていただかぬ限り、藩の建て直しなどできぬと存ずる」

と熱心に説く主米の言葉を久兵衛は黙って聞いた。

主米の声音《こわね》には真摯《しんし》な響きがあり、日田の掛屋が動かない限り、建て直しはできないという見通しも間違ってはいない。

博多屋始め、七、八軒の掛屋が動かす〈日田金〉は二百万両に上ると言われ、その半分は常に九州の諸大名への大名貸しにまわっている。

日田金を借りている主な藩をあげれば小倉《こくら》藩が二十万七千両、久留米《くるめ》藩が九万六千両、福岡藩が十万二千両とされる。このほか三、四万両を借りている大名は枚挙《まいきょ》にいとまがない。

窮乏する府内藩を救えるのは〈日田金〉以外にはないだろう。それだけに掛屋は金を貸すことに慎重にならざるを得ない。

借財まみれで返済の見通しが立っていない府内藩に金を出そうという掛屋はまずいないと思われる。そのことは主米もわかっているらしく、

「博多屋殿に仕法をお任せいたすことで、返済の目途《めど》をつけたいのでござる。いま行っておる藩内の商人を銀主とするやり方は、いずれ行き詰まるでありましょう。その時にはそれがしが家老職に就《つ》き、建て直しにあたることになりましょう。されば三年後に取りかかるということでお考えいただけないかと、このように参ったわけでございます」

と頭を下げた。

「三年後でございますか」

久兵衛は首をかしげた。

「さよう。決して気の長い話とは思うておりませぬ。三年などあっという間に過ぎてしまいます。そのころ、わが藩は存亡の瀬戸際《せとぎわ》であろうと存ずる」

きっぱりと言い切った主米は、ひと呼吸おいて声を低めた。

「仕法と申しましても、容易でないことは重々、承知しており申す。それがし、博多屋殿が乗り出してくださるならば、身命を賭《と》して仕法を成し遂げ申す」

並々ならぬ主米の覚悟が伝わってきた。

不意に久兵衛は胸が熱くなるのを感じた。藩の改革に命を懸けようとする武士にいままで会ったことがなかった。

久兵衛は主米の熱意に引き込まれそうになりながらも、

「いずれにしても、わたしはいま動くことはかないません。お返事は三年後ということではいかがでしょうか」

とだけ答えた。すると主米は、はらはらと落涙しつつ手をつかえた。

「ありがたく存ずる。まことは門前払いされるものと覚悟して参りました。三年後にお返事をいただけるとあれば、これより三年の間、懸命に努めることができ申す」

主米は何度も礼を繰り返して辞した。

主米から受けた熱気を冷《さ》ますかのようにぼんやりと庭を眺めている時、おりよく茶を持ってきた千世に、久兵衛は声をかけたのだ。

「千世殿はお武家の出でございますから、おわかりでしょう。藩の財政を建て直すために町人の身であれこれと口を出すのは難しいことです」

久兵衛に言われて千世はうなずいた。たしかに商人が武家の家政を仕切ることは難しい。やらねばならぬとわかっていても、面子《メンツ》を重んじる武士は多いだろう。

「さようでございます。難儀なことと存じます」

「そうでしょうな」

久兵衛はうつむいてなおも考える風だった。千世は思わず、

「それでも、旦那様はやってみたいとお思いなのではございませんか」

と口に出していた。久兵衛ははっとした顔になった。

「いや、難しいことだとわかってはいるのです。やれば博多屋の身代《しんだい》を棒に振るかもしれません。むしろ、手を染めてはならぬことでしょう」

自分に言い聞かせるように久兵衛は低い声音で言った。

「旦那様は怖《お》じておられるのでございますか」

哀しげに千世は言った。

「怖じる？　わたしがですか」

思いがけない言葉を聞いたとばかりに驚いた顔になった久兵衛は問い返した。これまで何であろうと怖じたことなど一度もないつもりだった。

「はい。旦那様はいま百姓衆の恨みを買われて苦しい立場におられます。ですから旦那様は日頃のご自分をお忘れなのではないかと存じまして」

久兵衛は、うむ、とうなり、腕組みをしてしばらく考えた後、顔を上げて口もとをほころばせた。

「さようですな。たしかにわたしには恐れる気持があったような気がします。千世殿に教えられました」

久兵衛の率直な物言いに、千世はうろたえた。

「これは、出過ぎたことを申しました。身の程をわきまえず申し訳ございません」

「いや、よく考えてみれば思いあたります。わたしは世のため、お百姓衆のためになると信じて干拓を行いました。しかし、それが却って恨みを買うことになってしまった。何もしない方がよかったのではないか、と心の隅で思うようになっていたようです」

「誰しも、旦那様のようにお辛い立場に置かれたならば、さように思い惑うのではないでしょうか」

久兵衛が受けた理不尽な苦しみを慮《おもんぱか》った千世は、胸が詰まる思いがした。久兵衛はやわらかに微笑して口を開いた。

「そのように言うていただけると心が安《やす》んじますが、岡本様からお話をうかごうた際、まず頭に浮かんだのは、どのように府内藩のために力を尽くしても、恨みを買うだけかもしれない、ということでした」

苦笑しながら久兵衛はおもむろに茶碗を手に取り、口に運んだ。そのさりげない仕草に、意を固めていると感じ取った千世は、久兵衛を見つめて、

「府内藩の仕法をお受けになられるおつもりでございましょうか」

と訊いた。

久兵衛がこの後の人生を懸けて為《な》そうと思い立った志を最初に聞くのは、りょうでなければならないと重々わかっていた。しかし、千世は訊きたいという思いを抑えることができなかった。

久兵衛はゆっくりと千世を見返してうなずいた。

「さよう考えております。三年の間、じっくりと仕法を練り上げ、そのうえで岡本様とともに成し遂げることを今後の仕事として参りたいと思っています」

久兵衛はきっぱりと言った。

「旦那様は干拓の仕儀をいまもって耐え忍んでおられますのに――」

案ずる千世に、久兵衛は淡々とした表情でうなずいた。

「そのおかげで学んだことがあります。ひとの暮らしを助けたいと思うのであれば、大本のところを正さねばなりません。干拓をして新田を開いても、潤うひとは限られます。それゆえ、わたしを憎むひとも出たのです。この世の仕組みを根本から変えていかなければ、多くのひとの暮らしをよくすることはできません。岡本様の話をうかがい、府内藩で求める道が開けるかもしれないと存じました。そうであるなら、引き受けるのがわたしの天命ではないか、と思うのです」

久兵衛の言葉に千世は胸を突かれて言った。

「まことにさように存じます」

「兄様は、ひとを潤す慈雨となる生き方をしなければならぬ、と言われました。わたしが慈雨になれる生き方は、府内藩の仕法を行うことかもしれません」

久兵衛の言葉を聞いて、千世は心が震えるのを感じた。

(わたしは旦那様をお助けしていきたい)

いつの間にか雨が上がり、夕空から差し込む光がふたりを包んでいた。

翌日、千世は咸宜園の講堂で智白《ちはく》や智参《ちさん》との輪講《りんこう》に出た。

それぞれが選んだ詩や和歌について語り、質問し合うのだ。すでに気心も知れ、男の塾生がいない場だけに、輪講はなごやかに進んだ。

千世は、このような、咸宜園での学びに、心満たされた日を送っていた。書をひもとき、時に詩や和歌を作ることほどの楽しみはないように思える。しばらく輪講をした後に休んで茶を飲んだおり、智参が何気なく言った。

「そう言えば、今朝方《けさがた》、咸宜園の門前にて旅姿のお武家を見かけました」

「入門の方でしょうか」

智白が興味ありげに訊いた。近頃、咸宜園は塾生が減っているだけに、新たな入門者が来ることは望ましい。

「いえ、そうではなかったようです。すぐにどこかへ行ってしまわれましたから」

言いながら、智参はちらりと千世に目を向けた。その眼差《まなざ》しが千世は気にかかった。

「智参様が見かけられたのは、見覚えのある方だったのでしょうか」

思わず千世は訊いていた。智参はためらいがちに、

「お顔を見たわけではありませんので、人違いかもしれませんが、臼井佳一郎様に似ていたような気がしたのですが」

と告げた。ああ、やはり、と思って千世は言葉を呑んだ。佳一郎から手紙が来た時、いつか日田に戻ってくるのではないか、と危惧《きぐ》していた。だが、いまさら咸宜

園に顔を出せる義理ではないのに、どうして門前まで来ていたのだろうか。

千世の気がかりを払うように、智白が落ち着いた声で言った。

「その方は臼井様ではないと思います。臼井様は日田を出て、大坂の洗心洞に入られたと聞いております。先ごろの大塩の乱に加わらなかった洗心洞門人の方々は皆、逼塞《ひっそく》されているそうです。臼井様も故郷に帰られたのではないでしょうか。いまさら咸宜園に来られることはありますまい」

智白は、佳一郎が咸宜園を出ていかねばならなかった経緯を薄々知っているらしい。それで、乱を起こした大塩中斎の門人だった佳一郎がおめおめと日田に戻れるはずはないと言い切るのだろう。

千世は何も言わずにうなずいたが、智参が見たのは、やはり佳一郎ではないかと胸が騒いだ。本来ならば、佳一郎は実家がある広島に帰って静かに暮らす方がいいだろうに、それができないのは、何かわけがあるのではないか。

(佳一郎殿は大塩の乱に加わったのかもしれない)

そう考えると、ぞっとして身がすくんだ。

千世にとって佳一郎は煩悶《はんもん》の種だった。佳一郎が日田を出たことで、その縁が切れたとほっとしていたのに、今度は大塩の乱という恐ろしい災厄《さいやく》を抱えて戻ってきたのだろうか。

足取りも重く千世は博多屋に戻った。自分の部屋で普段着に着替えて、廊下に出たとたんに、待ち受けていたようにお吉《きち》が足早に寄ってきた。

――千世様

怯《おび》えたような声でお吉はそっと呼びかけた。何事かと千世が耳をそばだてると、お吉は懐《ふところ》から結《むす》び文《ぶみ》を出した。

「先ほど使いに出たおり、通りすがりのひとから、これを千世様に渡すようにと頼まれました」

千世は結び文を受け取りながら、胸騒ぎを覚えた。

「どのような方が文を届けるよう言われたのですか」

「笠をかぶったお武家様でした。笠で顔を隠すようにしてたので、はっきりとはわかりませんでしたけど……」

お吉は口ごもった後、

「臼井佳一郎様だった気がします」

と告げた。

「そうですか」

千世はできるだけ平静を装った。佳一郎が大坂に行ったことは博多屋の女中たちも知っている。だが、大塩の乱に関わっているかもしれない、などとは誰も知らないはずだ。お吉は心配げに囁《ささや》いた。

「臼井様は何をしに日田に戻ってきたのでしょうか」

「さあ、わかりませんが、おそらく旅の途中で立ち寄られただけだと思いますよ」

千世が何気ない口調で言うと、お吉は少し安堵した表情を浮かべた。千世はそのまま小部屋に入って結び文をあわただしく開いて読んだ。そこには、

――今宵《こよい》、大原八幡宮《おおはらはちまんぐう》にてお待ちする　　佳

とだけ書かれていた。大原八幡宮は日田でも古くからある神社で、元禄《げんろく》のころ由《ゆい》緒《しょ》ある家柄の手島《てじま》氏に好学のひとが続いて代々の蔵書を寄贈し、〈大原宮文庫〉が設けられた。咸宜園の塾生は、この文庫から本を借り出すことが多く、千世も何度か訪れたことがあった。

佳一郎は今夜、その大原八幡宮で待っているという。不安を抱きつつも、自分が行かなかったら佳一郎が博多屋に押しかけてくるかもしれないと思い、千世は行かざるを得ないと観念した。

この日、夜が更《ふ》けてから、千世はそっと博多屋を出た。

月明かりで道がほんのりと白く照らされている。人通りはなく寂しい道を、提《ちょう》灯《ちん》を手にして大原八幡宮へと向かった。

佳一郎が何を言い出すのかわからないが、いずれにしても受け入れるわけにはい

かない話を持ち出される気がして、千世の胸は重苦しかった。

久兵衛は苦境にありながらも新しい道へ足を踏み出そうとしている。ところが、佳一郎は道を踏み迷うばかりで、またもや難題を持ちかけてくるのではないか。

しばらく歩くうちに、大原八幡宮の楼門《ろうもん》が見えてきた。楼門の下に黒い人影が佇んでいる。

千世は近づいて声をかけた。

「佳一郎殿ですか」

人影は振り向いた。月光に佳一郎の顔が浮かび上がった。

「千世殿――」

佳一郎はのろのろと千世の方に歩み寄った。千世は厳しい声で訊《たず》ねた。

「いかがされたのです。大坂での大塩の乱のことは耳にしております。よもや佳一郎殿は、大塩一味に加わるなどしてはおられなかったでしょうね」

「それが――」

佳一郎は困り切ったような声で言いかけた。

「まさか――」

千世は息を呑んだ。

「仕方がなかったのです。見張りがついていて逃げられませんでした。大塩様に従うしかなかったのです」

　膝の震えを抑えかねて、千世はやっとの思いで体を支えた。やはり、佳一郎は大塩中斎の一味となってしまったのだ。もはや、取り返しがつかない。

「なにゆえ日田に来られたのですか。この地は天領です。ご公儀は大塩一味の詮議を厳しく行っていますよ」

「そう言われても、わたしには、ほかに行くところがありません。先月、日田に入ったばかりのおりに、三隈川で舟に乗っておられる淡窓先生をお見かけして、とても合わせる顔がないと思い、立ち去ろうとしたのですが、ほかに行くあてもないのだ、とあらためて悟《さと》ったのです」

　千世は声を押し殺して訊いた。

「これから、どうなさるつもりですか」

「咸宜園で匿《かくま》ってくれるよう、千世殿からお頼みしてほしいのです。さもなくば、わたしは腹を切るしかありません」

　泣きながら佳一郎は訴えた。

　千世は背筋につめたいものが流れる気がした。

雨、上がる

一

照りつける日差しは眩《まぶ》しさを増している。

書斎で読書をしている淡窓《たんそう》の額もいつの間にか汗ばみ、疲労が耐え難いほどに重くなっていた。目が霞《かす》み、文字をたどるのも困難を伴ってきている。

淡窓はため息をついて窓の外へ目を遣《や》った。しばらく目を休めてから読書するほかないと思い、ぼんやりと庭を眺《なが》めた。庭先の木々が緑濃く葉を茂らせ、強い日の光をやわらげている。何をするにも物憂《ものう》い昼下がりだった。詩想でも練って眠気を覚まそうとおもむろに机に向かった時、ひさしぶりに久兵衛《きゅうべえ》が訪ねてきた。なない の取次もなしにせわしなく声をかけて書斎に入ってきた久兵衛に、淡窓は訝《いぶか》しげな顔を向けて何事かと問うた。

「寺西《てらにし》様のご家臣が丸屋《まるや》に逗留《とうりゅう》しておられると耳にいたしましたので、急ぎお知らせせねばと参りました」

「それはまことか」

淡窓が驚くと久兵衛は、

「丸屋の幸右衛門《こうえもん》殿がひそかに知らせてくれましたゆえ、間違いないと存じます」

久兵衛は掛屋《かけや》仲間の名をあげた。

「そうか、ならば間違いはないな」

「斎藤五郎蔵《さいとうごろぞう》というお方だそうでございます。おそらく寺西様が赴任《ふにん》される前に当地の様子を下調べするためにお出《い》でになられたのではないでしょうか」

「ふむ、用心深いことだ」

「大塩中斎《おおしおちゅうさい》の乱が起きておりますから、日田《ひた》の有様《ありさま》をあらかじめ調べようとなさっておられるのでしょう」

「なるほどな」

久兵衛には話していないが、越後《えちご》では生田万《いくたよろず》の乱も起きている。江戸から天領に赴《おもむ》く役人が警戒するのは当然だと淡窓は思った。

「せっかく寺西様のご家臣がお見えだと知らせてくれたのだ。挨拶《あいさつ》に行かねばなるまいな」

「さようでございます。わたしはうかがうのを憚《はばか》るのがよろしいでしょうが、兄様《あにさま》がお訪ねなされば斎藤様は喜ばれると存じます」

咸宜園《かんぎえん》を主宰する淡窓の名声は諸国へ知れ渡っている。淡窓が訪ねて日田のあれこれを話せば、斎藤にとって得るものは多いだろう。

「そうだな。明日にでも訪ねるといたそう」

「お訪ねくだされば、わたしも助かります。すぐにでも丸屋さんに、お伝えしておきます」

珍しくほっとした表情を見せた久兵衛に、淡窓は思わず訊《たず》ねた。

「いかがしたのだ、久兵衛。ことのほか晴れ晴れとした顔をしておるが、寺西様のご家臣が日田に来られたことがさほどに朗報《ろうほう》であったのか」

「いえ、さようではございませんが――」

言いかけた言葉を呑《の》んでしばらく考えこんだ久兵衛はゆっくり口を開いた。

「実は、府内《ふない》藩から岡本主米《おかもとしゅめ》という方がお見えになり、まだ先の話ですが、財政建て直しの仕法《しほう》を請け負ってほしいとのご依頼がございまして」

淡々と話す久兵衛の顔を淡窓は見つめた。

「そなたが塩谷《しおのや》様の命により干拓に関わることになったおり、わたしを始め親戚一同が反対したのを覚えておるか」

「無論、覚えております。あのおり、ご忠告に従っておれば、いまの苦境には陥《おちい》らなかったかもしれません」

久兵衛が苦笑して頭を下げると、淡窓は頭《かぶり》を振った。

「さようなことはない。そなたの決断は正しかったのだ。無闇《むやみ》な止め立てをしたわたしは不明であったと思う」

「兄様がさように仰《おお》せになられるなど、とんでもないことでございます」

あわてて言い添える久兵衛に、淡窓はしみじみとした口調で言った。

「いや、わたしはひとが世のために何事かを為《な》す、ということの意味をとくと呑み込んでいなかったように思う。世に尽くすために生きよと聖賢《せいけん》の教えにあるが、それを学問の中だけのことだと考え、行うのは政《まつりごと》に携《たずさ》わる御大名やその重臣の方々だと思ってきた。しかし、それは誤りであったかもしれぬ。大塩中斎が行ったことに賛同はできぬが、政に意見を述べるべきは庶人なのだ。それが許されないのであれば、この世がよくなる望みはまずない」

久兵衛はきっぱりと言う淡窓に目を向けた。

「それでは、わたしが府内藩の仕法を手伝うのをお許しくださいますでしょうか」

「許すも許さないも、そなたはやるつもりでおるようだ。腰を据えてじっくりと取り組むがよかろう。わたしにもせねばならぬと思うておることがあるのだ」

「どのようなことをなさるのでございましょうか」

「いまの世について思うところを述べようと考えておる。迂遠《うえん》な言《げん》を記すゆえ、〈迂言《うげん》〉とするつもりだ」

「〈迂言〉でございますか」

久兵衛は何かを感じ取ったような眼差《まなざ》しで淡窓を見つめた。

「そうだ。大塩中斎は自らの考えを世に示すため性急に蜂起《ほうき》を謀《はか》ったが、わたしはまわりくどく見えようが迂遠な考えを述べていくつもりだ。意によって発せられた言葉は、いつか為政者の耳にも届くであろう。これより後は咸宜園にて世に役立つ者を教え育てていくにも、わたしの考えを明らかにした方がよいと思うのだ。さような やり方では世の移ろいに後《おく》れるやもしれぬが、遠回りであろうとやがて道は通じるはずだ、とわたしは考えている」

「まことにさような示し方こそ、大塩中斎に勝《まさ》る兄様らしい導きだと存じます」

「さて、いかがなものかはわからぬが、ひとを信じ、明るき道を目指して生きたいと思うておる。この世に生まれたからにはすべてのひとは、使命を負っており、その生は尊《たっと》ばれるべきものなのだ。それを見極めるのが咸宜園に課せられた役目なのではなかろうか」

「ことごとくよろし、ですか」

久兵衛は、咸宜園の名の由来となった『詩経《しきよう》』の「玄鳥篇《げんちようへん》」にある、

——殷《いん》、命を受くること咸宜《ことごとくよろ》し、百禄是何《ひやくろくこれにな》う
を思い起こして感慨深げに言った。ひとの善悪好《ぜんあくこう》悪《お》を言わず、「ことごとくよろし」と定める淡窓の考えを端的に示している。

ひとは生まれながらにして徳を備えているわけではない、と淡窓は考えた。様々に欠けたところがあるのを埋めるように、目指すものに向かって努力を怠《おこた》りなく続けることができて、初めてひとは真価を発揮できる。その努力を粘《ねば》り強く見守ることが、ひとを教えるということだと思い至った。そして、幾多の不足を知りながら、

——ことごとくよろし
と言い切るのだ。

「兄様のなさろうとしておられることは、まことにかけがえのない大事だと存じます」

「さほどでもあるまい。わたしは一介《いっかい》の凡愚《ぼんぐ》だ。ただ、焦らずに、歩みを止めることのない凡愚であろうとは思っている。さすれば、少しずつであろうが前へ進むことができようからな」

穏やかな微笑を浮かべる淡窓に、久兵衛は安堵《あんど》した面持《おもも》ちになった。

「さようなお考えで寺西様のご家臣にお会いくだされば、咸宜園についてもしっか

りおわかりいただけると存じます」

「さようであれば、そなたのことも同様にわかっていただけるであろう」

期待を込めた口振りで言った淡窓はふと眉《まゆ》を曇らせた。

「そう言えば、ひと月ほど前であったが、舟遊びをしておる際に三隈《みくま》川の川岸で臼《うす》井佳一郎《いかいちろう》に似た男を見かけた」

「臼井様を――」

「顔を確かめたわけではないゆえ、はっきりとはわからぬが、背格好はよく似ていた」

久兵衛はしばらく考え込んでから口を開いた。

「よもや、臼井様は大塩中斎の乱に加わってはおられないでしょうな」

「さようなことはあってはならぬと思うが、臼井は気の弱い男だ。いったん師と仰いだからには中斎の呪縛《じゅばく》から逃れられなかったやもしれぬ」

佳一郎のどことなく落ち着きを欠いた人となりを淡窓は思い浮かべた。自らの歩むべき道を見いだせず行き迷うているのではないだろうか。淡窓の戸惑う気持を察して久兵衛は言い足した。

「もし中斎の乱に加わっていれば、いまごろお上《かみ》の手から逃れようと闇夜を彷徨《さまよ》っているとと思われます」

「咸宜園を頼ってくるであろうか」

「さて、兄様がご覧になられた男が臼井様でありましても、ひと月も前のことでありますゆえ、そのまま立ち去ったのではありますまいか」

そうであればよいがと願う口振りで言い、久兵衛は口を閉じた。

淡窓は黙ってうなずいたが、ひ弱ゆえに佳一郎は一度立ち去ろうとしても、また舞い戻ってくるかもしれない、と思った。ふたりは同時にため息をつき、眉間《みけん》に皺《しわ》を寄せて考えにふけるのだった。


この日、千世《ちせ》は朝から日が暮れるまで、博多屋《はかたや》にいて外に出ることはなかった。

昨夜、佳一郎から、

「明後日《あさって》の晩、返事を聞かせてほしい」

と迫られていた。咸宜園で匿《かくま》ってもらえるかどうか、それまでに淡窓に訊《き》いてくれというのだ。あの場で即座に断れば佳一郎は追いつめられて何を仕出《しで》かすかわからない素振《そぶ》りを見せた。

千世は佳一郎をなだめるために、やむを得ず承諾して博多屋に戻った。眠れぬ夜を過ごして考えれば考えるほど、佳一郎の言っていることは無理に思えた。

淡窓に頼むわけにもいかず、佳一郎を諦《あきら》めさせるにはどうしたらいいのだろうかと考えるだけで千世は頭の芯《しん》が痺《しび》れたように痛くなるのを感じた。

　昼過ぎにようやく少しの暇《ひま》を見つけて部屋に戻った千世は、畳《たたみ》の上に座り込んでぼんやりと佳一郎とのこれまでの経緯《ゆくたて》に思いをめぐらせた。

　国許《くにもと》の藩の重役峰丹波《みねたんば》から歌会のおりに不埒《ふらち》を働かれ、それがもとで夫の信哉《しんや》に疑われて離縁されることになったのは、不運だと諦めもついた。だが、日田に来る旅の途次《とじ》、一度だけとはいえ佳一郎に迫られて身を許したことは大きな悔恨《かいこん》となっていた。

（あのおり、身を誤りさえしなければ、このように佳一郎殿に付きまとわれないですんだであろうに）

　思うほどに口惜《くちお》しさが湧いて昨夜は一睡《いっすい》もできなかった。だが、このまま佳一郎を放っておくのは危《あや》ういとわかっている。どうにか説得して日田から出ていくよう計《はか》らわなければならないだろうが、すがらんばかりに泣きながら、

「助けてください」

と千世に訴えた佳一郎が、おとなしく言うことを聞いて日田を出ていくとは思えない。もし自暴自棄《じぼうじき》になって咸宜園に乗り込んでくるようなことがあれば、淡窓に迷惑がかかるのは明らかだ。騒動になってしまえば、佳一郎が大塩門人であり、大坂から逃げてきたことも露見するだろう。

　幕府は大塩門人を根こそぎ捕《つか》まえようとしているだけでなく、中斎に関わった者

を見せしめのために処罰しようとしている。万が一、佳一郎が淡窓の門人でもあったと言い出すならば、幕府は咸宜園《かんぎえん》に関わるすべての者に目を光らすのではないか。そうなると久兵衛の身にも禍《わざわい》が及ぶかもしれない。

先日、久兵衛は岡本主米から依頼を受けて府内藩の仕法に乗り出すことを心の内に決めた様子だった。いま久兵衛は後半生を賭《と》して大きな仕事に踏み出そうとしている。そんなおりに、佳一郎のことで煩《わずら》わせるのは忍《しの》びない。

佳一郎のために久兵衛が府内藩の仕法を引き受けられなくなったら、どれほど詫《わ》びても足りはしない。まして、自らの過《あやま》ちがもとで揉《も》め事が引き起こされるのだとしたら、とても耐えることはできないと思い詰めた千世は、ふと立ち上がって押入れを開け、小さな行李《こうり》を取り出した。

行李を開けて、中から錦《にしき》の袋に入った懐剣《かいけん》を手に取り、じっと見つめた。国許を出る時、武家の女の心得《こころえ》として持ってきたものだった。千世は袋の紐《ひも》を解《ほど》いて黒漆《うるし》塗《ぬ》りの鞘《さや》から刀身をそろりと抜いた。

白刃《はくじん》が鈍《にぶ》い光を放った。息を詰めて刃《やいば》に見入るうちに、千世は日田に来てからの日々を心に上《のぼ》せた。

淡窓の静かな佇《たたず》まいと凛冽《りんれつ》な詩心《しごころ》にふれて、千世は学ぶことが生きていく道につながるのだ、と気づいた。控え目でありながら、百折不撓《ひゃくせつふとう》の強さを持つ久兵衛の分《ぶん》をわきまえた生き方に心を惹《ひ》かれた。

日田に来たころ、咸宜園は度々《たびたび》、塩谷郡代《ぐんだい》の圧迫にさらされていたのを千世は想い起こした。淡窓と久兵衛はそれに挫《くじ》けることなく、倦《う》まずたゆまず努力して年月を重ねてきた。

ひとの暮らしとは、心身を労して休まずに地道に歩み続けることだと、教えられた気がする。たとえ悲運が雨のように降りかかろうとも、日々の務めをおろそかにせず、歩みを止めないでひと足でも前に歩を進めれば、やがて前方にほのかな明かりが見えてくるに違いない。

そう思いつつ、千世はいつの間にか白刃の輝きに魅入られていた。

(旦那様《だんなさま》のために、わたしは何ができるのだろう)

行き暮れた佳一郎の顔が脳裏に浮かび、千世は懐剣を握り締める手に力を込めた。

二

翌日の昼過ぎに、淡窓は羽織《はおり》袴《はかま》姿で丸屋を訪れた。淡窓が店先で訪《おとな》いを告げると、主人の幸右衛門が待ちかねたように自ら出迎えた。五十過ぎで痩《や》せて生真面目《きまじめ》そうな顔をしている。

「淡窓先生、ようこそお越しくださいました」

　顔なじみの幸右衛門はにこやかな顔を淡窓に向け、斎藤五郎蔵は奥座敷で待っていると告げた。

「久兵衛さんからお報《しら》せがありましたので、斎藤様に淡窓先生がお見えになると申し上げましたら、たいそう喜んでおられました」

「さようか」

　淡窓は思わず知らず、ほっとした表情になった。寺西新郡代の家臣を訪ねて迷惑がられるのではないかと危惧していたが、それは杞憂《きゆう》だったようだ。

　淡窓は幸右衛門に案内されて奥へと向かった。斎藤は淡窓を上座に迎える心遣いを示し、下座に控えていた。三十過ぎと見える日に焼けた顔が精悍《せいかん》な印象を与える人物だった。身分からすると上座に座るのは差支《さしつか》えがあると淡窓が下座に座ろうとした時、斎藤は落ち着いた口調で告げた。

「主人より、淡窓先生に礼を尽くすよう申しつかっておりますれば」

　淡窓がやむなく上座に腰を下ろすと、幸右衛門は、

「ただいま、膳を運ばせます。ごゆるりとなさってくださいませ」

　と言い残して座を立った。淡窓と斎藤が初対面の挨拶を交わす間に、女中が酒器と肴《さかな》を載《の》せた膳を運んできた。

斎藤は遠慮して慎《つつし》む淡窓に酒を勧めた。最初、淡窓はためらったものの、盃《さかずき》を口に運ぶにつれ、寺西郡代の厚意が伝わってきて身の内に温かいものが満ちてくるのを感じた。ひとしきり咸宜園や学問の話などをした後、淡窓は、

「斎藤殿とかように親しくお話をさせていただき、正直、心休まる思いがいたしております」

と口に出して頭を下げた。斎藤は微笑《ほほえ》んで手を振った。

「何を仰《おお》せられますか。先生は、亡くなられた塩谷様への咎《とが》が広瀬久兵衛殿に及ばぬであろうかと案じておられるのでございましょうが、わが主人はそのあたりのことを十分に心得ております。決して悪《あ》しきようにはせぬと存じます」

「さように言っていただけるとは、かたじけのうございます」

熱いものが込み上げてきた淡窓は顔を伏せた。斎藤はうなずきながら、話を続けた。

「淡窓先生が主宰しておられる咸宜園は西国《さいごく》一の私塾にて、いわば日田の宝でございます。主人はこれより後も咸宜園が盛んになることを望んでおります。それにつきまして、いささか淡窓先生のお耳に入れておきたいことがございます」

「なんでござろうか」

斎藤は、あたりにひとがいないのを確かめてから口を開いた。

「主人からお伝えするよう申しつかって参りましたが、なにぶんご政道《せいどう》に関わるこ

とでございますれば、ご他言《たごん》は無用に願います」

「無論でござる」

淡窓は膝《ひざ》を正して斎藤が言い出すのを待った。

「されば、此度《こたび》の大塩の乱について幕府ご老中《ろうじゅう》方はいたく頭を悩ませておられます。されど、申しては憚《はばか》りあることながら、永年続いてきたご政道は、改めようとしても容易にはできません」

「さもありなん」

幕府は将軍が家斉《いえなり》から家慶《いえよし》へと御代替《おだいがわ》りしたものの、依然として家斉が実権を握り、御側御用取次《おそばごようとりつぎ》水野忠篤《みずのただあつ》、若年寄《わかどしより》林忠英《はやしただふさ》、小納戸頭取《こなんどとうどり》美濃部茂育《みのべもちなる》らいわゆる〈三佞人《ねいじん》〉の勢力が強く、旧弊《きゅうへい》を改めることはできなかった。

淡窓は、いま書き進めている〈迂言〉を思い浮かべた。士風の退嬰《たいえい》を憂《うれ》い、政道の在《あ》り様《よう》について考えをまとめようとするものだった。しかし、どれほど意見をまとめようとも、政道に生かす術《すべ》は見出《みいだ》せそうにない世の流れに、淡窓はわずかながら虚《むな》しさを感じていた。

斎藤はさらに声を低めた。

「されど、このままではいかようにも立ち行きませぬゆえ、ご政道を改めるべきだとお考えの方が幕閣《ばっかく》におられるのです」

「どなた様でござろうか」

　恐る恐る淡窓は訊いた。

「老中水野忠邦《ただくに》様でございます」

「なんと――」

　忠邦の名は淡窓も近頃よく耳にしていた。

　九州、唐津《からつ》藩主水野忠光《ただみつ》の側室の子として生まれた忠邦は、兄の死去により世子《せいし》となり、文化《ぶんか》九年（一八一二）、忠光の隠居にともなって十九歳で唐津六万石を襲《しゅう》封《ほう》した。

　藩政改革に取り組んで才気を表したが、野心家でもあり、幕府要職に就《つ》くことを願った。だが、唐津藩主は長崎警固役《けいごやく》を課されているため、幕閣に入ることができなかった。すると忠邦は転封《てんぽう》して幕閣入りを目指そうと盛んに運動を行い、遠州《えんしゅう》浜松《はままつ》藩に国替えを果たした。

　唐津藩は、表高《おもてだか》は浜松藩とさして変わらないとされていたが、内高《うちだか》は二十万石もあり内実は裕福だった。それだけに家臣たちの間では反対の声も強かったが、忠邦は強引に押し切った。

　文政《ぶんせい》八年（一八二五）に大坂 城 代《おおさかじょうだい》に昇進し、翌九年に京都所司代《きょうとしょしだい》を経て十一年にはついに西ノ丸老中に昇任した。さらに天保《てんぽう》五年（一八三四）に本丸《ほんまる》老中に転じ、同八年三月には勝手掛《かってがかり》となった。幕閣の最高位である老中首座まであと一歩のところまで昇り詰めていた。

「水野様は幕政を改革されようと並々ならぬ覚悟をなさっておられます。間もなく水野様が幕閣を率いられることになりましょう。そのおりに淡窓先生のお考えをまとめて具申《ぐしん》されてはいかがであろうか、と主人は申しております」

斎藤の言葉に淡窓は眉をひそめた。

「ご老中に意見具申いたすなど不遜《ふそん》に過ぎるのではありませぬか」

斎藤はあらためて鋭い目であたりを見回してから押し殺した声で言った。

「実は乱を起こした大塩中斎は、ご老中方に大坂町奉行《まちぶぎょう》の非違《ひい》を訴える書状を送っていたのでございます」

淡窓は言葉もなく息を凝《こ》らした。

大塩が幕閣に送りつけた告発状は、書状を入れた箱の中に金が入っていると思い込んだ飛脚《ひきゃく》が箱根の山中で開封した。しかし金品が無かったため書簡ごと道中に放り捨てた。これを拾った者が韮山代官江川英龍《にらやまだいかんえがわひでたつ》のもとに届けたという。

「実はその書簡には、水野様始めご老中方を誹謗《ひぼう》いたす趣《おもむき》が書かれておったらしゅうございます。このため公《おおやけ》にはされませんでしたが、水野様は、省《かえり》みられるところがおありだったそうで、野《や》にある賢者《けんじゃ》の言を聞かねばならぬと仰せになられたそう

「淡窓先生には、果たさねばならぬ大きなお役目があるのをおわかりいただけたかと存じます。されば、今後とも慎まれますようお願いいたします」

ぎして言葉を添えた。

窓は思った。斎藤は淡窓が考えにふけるのを黙って見つめていたが、やがて身じろ

中斎の志を無にしないためにも、遺志を継ぐことに意を注がねばなるまい、と淡

やったことは無駄ではなかった）

（水野様が野に意見を求める気になられたのも、それがあったからだろう。中斎の

幕閣に働きかけるなどして、あらゆる手を打っていたのだと気づいた。

淡窓は胸が熱くなるのを感じるとともに、大塩中斎は武力蜂起するだけでなく、

（わが学問の志を述べる道が思いがけず開けそうだ）

目にふれてほしいとの願いもかなうかもしれない。

いると書かれていた。だとすると、自らの考えを本にまとめて献《けん》じれば、為政者の

淡窓は吐息をついた。旭荘《きょくそう》からの手紙にも、外記が水野忠邦の引立てを受けて

とも淡窓先生のお耳に入れるようにとのことでございました」

「この件につきましては羽倉外記《はぐらげき》様から主人に伝えられた話でございまして、ぜひ

「それはまことにございますか」

でございます」

「慎めと言われますと」

淡窓は怪訝《けげん》な目を斎藤に向けた。斎藤は軽く咳払《せきばら》いしてから話を続けた。

「おわかりとは存じますが、ただいまご老中方は大塩中斎に続く者が出るのを恐れておられます。諸国で私塾を営《いとな》まれておられる方々の中に大塩に呼応いたす者がないかと疑っておられるのです。淡窓先生は今後、水野様に意見を具申なさる方でございますゆえ、交わるお相手をお選びいただき、仮にも胡乱《うろん》な者をお近づけにならぬよう願います」

「胡乱な者とは」

「学問を志し、各地の私塾を渡り歩く者もいると聞きおよんでおります。たとえば咸宜園で学んだ後、大塩門人となったような者をお近づけになられては、お上から咎めを受ける恐れがございます」

警告とも取れる斎藤の言葉を聞いた淡窓は、一瞬どきりとして腋《わき》にじっとりと汗をかいた。臼井佳一郎らしい男が日田に姿を見せたのを斎藤は知っているのだろうか、と危惧したが、そんなはずはないと思い返した。

大塩中斎や生田万の乱が起きたことで、幕府は私塾に集まる者たちの動向を警戒しているのだろう。そんな中で淡窓に意見具申の機会を与えようとしているのは、あるいは幕府に従順な者と見做《みな》されたためかもしれない。

（どのように見られようが、為政者に意見が届くのであれば、その好機を逃すべきではない）

淡窓は冷静に考えた。斎藤はなおも懇切《こんせつ》に今後について話した。

「亡くなられた塩谷様に格別の不正がなかったことは、調べによって明らかになっております。それゆえ、久兵衛殿の詮議《せんぎ》も行われないそうでございます」

寺西郡代は九月に赴任すると定まっており、その際に淡窓を召し出し、塩谷郡代のころと同様に臣従を求めはするが、咸宜園への干渉などは行わないという。さらに久兵衛についても咎め無しとする沙汰《さた》が七月には幕府より伝えられるだろう、と斎藤は表情をやわらげて言い足した。

「これまでのご心労はいかほどかとお察しいたしますが、いま少しのご辛抱《しんぼう》かと存じます」

淡窓は目の前が明るくなるのを感じた。

斎藤の言葉から淡窓を親身に気遣う思いが伝わってくる。取りも直さず寺西郡代の心遣いがなくては、このように衷心《ちゅうしん》より出る言葉を聞けるはずもない。為政者がこれほど慮《おもんぱか》ってくれたのは初めてのことだった。

（ようやく、永年、降り続いた雨が止《や》むのだ）

脳裏には日田の山々を覆《おお》っていた霧が晴れ、青々とした山容が浮かびあがる光景が浮かんでいた。

淡窓は目を閉じて、胸の奥に湧く叫び出したい衝動を抑えた。


丸屋を辞した淡窓は、すぐに博多屋へ向かった。一刻も早く久兵衛に朗報を伝えたいと思った。店先を訪れた淡窓は、驚く番頭たちにうなずいただけで、落ち着かない様子で奥へと急いだ。女中があわてて淡窓の来訪を告げるため小走りに奥へ向かった。

女中が取り次ぐ声とともに淡窓がせわしなく奥座敷に入ると、久兵衛はりょうと茶を飲んでいた。

「これは、兄様――」

久兵衛は淡窓の急な訪れに驚いて飲みさしの茶碗を脇に置いた。きょう淡窓が斎藤五郎蔵を訪ねると知っていただけに、兄が喜色《きしょく》を浮かべているのを見て、ほっと安堵する表情をした。

淡窓は座ってしばらく息が落ち着くのを待ち、女中が持ってきた茶をひと口飲んだ。久兵衛はそんな淡窓の様子に目を注ぎながら、

「斎藤様との面会は上首尾《じょうしゅび》だったようでございますな」

と声をかけた。淡窓は嬉《うれ》しげに首を縦に振って答えた。

「寺西郡代様は九月に赴任されるそうで、それまでに、そなたにお咎めは無しとするお上の沙汰があろうと斎藤殿は言っておられた」

「さようでございますか。ありがたき仰せでございます」

さすがに久兵衛も安《やす》んじた声音《こわね》で本心をのぞかせた。再び茶を口にした淡窓は人心地《ここち》がついた様子で言った。

「斎藤殿のお話では、ご老中の水野忠邦様にわたしが意見具申をする道が開かれるとのことだ」

「それは、また――」

目を瞠《みは》り、しばし言葉に詰まった久兵衛は膝を進めて、

――おめでとう存じます

と頭を下げた。淡窓は手を振って苦笑した。

「いや、さほど大仰《おおぎよう》に言わずともよい。書物を献じることが許されるかもしれぬというだけの話だ」

「とは申しましても、このところ兄様が望んでおられたことではございませぬか」

昂《たか》ぶる気持を抑えきれないのか、久兵衛は顔をわずかに紅潮《こうちよう》させた。

「さようであったな」

淡窓は感慨深げな口振りでつぶやき、付け加えた。

「それはそうと、斎藤殿から身の回りに用心するよう、何度も念を押された」

「用心と申しますと」

「大塩中斎の門人を近づけてはならぬと釘《くぎ》をさされてな」

「大事なおりに、さようなことがあれば、水野ご老中様への意見具申も沙汰止《さたや》みになりましょうな」

久兵衛は眉を曇らせた。

「それどころか、咸宜園の存続が危ぶまれるであろう。お上はそれほど大塩の乱の余波が広がるのを恐れておられる」

考え込んだ表情で久兵衛はじっと淡窓の顔を見つめた。臼井佳一郎の顔が脳裏をかすめているのだろう、と察した淡窓が口を開こうとした時、

「差し出がましいとは存じますが」

と傍《かたわ》らで黙ってふたりの話を聞いていたりょうが言葉を挟んだ。淡窓が怪訝な目を向けると、りょうは困惑した面持ちで、

「このようなことを申し上げるのは、告げ口するようで心苦しいのですが……」

と口にしながらも、言い出しかねる素振りを見せた。久兵衛がりょうに顔を向け、

「気になることがあるのなら、申し上げた方がいい。好事魔多《こうじまおお》しという。朗報を聞いたいまこそ兄様もわたしも用心を重ねなければならぬ」

と話すよううながした。りょうは思い切ったように口を開いた。

「実は、千世様に気がかりな様子が見受けられます」

「千世がいかがしたのだ」

眉をひそめて淡窓は問うた。三隈川の川岸で佳一郎らしい男を見かけてより気にかかってきたことから目をそむけるわけにはいかなくなりそうだ。

「一昨日《おととい》、女中のお吉《きち》が千世様へ渡してほしいとお武家様から文《ふみ》を預かったそうです。そのお武家様が臼井様に似ていた気がして心配になったと、昼前に告げられまして」

「臼井が――」

「さようでございます。それに、千世様はその晩遅く、お出かけになり、明け方に戻ってこられたようです。様子をうかがいましたら、お顔の色もすぐれず、物憂《ものう》げな素振りで時おり大きなため息をついておられました」

りょうは案ずる口調で言った。

「それは気がかりだな」

淡窓が気遣う物言《ものい》いをすると、久兵衛は首をかしげて思案しつつ言った。

「もし臼井様が日田に戻っておられるのなら、千世殿に難題を持ちかけているやもしれません。ここに千世殿を呼んで話を聞いてみてはいかがでしょうか」

「いや、それには及ぶまい。話を聞いてもらいたいと思うなら、こちらが言い出さずとも千世の方から話しに参るであろう。何も言うてこないのは、それなりのわけがあると思われる。いまは黙って見守った方がよいであろう」

そう言った後、淡窓はしばらく瞑目《めいもく》して考えにふけった。やがて目を開けると落ち着いた物腰で、

「これは、仮の話だが、臼井が日田に戻っていて、わたしに助けを求めているのであれば、会ってやらねばなるまい」

と言うと、久兵衛が頭を振って言葉を返した。

「それはよろしくないと存じます。大塩門人であった臼井様とお会いになれば、それだけでお上の咎めを受けるやもしれません」

「わかっておる」

「ならば、なにゆえ、さようなことを仰せになられます。日頃、慎重にされておられる兄様らしくもございません」

膝を乗り出して言う久兵衛の顔を、淡窓は静かに見つめた。

「臼井は、一度は咸宜園の塾生となり、わたしと師弟の縁を結んだ。これは紛《まぎ》れもない事実だ。消し去ることはできぬ」

「さようではございましょうが、だからと申して――」

「臼井に会えば、せっかく苦境から脱しようとしているそなたにも迷惑がかかるであろう。申し訳なく思うが――」

淡窓の言葉に久兵衛は憤然《ふんぜん》たる面持ちで声を発した。

「わたしはさようなことを申し上げておるのではございません。兄様のなさり様に納得がいけば、ともにお咎めを受けるのは覚悟の上でございます」

「そうか――」

淡窓は何度もうなずきながらも、考えをまとめるかのように庭先に目を遣った。りょうが身じろぎして、

「わたしが余計な差し出口をしたのが悪うございました。どうかお許しくださいませ。千世様にはわたしからお話をうかがってみようと思いますが、いかがでございましょうか」

と懸命な口調で訴えた。

兄弟で言い争いになりそうだと感じてうろたえたらしい。淡窓は表情をやわらげて振り向き、安心させるような微笑を浮かべた。

「そうせずともよい。わたしは逃げぬと心に定めたゆえな」

「兄様はこれまで逃げるような真似《まね》をされたことはないと存じますが」

眉根《まゆね》を寄せて久兵衛は訊いた。淡窓の面差《おもざ》しが常と違っているように思えて、急

に不安を覚えていた。

「いや、わたしは病弱であることを理由に親代々の店を継がず、そなたに任せた。さらに塩谷郡代様から受けた無理難題の始末もそなたに任せることが多かった。すべてはわが学問を守るためだ、と思うて目をそらしてきたが、考えてみれば困難から逃げてきただけのような気がする。しかし、今回はそうはいかぬ。ご老中様に存念を申し上げようとしているわたしが、自らの責めに口を噤《つぐ》んで具申するなどもっての外《ほか》だ。自らの責めから逃げる者の申すことなど、誰も耳を傾けないであろうからな」

「さようではございましょうが……」

久兵衛は言いかけた言葉を呑んで、口を閉ざした。しばらく思案をめぐらした後、膝を叩いた。

「わたしが間違《まちご》うておりました。ここは逃げてはならぬところでございます。わたしも府内藩の仕法を行う際には、一歩も退《ひ》かぬ覚悟が必要となりましょう。そのおりには誤魔化《ごまか》すなど思いも寄らぬことでございます」

「わかってくれたか」

淡窓は穏やかに言った。

佳一郎に会うのは愚《おろ》かな振舞いかもしれない。だが、たとえ再び、長い雨が降り続くことになろうとも、どうあっても退いてはならない、と意を固めていた。

庭先を斜めに照らす黄昏時《たそがれ》の日差しが松の緑を明るく浮かび上がらせた。

三

この日の夜、店の者が寝静まったころ、千世は提灯《ちょうちん》を手にして裏手にある潜《くぐ》り戸《ど》をそっと抜けて表に出た。大原八幡宮《おおはらはちまんぐう》への道をたどりながら、胸の内で佳一郎をどのように説得したものかと思い惑っていた。

帯には懐剣を差している。夜道が物騒《ぶっそう》だからと自分に言い聞かせて携《たずさ》えてきたが、それだけが理由ではないと心得ていた。

（もしも佳一郎殿が、どのように説いても日田を出ていかないと言うのであれば
――）

その時には自分が佳一郎の始末をつけなければならないと、千世は思い詰めていた。

それが日田で温かく迎えてくれた淡窓や久兵衛への恩返しだと思っている。だが、心の底に、府内藩の仕法という新たな道に進もうとしている久兵衛の歩みを邪魔されたくない、という思いがあった。そのためにできることはなんでもしよう、と思いながら、千世は提灯の明かりを頼りに歩を進めた。

千世は無明長夜《むみょうじょうや》の闇の中をひとりきりで歩き続けている気がした。

久兵衛のために佳一郎に懐剣を向ければ、ひとはふたりの男の間で揺れ動いた千世が思い余って刃傷《にんじょう》を起こしたと勘繰《かんぐ》るかもしれない。いまさら世間の目などどうでもよいと思うものの、不義の疑いをかけられて離縁され、あげくのはてに義弟《おとうと》との間で痴情《ちじょう》沙汰に及んだと見られるのは辛《つら》い。

そんな思いが込み上げ、足取りを重くしていたが、やがて大原八幡宮が見えてきた。境内《けいだい》の樹木が淡い月明かりに黒々と浮かんでいる。見上げれば、青く澄んだ月が煌々《こうこう》と照っていた。

「佳一郎殿――」

千世が声をかけると、佳一郎が木の陰から出てきた。

「千世殿、首尾はいかがでしたか」

近づいてきた佳一郎の顔が、提灯の明かりに浮かんだ。千世が淡窓の返事を持ってきてくれたものと信じ込んでいる表情だった。

千世はゆっくりと頭を振った。

「淡窓先生には何も申し上げておりません」

佳一郎はぎょっとした顔つきをした。

「どうしてですか。一昨日、あれほどお頼みしたのに」

「考えてみましたが、やはり咸宜園で匿っていただくのは無理かと思います」

千世は突き放すような口調で言った。

「なぜですか。わたしはかつて咸宜園に学んだ淡窓先生の門人です。しかも大塩先生の義挙に加わり追われる身となったのです。匿っていただいて当然だと思いますが」

「まことにさよう思われますか。大塩の乱に加わったのは逃げることができなかったため、仕方なくだとおっしゃいました」

「それはそうですが……」

佳一郎の声は徐々に小さくなって、消え入りそうになった。

「ならば、ひとに匿ってくれなどと言えた義理はないと思います。自分が為したことの始末は自らが引き受けなければならないのではありませんか」

千世の言葉を、佳一郎は信じられないという表情をして聞いた。ごくりと唾《つば》を飲み込んでから声を震わせて訊いた。

「まさか、わたしに代官所へ出頭しろと言うのではないでしょうな」

「日田の代官所でお縄になっては、淡窓先生にご迷惑がかかります。大坂に戻られてはいかがですか」

「それはわたしに磔《はりつけ》になれ、と言っているのと同じです」

「それがお嫌《いや》なら――」

言うや否《いな》や千世は提灯を投げ捨てて懐剣の柄《つか》に手をかけた。地面に放られた提灯が燃え上がり、あたりが明るくなった。佳一郎はぎょっとして目を見開いた。

「まさか、千世殿。わたしを殺《あや》めるおつもりですか」

「かような真似をするつもりはありませんでしたが、あなたが言うことを聞いてくださらないのでしたら、致し方ありません」

千世の目に涙が滲《にじ》んでいる。佳一郎は青ざめて叫んだ。

「嫌だ。わたしはまだ死にたくはない。悪事をしたわけでもないのに、なぜ死なねばならんのですか。そんな理不尽《りふじん》な――」

「この世に理不尽なことはいくらでもあります。あなたが咸宜園で匿ってくれと頼むのも理不尽なのです」

千世は一歩踏み出すと同時に懐剣を抜いた。佳一郎は後退《あとずさ》りながら刀を抜いて、

「それ以上、近づいたら斬《き》ります」

とわめいた。

「お斬りなさい。そうなれば、あなたは日田にいられなくなります。わたしの望みはそれで果たされます」

蒼白《そうはく》になった鬼気迫る顔で、千世は懐剣を構えて詰め寄った。刀を持つ佳一郎の手がぶるぶると震えた。

「来るな。来ないでくれ」

　泣きそうな声で言いながら、千世の気迫に押されてじりじりと退いた佳一郎は、松の根方《ねかた》に踵《かかと》が当たり、あっと叫んで仰向《あおむ》けに倒れた。刀を片手に構えているものの、腰が抜けたのか立ち上がれずにもがいている。

「千世殿」

　悲鳴のような声を聞いて、千世は佳一郎の刀に身を投げかけようとした。その時、

「千世さん、短慮はいけません」

　久兵衛の声が背後から聞こえて、千世は羽交《はが》い締《じ》めにされていた。

「旦那様、手をお離しくださいませ」

　千世は久兵衛の手から逃れようともがきつつ、

「こうするしか、もはや手立てはございません」

と涙を流しながら訴えた。久兵衛は両手に力を込めて、

「かような真似は千世さんらしくありません。わたしはあなたを死なせたくもなければ、ひとを殺めてもらいたくもないのです」

と落ち着いた声で言った。千世はその言葉に打たれたように懐剣を取り落とした。

　久兵衛は佳一郎に顔を向けて告げた。

「臼井様、刀をお納めください。今夜はもう、遅うございます。明日の朝、咸宜園

に参りましょう。兄がお会いすると申しております」

「まさか、役人を呼んで捕らえさせるつもりではないでしょうな」

佳一郎は急いで刀を鞘《さや》に納めて立ち上がると、怯《おび》えた顔で久兵衛をうかがい見た。千世が投げ捨てた提灯は燃え細り、闇が濃くなっている。千世を抱く手を離した久兵衛は口もとをゆるめ、佳一郎を見つめた。

「さように面倒なことをするぐらいなら、今宵《こよい》のうちにひとを呼び集めてあなたを捕らえ、代官所に突き出します。兄はあなたとの師弟の縁を大切に思っているのです」

「先生は、いまもわたしを門人だと思ってくださっているのですか」

佳一郎は目を見開いて訊《き》いた。

「無論です。兄は自ら負うべき責めから逃げるわけにはいかない、と言っております」

久兵衛の言葉を聞いた千世は振り向いて、

「それはいけません。先生が負われることではないのですから」

と取りすがらんばかりに言った。

「わたしもさように申したのです。しかし、兄の決意は変わりません。それが兄の学者としての道なのでしょう」

「ですが、それでは旦那様にも難儀がかかってしまいます」

久兵衛はやさしい笑みを浮かべた。

「兄が目指す道は、わたしの歩みたい道でもあるのです。わたしも逃げてはならぬと思い定めました」

「わたしたちが日田に参りさえしなければ、こんなことにはならなかったでしょうに」

千世は消え入るように下を向いた。

「何を言われますか。わたしはあなたにお会いできてよかった。兄もまた、ひとりでも多くの門人に恵まれたことを喜んでおりましょう」

久兵衛が諭《さと》すように言うのを、佳一郎はうなだれて聞いていた。月が中天《ちゅうてん》にかかり、地面に三人の影を落としていた。

翌朝、久兵衛は佳一郎と千世を伴って咸宜園を訪れた。朝から蟬《せみ》が喧《かまびす》しく鳴いている。講堂ではすでに輪講《りんこう》が行われていた。

久兵衛がふたりを連れて、淡窓の書斎へ向かうのを、塾生たちは息を詰めて見守った。佳一郎が淡窓や久兵衛を悪し様《あしざま》に罵《ののし》って咸宜園を出ていったことは誰もが知っている。しかも佳一郎が入門した大坂の大塩中斎が乱を起こしたことも伝わっていた。大塩門人は、言わばお上に追われる身のはずだと塾生たちは半《なか》ば恐れる気持を抱《いだ》きつつ、ひそひそと囁《ささや》き交わした。三人が書斎にはいると、すぐにななが茶を持ってきた。

ななは書斎の隅にさりげなく控えた。開かれた書斎の窓から木々を抜けた涼しい風が時おり吹き通っていく。

淡窓は日頃と変わらぬ口調で佳一郎に話しかけた。

「まずは、大塩の乱との関わりを聞こう」

佳一郎は額に汗を浮かべ、困惑した表情をしながらも懸命に答えた。

「洗心洞《せんしんどう》から逃げようと思ってはいたのです。ですが、その機会が無く、やむなく大塩先生に従ったのです」

「しかし、中斎はその日になって突然、乱を思い立ったわけではないであろう。それまでの間に、乱を起こさねばならぬと門人たちに説いていたはずだ。そのおりはいかように思うていたのだ」

「それは——」

佳一郎は口ごもったが、やがて観念したような口振りで言った。

「大塩先生が説かれていたおりには、もっとも至極《しごく》だと思いました。飢饉《ききん》だというのに、大坂町奉行所は江戸へ米を送るばかりで窮民《きゅうみん》を救済しようとはしませんでした。諸国の大名も同じで、年貢は苛斂誅求《かれんちゅうきゅう》を極めるばかりにて、これでは百姓、町人は生きていくこともかなわず、餓死《がし》するほかないと思われました」

「それゆえ、決起せねばならぬ、と中斎は説いたのだな。そして、そなたも起《た》たねばならぬと一度は思うたのであろう。だが、命を捨てねばならぬとわかって恐くなり、逃げ出そうとしたのではないのか」

「それに相違ございません」

佳一郎はうなだれた。中斎の言説《げんせつ》をよしとして決起を夢想した時が佳一郎にもあったのだ。

「そなたは中斎の目指した世を非としたわけではなかろうと思うがゆえに問うたのだ。中斎の思い立ちは義によるものであろうことをわたしは疑わぬ。されど、行ったことは、やはり暴であり、狂だ。なぜなら」

淡窓は言葉を呑んで千世に顔を向けた。

「千世は日田に着いた際、わたしが妹秋子《ときこ》の話をしたのを覚えておるか」

「亡くなられた妹様のお話をうかがったのは覚えております」

千世はうなずいた。淡窓が麻疹《はしか》に罹《かか》って苦しんだ時、秋子は、

「兄の身代わりになりたい」

と誓願を立てた。淡窓が平癒《へいゆ》すると、誓願を守って仏門に入ろうとしたが、永興《ようこう》寺《じ》の豪潮律師《ごうちょうりっし》の勧めにより京の女官風早局《にょかんかざはやのつぼね》に仕えた。その後、若くして病《やまい》で亡

くなった妹を淡窓はいまも偲《しの》んで、時おり思い出していた。

「わたしがいまなお学問の道に勤《いそ》しむことができているのは、秋子の想いがあったればこそだ。身に代えてでもわたしを生かしたいと願《ねご》うてくれた秋子の想いを忘れることは許されぬ。ひとの心を動かすのは、つまるところひとを生かしたいとの想いなのだ」

淡窓の言葉にななが、わずかに身じろぎした。蒲柳《ほりゅう》の質である淡窓を支えてきた思いが、ななにもあった。

「ひとを生かしたいとの思いでございますか」

昨夜、懐剣で佳一郎を刺そうとしたことを思い出して、千世は胸を突かれた。佳一郎も真剣な眼差しを向けて淡窓の話に耳を傾けている。

「中斎は義をもって起とうとしたのではあろうが、それを行うにあたって乱を起こすのは、言うなれば力によってひとを動かそうということにほかならない。そのためにひとを殺すのも厭《いと》わぬのが、すなわち乱だ。されど、そのような道はどこまでたどろうが、とどのつまりはひとを殺してしまう。力でひとをねじ伏せても、必ず逆《さか》らう者が出てこよう。その時にはまたその者を殺さねばならぬ。その繰り返しで際限のない争いは続き、ひとを殺し続けねばならなくなる。わたしは、ひとを生かそうとする道でしか世の中は変えられぬと思うておるのだ」

淡窓は佳一郎に温顔を向けて微笑した。

「わたしの言うことは、間違《まちご》うておるであろうか」

「いえ、さようには思いません」

佳一郎は膝に置いた手を握り締めて、うめくように答えた。淡窓は首肯《しゅこう》して言葉を続けた。

「大塩一味から逃げようとしたそなたは、ひとを殺すのを厭うたのであろう。それゆえ、恥じずともよい。だが、乱を止めようとしなかった落ち度はある」

「ならば、わたしはいったいどうすればよいのでしょうか」

佳一郎は青ざめて淡窓に訊いた。

「新しく郡代となられる寺西様のご家臣で、斎藤五郎蔵というお方が日田に逗留しておられる。いますぐにとは言わぬが、心を落ち着けた後、明日にでも斎藤様のもとにわたしとともに罷《まか》り出よう。そのうえで大塩の乱の経緯を申し上げてお裁きを受けようではないか。そなたに罪があるとされるならば、わたしもともに咎めを受けるつもりだ」

佳一郎は何も答えられず、黙ったままで体を震わすばかりだった。

「恐いか」

淡窓はやさしく声をかけた。佳一郎はうつむいて涙を流し、激しく頭を振った。

淡窓は大きく息をついてつぶやくように言葉を続けた。

「実を申せば、わたしも恐いのだ。かようなことをせず安穏《あんのん》に生きたいと願うておる。だが、わたしは、病と塩谷郡代の圧政に苦しむ日々を送って、この世に強き者はひと握りしかおらぬと気づいた。世間のおおよそのひとびとは弱く、虐《しいた》げられた者だ。ならばこそ、弱き者たちによって世の中は改められ、作られていかねばならぬと思う。生きている限り、いやでもひとは自らが何者であるかを知る時が来る。そなたと、そしてわたしにとっていまがその時なのではあるまいか」

佳一郎はなおも肩を震わせている。

傍らで千世は息をひそめて淡窓の言葉に耳を傾けた。咸宜園で学んだ教えはこのようなことなのだ、と目を開かれる思いがしていた。

喧しい蟬《し》の声に混じって、淡窓が語る清澄《せいちょう》な言葉はその場にいたひとびとの心に深く沁み入った。

天が泣く

一

この日の昼過ぎ、考え及んだことを講義しようと思い立った淡窓《たんそう》は、千世《ちせ》と佳一郎《かいちろう》もともに聞くよう勧めた。久兵衛《きゅうべえ》も隅に控える講堂で都講《とこう》の来真《らいしん》始め二十数人の塾生たちを前にして、淡窓は、

「きょうは儒学を語らぬ。近頃、わたしが考えていることを話そうと思う」

と切り出した。塾生たちは怪訝《けげん》な表情をして顔を見合わせた。淡窓が四書五経《ししょごきょう》によらず、自らの考えを述べるのはかつてないことだった。そのようなことは、

——不遜《ふそん》

であるとして口にするのを憚《はばか》ってきた。淡窓は、いまその禁を破ろうとしていた。

おもむろに淡窓は口を開いた。

「いま、この国には〈六弊《ろくへい》〉がある。すなわち高位にある者が傲慢《ごうまん》にして下々《しもじも》を顧《かえり》みず、為《な》すところは傲《おご》りを極《きわ》めていらざる虚飾《きょしょく》に走り、しかも、臣下、庶人《しょじん》には何も知らせず、政《まつりごと》の行方《ゆくえ》を危《あや》うくしておる。人材を抜擢せず、家格、門閥《もんばつ》のみにて登用を行うばかりで、新たな改革を望まず、常に旧弊《ばってき》を守ろうとする。これらはすべて政をつかさどる者が書を読まず、学ぼうとせぬがゆえの弊害であるとわたしは考えておる」

淡窓は塾生たちがいまの話をどう受け止めているだろうかと、いったん言葉を切った。

塾生たちは、固唾《かたず》を呑《の》んで講義に耳を澄ましている。現世の弊を論じるのは、為政者の瑕疵《かし》を難ずるのに等しく、ひいては幕政への誹謗《ひぼう》ともなりかねない。塾生たちの顔は緊張のためか、しだいに強張《こわば》ってきている。淡窓は唇《くちびる》を湿《しめ》して話を続けた。

「これらの弊は、まず君主自らが改めて、然《しか》るべきのちに臣下、領民に及ぼすべきであろう。さもなければ善政は行い難いと言うほかはない」

淡窓は、次に、

――農兵

について説き聞かせた。

「武備《ぶび》は国を保つ要務であり、いかに武士道の志があろうとも、戦う者がいなければ大敵に勝つことはできない。戦う者を多くしようと思えば、農兵を用いるに如《し》くは無しであろう」

淡窓がさりげない口調で言うと、塾生たちの間に戸惑う空気が流れた。

「農兵でございますか」

来真が意外だという顔つきをしてつぶやいた。農民を兵として用いれば身分制度が崩れるのではないか、と塾生たちも腑《ふ》に落ちない表情をして、淡窓をうかがい見た。

「そうだ。武士はすべからく城下から知行所《ちぎょうしょ》に移り、村の百姓を家臣にして武力に用いるのがよかろう。さらに言えば、百姓だけでなく職人、商人、猟師《りょうし》、医師、山伏《やまぶし》、僧侶なども用いてはどうかと思うておる」

このころ外国船の出没を警戒する声が広がりつつあった。

難破して澳門《マカオ》に保護されていた日本人七人を送還するという名目《めいもく》でアメリカ商船モリソン号が日本を訪れた。ところが、異国船打払令《うちはらいれい》により浦賀奉行《うらがぶぎょう》の砲撃《ほうげき》を受けて退去させられた。〈モリソン号事件〉が、この年、天保《てんぽう》八年（一八三七）六月二十八日に起きていた。

このように、国難が生じた時、武士だけでは国を守りきれないのではないか、と淡窓は考えをめぐらしていた。

武士が農村に住み、百姓を兵となすなら、いまの世の仕組みを変えざるを得ないことに思い至った塾生たちは、平生、温厚な淡窓の口から思いがけず大胆な考えが述べられたことに息を呑んだ。

淡窓は淡々とした面持《おもも》ちで言葉を継いだ。

「これらの仕組みを進める基《もとい》となるのは、学制であるとわたしは考えておる。いま諸侯《しょこう》が為すべき第一は人材の教育だ。これには学校こそがふさわしい。なぜ学校がよいかについて、書き記してみた。それを示そう」

淡窓は懐《ふところ》から文書を取り出して声高《こわだか》に読んだ。

――国君ノ嫡子《ちゃくし》ヲ学校ニ出シテ、国人ト一同ニモノヲ学バシメ、尊卑《そんぴ》ノ差別ヲセズ、群臣諸民《ぐんしんしょみん》ノ子ト打混《うちこん》ジテ、只《ただ》年齢ノ長ジタルモノヲ上座《かみざ》ニオクコトナリ。

藩主の嫡男《ちゃくなん》であろうと、臣下、庶民と同様に学校に入り、身分の分け隔《へだ》てなく、年齢が上である者を上座に据えるという。

「かようにいたせば、藩主になられた君も決して高ぶることなく賢者の言を用いられるであろうし、主君の考えに群臣も倣《なら》うであろう。これまで、諸国の藩校で世子《せいし》が学ばれているとは聞いたことがない。大方《おおかた》は師を招いて教えを受けておられるだけだ。また、藩校に学ぶ家臣の子弟も長幼《ちょうよう》の順ではなく、家格によって席を定めている。これは大本《おおもと》を違《たが》えておる」

咸宜園《かんぎえん》の入門者に対して、武士、農民、町人の区別をせずに年齢、学歴、身分を取り払う、いわゆる、

――三奪《さんだつ》

を行うことで淡窓は塾生を平等に扱ってきた。さらに月旦評《げったんひょう》による成績だけで測る厳正な評価は、身分制に縛《しば》られず、等しく教える咸宜園教育の真骨頂《しんこっちょう》であり、それゆえに塾生は発奮し、学力が充実したと言える。

これまで施《ほどこ》した教育に自信を得た淡窓は、このやり方を全国に及ぼしたいと考えるようになっていた。自らの考えが万民に浸透すれば、国を改めていく力のもとになるに違いないと思ったのだ。

淡窓はふっと吐息をついてしばし間をおき、講義を進めた。

「儒者の目指すところは、経世済民《けいせいさいみん》、すなわち世を治め、民を救うにある。されど儒者が経国をなさんとしても、容易にはかなわず、まさに屠龍《とりよう》の技《ぎ》であるかもしれぬ。だが――」

後の言葉を呑んで淡窓はゆっくりと塾生たちを見回した。

屠龍の技とは、『荘子《そうじ》』の「列禦寇篇《れつぎょこうへん》」にある、龍を殺す技を苦心の末に身につけても、実在しない龍に出会うはずもなく、役立てる機会がない技の謂《いい》だ。

淡窓はひとりひとりに視線を送りながら、

「もし大坂で乱を起こす前に大塩中斎《おおしおちゅうさい》から、わたしが何を為そうと考えているか訊《き》かれたならば、たとえ迂遠《うえん》であろうと、かような道を歩んで参《まい》るつもりだと答えただろう」

と言い足した。塾生たちは押し黙って淡窓の言葉を聞いていたが、しばらくして来真が興奮した面持ちで、

「先生、わたくしもさような道を歩みたいと存じます」

と声をあげた。学問の真髄《しんずい》にふれた感激で来真は目を輝かせている。他の塾生たちも、

「わたしもです」

「それがしも同様に考えます」

「まさに咸宜園の目指すところと存じます」

と口々に言った。誰もが学問への思いを新たにしたかのような熱気が講堂に満ちあふれた。

皆がそれぞれ言い立てる言葉も耳に入らず、千世は頭の中でひたすら淡窓の言説を繰り返していた。世の仕組みを変えるという話は、女の身である千世には関わりがないようにも感じられたが、生きる道がどこかにありそうな気もする。

淡窓は塾生たちの後ろに座る佳一郎をじっと見つめた。佳一郎はうなだれたまま顔を上げようとはしない。

淡窓の言葉が胸に沁《し》み入っているのであろうが、依然として迷っている様子が見て取れた。

この日の夜、佳一郎はひさしぶりに咸宜園に泊まった。塾生たちから大塩中斎の洗心洞塾《せんしんどう》について訊かれ、

「まあ、わたしは大塩塾にいたといっても、わずかな間だったからあまりよくは知らないのだ」

と口を濁《にご》したが、重ねて問われると、

「大塩中斎は恐ろしいひとだった」

と答えながら、佳一郎は大塩の乱が起きた日のことをありありと思い浮かべた。

自宅に火を放った中斎は大坂の町筋《まちすじ》に出た後、佳一郎からいっときも目を離さなかった。門人のうち誰かが裏切って大坂町奉行所《まちぶぎょうしょ》に密訴《みっそ》したのを察していた。これ

以上、裏切り者を出したくなかったのかもしれないが、それにしても佳一郎に時おり向ける視線は執拗《しつよう》だった。

天満《てんま》から船場《せんば》へ向かう道すがら、大塩勢は、どん、どん、と凄《すさ》まじい轟音《ごうおん》を立てて百目筒《ひやくめづつ》を撃ちかけ、硝煙《しょうえん》を伴った弾《たま》が落下した民家から炎が上がった。

中斎はその光景を眉《まゆ》ひとつ動かさず能面のような顔で眺めていた。やがて、佳一郎を手招きして呼び寄せ、かすれた声で、

「そなた、わしのそばを離れるな」

と言いつけた。白鉢巻《しろはちまき》をしめて、白襷《しろたすき》をかけ、裁着袴《たつつけばかま》に草鞋《わらじ》履《ば》きの姿で手槍《てやり》を持った佳一郎は、まだ戦闘に遭遇《そうぐう》しておらず、どうしてよいかわからず大塩勢の中でうろうろしていた。大坂城から繰り出された兵が鎮圧に向かっているという報《しら》せがすでに大塩勢に伝わっていた。佳一郎は隙《すき》あらば逃げ出したいと機会をうかがっていたが、中斎はそんな心の動きを見抜いているかのように目を光らせていた。

平野橋《ひらのばし》を渡ろうとした時、大塩勢は城兵と行き合った。間をおかず双方から放たれた鉄砲の白煙があたりを覆《おお》った。城兵はさすがに訓練されていて、二列に並んで立ち撃ちの姿勢をとり、一斉《いっせい》に撃ちかけてきた。

これに対して大塩勢は散発的《さんぱってき》に撃ち返していたが、平野橋の中ほどまで進んだところで鉄砲の弾が飛んでくるのにたまりかねて、後退し始めた。

「退《ひ》くな、退くな。橋を渡ってしまえばこちらのものだぞ」

中斎が声を嗄《か》らして叫んだにも拘《かか》わらず、弾丸《だんがん》が雨のように激しく飛んでくるにつれて、大塩勢から逃げ出そうとする者が相次いだ。その中に股引《ももひき》に草鞋履きで鍬《くわ》を握った若い百姓がいた。百姓は橋の中央から大塩勢を突き飛ばしながらこちらに逃げてきた。それを見た中斎は、

「逃げる者は斬《き》れ」

と怒号《どごう》した。その声に応じて、黒ラシャの羽織《はおり》に黒羽二重《くろはぶたえ》の小袖《こそで》、野袴《のばかま》姿の武士が駆け寄り、百姓に斬りつけた。血が迸《ほとばし》り、百姓は地面に転倒して、そのまま動かなくなった。

ひとが斬られて死ぬのを初めて目にした佳一郎は、眼前の光景が信じられずに思わず目を背《そむ》けた。

額に脂汗《あぶらあせ》が滲《にじ》み、喉《のど》がからからに渇《かわ》いた。手にしている槍がひどく重いものに感じられ、これでひとを刺し殺すのかと思うとぞっとした。顔から血《ち》の気《け》が引いて立ち竦《すく》んだ佳一郎は中斎から、

「何をしておる。ついてこい」

と声をかけられた。はっとして振り向くと、橋は渡れそうにないと見切ったらしい中斎が川沿いに歩を進めているのが見えた。

道筋の町屋は炎を上げて燃え広がっており、ここに留《とど》まるのは無謀だと見て取った佳一郎があわてて中斎のそばに駆け寄ると同時に、通り過ぎたばかりの家の大屋根が凄まじい音を立てて崩れ落ち、瓦《かわら》の破片《はへん》が飛び散った。直後に空気を切り裂く鋭い音がして、地面に鉄砲の弾がめり込んだ。橋を渡り、迫り寄る城兵が鉄砲で続けざまに狙《ねら》い撃ってきたのだ。

佳一郎の傍《かたわ》らにいた武士がうめき声をあげて倒れ、〈救民《きゅうみん》〉と大書した幟《のぼり》を掲げていた百姓も背中を撃たれたのか、もんどり打って転倒した。声にならない悲鳴をあげながら、佳一郎は中斎の背中をひたすら追いかけた。

大塩勢がひと塊《かたまり》になって中斎を分厚く取り囲んでおり、そこしか安全な場所はないように思えた。中斎は淡路町《あわじちょう》へ向かって道をたどり、次から次へと辻を曲がっていった。行く先々で町屋の軒先《のきさき》や屋根に鉄砲が撃ち込まれて、瓦が砕《くだ》け、土壁に穴が開いた。

船場の中ほどと思《おぼ》しき四つ辻まで来た時、中斎は大店《おおだな》の軒下に体を隠すように身をひそめた。大塩勢は大店から少し離れて中斎を守るためにあたりに目を配っている。

城兵の動きを探るよう命じられた門人が四、五人駆け出していくのを見届けた中斎は、佳一郎に顔を向けて、

「そなた、よく逃げ出さずについてきたな」

と皮肉な笑いを浮かべた。そして、

「どうやら、一挙《いっきょ》は失敗に終わったようだ。間もなく兵を解《と》くゆえ、逃げてもよいぞ」

と小声で言うと、何も言えずに震えている佳一郎の目をのぞき込んだ。試されているのかもしれない、と思った佳一郎が首を横に振り、

「滅相《めっそう》もございません。お供《とも》をさせてくださいませ」

と答えると中斎はひややかに見つめて嗤《わら》った。

「無理をせずともよい。そなたは思うままに逃げよ。どうせなら、日田《ひた》の広瀬《ひろせ》淡窓のもとに逃げ込んで匿《かくも》うてもらえばよかろう」

「咸宜園にでございますか？」

中斎が淡窓の名を口にしたのが意外で、佳一郎は目を瞠《みは》った。

「そうだ。かつて咸宜園で学び、洗心洞に移って参った松本保三郎という者がいた。松本は数年前に病《やまい》で亡くなったが、わしの『洗心洞箚記《さつき》』を広瀬淡窓に贈ったと話しておった。学者が他人の著書を贈られるなどした際は所感を手紙にて認《したた》めるのが礼儀だ。しかし、淡窓は松本に何ら書いて寄越《よこ》しもしなかった。わしを無視したのも同然であり、まことに無礼《ぶれい》だ」

中斎は吐き捨てるように言い、言葉を継いだ。

「淡窓という男をわしは好まぬ。ひたすら詩作にふけるだけで役人の言うなりに従い、およそ、己《おの》が意見を世に問うということがない。学者として上辺《うわべ》を取り繕《つくろ》うばかりか、民の困窮《こんきゅう》を見て見ぬ振りをして何も事を起こそうとはせぬ。かような者を曲学阿世《きょくがくあせい》の徒というのだ」

辛辣《しんらつ》な言葉を浴びせかける中斎に、佳一郎は恐れをなして身を強張《こわば》らせた。そんな佳一郎を見て中斎は苦笑した。

「いつもかように激した言葉を口に出すのは省《かえり》みねばならぬと思いもするし、淡窓に対するわしの見方も偏頗《へんぱ》にすぎると思わぬでもない」

中斎は自らの興奮を鎮《しず》めるように天を振り仰《あお》いだ。燃え盛《さか》る町並から立ち昇る煙で日が陰っている。

「わしのもとに来た松本の学問はしっかりしておった。ならば、師であった淡窓も然《しか》りであろう。にも拘わらず、なにゆえ世の困窮を知りながら閑居《かんきょ》したままでいられるのかがわからぬ。あるいは、わしと違う考えのもとにこれから事を為そうとしておるのかもしれぬが」

かすかに戸惑いの色を浮かべた目を向けて、中斎は話を続けた。

「咸宜園に逃げ込んだそなたを淡窓がかばい通すことができるかどうか、わしは見てみたい。それゆえ、淡窓のもとに逃げよ」

言うだけ言ってふたたび無表情な顔に戻った中斎は、佳一郎から遠ざかっていった。すぐ後、解兵が伝えられた大塩勢は蜘蛛《くも》の子を散らすように逃げ去った。われ先にと逃げる者たちに混じって佳一郎も走り、その日のうちに大坂から脱出した。行くあてもなく彷徨《さまよ》い、奉行所からの追捕《ついぶ》に怯《おび》える日が続くうちに、「淡窓のもとに逃げよ」という中斎の言葉が脳裏に蘇《よみがえ》った。その言葉に背を押されるかのように日田へと足が向き、千世を頼ったのだ。

淡窓が会ってくれるとは思いも寄らなかった。いつもそうであるように、久兵衛が面倒なことの処理を買って出て、どこかに潜伏《せんぷく》場所を用意してくれるか、あるいは逃走のための金子《きんす》を用立ててくれるのではないか、と考えていた。しかし、淡窓は、会ってくれただけでなく、佳一郎を咸宜園の門人と認めて、ともに西国郡代《さいごくぐんだい》の家臣のもとに罷《まか》り出ようとやさしく声をかけてくれた。

淡窓の対応は思いがけなかった。

（大塩中斎は、淡窓先生の心底《しんてい》に気づいていたのかもしれない）

そんな感慨が湧くと同時に、明日は西国郡代の家臣のもとに出向かねばならないと思うだけで佳一郎は体が震えて心が萎《な》えた。

磔《はっつけばしら》柱にかけられた自分の無残な姿が脳裏を過《よぎ》っていた。

二

淡窓の講義を聞いた後、千世は博多屋《はかたや》に戻った。初めて現実の世を論じた淡窓の言葉がまだ耳朶《じだ》に残って、身の内に熱が籠《こ》もっている感を覚えた。

この日の夕刻、千世は女中たちに手習いを教えつつも思わず知らず、常より熱心に手ほどきをしていた。手を取ってお吉《きち》の筆遣いを直してやりながら考えた。

(懸命に学んだがゆえに、それをひとに伝えたいと思ってしまうのかもしれない)

自らが知り得たことをひとに教え広められるならば、世の中は変わっていくのではないだろうか、と思いを致した。お吉がふと、

「千世様の掌《てのひら》は熱いですね」

とつぶやいた。言われて、千世は自分の掌を見つめた。いつもはひんやりとした冷たい手なのだが、きょうは血色がいい。どうしてだろうか、と胸がざわめいた。

お勝《かつ》が身を乗り出して、

「ひょっとして臼井《うすい》様がお戻りになったからじゃないですか」

と意味ありげに言った。佳一郎が久兵衛や千世とともに咸宜園に赴《おもむ》いたことは博多屋の女中たちにも伝わっているのだろう。自分と佳一郎の間柄が噂されるのはい

たたまれない思いがする。

「さようなことはありませんよ」

千世が静かに応じると、女中たちは目くばせして顔を見合わせた。お勝から背中をつつかれたお芳《よし》が、気が進まないという顔つきで、

「皆、臼井様が千世様をお迎えに来たのではないか、と噂しているんです」

と告げた。千世は苦笑して噂を打ち消そうとした時、ふと佳一郎が明日、淡窓とともに西国郡代の家臣のもとへ出頭するのだ、と思い至った。

ひさしぶりに淡窓の講義を聞き、夢うつつの境地に浸《ひた》る思いでいたところに、冷《ひや》水《みず》を浴びせられた気がする。仮にも大塩の乱に加わったということが公《おおやけ》になれば、佳一郎は磔《はりつけ》に処されるかもしれない。そうなると、淡窓や久兵衛にも累《るい》が及ぶのは必至と思われる。

淡窓先生は師《し》としての思いから佳一郎を引き受けてくれたのだろうが、それによって咸宜園を閉じなければならないような事態に陥《おちい》ったらどうすればいいのだろう。

久兵衛も大塩門人と関わりがあるとされるなら、府内《ふない》藩の仕法《しほう》を行うことなどできなくなるに違いない。

（そんなことになったら——）

またしても千世の胸に、佳一郎を淡窓に会わせてしまったことへの悔恨《かいこん》が渦巻《うずま》いた。やはり佳一郎は咸宜園には疫病神《やくびょうがみ》以外の何物でもないのだ。

この日、夜になって千世は縁側を通り、奥の居室にいる久兵衛に相談に行こうとしたおり、渡り廊下の向こうに見える土蔵の戸がわずかに開いて、明かりがうっすらと洩《も》れているのに気づいた。

誰か土蔵にいるのだろうか、と不審に思いながら近づいた千世が戸の陰からそっとのぞいてみると、久兵衛が手燭《てしょく》を持ち、書物を開いているのが見えた。

「何をお探しでございますか」

控えめに声をかけると、振り向いた久兵衛は千世を認めて微笑《ほほえ》んだ。

「府内藩に関わる書物があったと思い出したものですから、少し見ておこうと思いまして」

そう言った久兵衛は、書物と手燭を持ったまま戸口のそばまで歩み寄ってきた。千世は、読書の邪魔《じゃま》をしてはいけないと久兵衛に会釈《えしゃく》して戻ろうとした足を止め、ためらいながらも訊《き》いた。

「お役に立つ書物がございましたでしょうか」

久兵衛とわずかでも言葉を交《か》わしたいという思いが千世の胸に込み上げてきて、

訊かずにいられなかった。

「さようですな。このあたりに府内藩の産物を記してあります」

久兵衛は書物が見えやすいように手燭の灯《あか》りを近づけた。千世は書物に近づき、ふたりは手燭の灯りを間に向かい合った。

「これによると、儲《もう》けになりそうなのは、やはり青筵《あおむしろ》のようです」

「まあ、青筵が」

千世は久兵衛が差し出した書物に顔を近づけた。久兵衛の息遣いをうなじに感じて、思わず、身の内が火照《ほて》り、胸が高鳴った。

「府内藩には二十万両の借財があるそうですから、まず五年間は返済を待ってもらうことを銀主と話し合わねばなりますまい。五年の間、厳しい倹約を行い、すべての入り用は年貢で賄《まかな》い、青筵を大坂や江戸に送って売り上げをのばして蓄財することが、まずは仕法の手始めになるかもしれませんな」

一気に話した久兵衛は、間近に千世の鬢《びん》の香りをかいでふと我に返ったようにうろたえた顔をした。

「いや、これはとんだ捕《と》らぬ狸《たぬき》の皮算用《かわざんよう》でした。三年も先の仕法をいまから考えるのはいいとしても、その考えを受け入れてもらえるかどうかもわからないのに、わたしもあわて者ですな」

「それほど、おやりになりたいと思っておられるのでございましょう」

千世はしみじみとした面持ちで久兵衛の顔を見つめた。夢を追う久兵衛の生き方が眩《まぶ》しく感じられ、これまで以上に惹《ひ》きつけられていく心を抑えられそうにないと思った。

久兵衛は、書物を閉じて夜空を仰《あお》いだ。

「兄様《あにさま》はきょうの講義で屠龍の技と説かれました。わたしは永年《ながねん》、どうすれば皆の暮らしがよくなり、少しでも楽になるであろうか、と考えてきました。しかし、町人の身でありますから政に関わるのは難しく、郡代様に命じられて干拓を行うのがせいぜいだと思っていたところ、思いがけず府内藩の岡本《おかもと》様から藩の財政を建て直すようご依頼を受けました。わたしは、ようやく倒すべき龍にめぐり合ったような気がしています」

久兵衛の声には若さがみなぎっていた。すでに壮年《そうねん》ではあるが、久兵衛は為すべき仕事に出会えたと心が弾《はず》んでいるのだろう。

「旦那様《だんなさま》がさようにお望みだとわかり、わたくしはとても嬉《うれ》しく存じます。ただ、佳一郎殿がお上《かみ》の裁きを受ける身となれば、淡窓先生や旦那様にもご迷惑が及ぶのではないかと案じられてなりません」

「さて、それは――」

久兵衛は言い淀《よど》んで千世に目を向けた。困難が待ち受けているのは承知のうえだという表情をしている。

千世は悲しげに目を伏《ふ》せて言った。

「やはり、ご迷惑がかかるのでございますね」

「やってみねばわかりませんが、兄様はすでに覚悟を決めておられるようです」

「お覚悟とは？」

「きょうの講義を聴いて、兄様は咸宜園にてひとを教え育てることに命を懸ける覚悟を定められたのだとわかりました。臼井様の件は、その手始めなのでしょう。この一件で、もしも入牢《にゅうろう》にでもなれば蒲柳《ほりゅう》の質で苦しんでおられる兄様はとても生きては戻れぬであろうと心を構えて、事にあたられるおつもりなのです。言わば屠《ほふ》るべき龍を見つけられたということでしょうか」

「わたくしは、佳一郎殿のことで淡窓先生や旦那様の大望《たいもう》がかなえられなくなりはせぬかと考えるだけで、心苦しゅう存じます」

千世は唇を嚙《か》んだ。大切に思うひとを守れないもどかしさに口惜《くちお》しい思いが募《つの》っていた。久兵衛はそんな千世を見つめて、

「わたしは若いころ、近所に住んでいた香苗《かなえ》というひとを妻に迎えたいと思ったことがありましたが、かなわないままそのひとは病で亡くなってしまいました。どう

してあの時、早くに捜し出してどうにかできなかったかといまでも悔やんでいます。ですからそんな思いを二度としたくないのです」

昔を思い出すのが辛《つら》そうな口調で語った。博多屋に来て二年が過ぎたころ、女中のお吉からそんな話を聞いたのを千世は思い出した。自分に似ていたという香苗は、どんな心持ちを抱いて亡くなったのだろうか、と千世の胸は波立った。

「ひとは悲しみを抱いてしか生きられないのでしょうか」

「いいえ。ひとが一度、抱いた思いは、それがたとえかなえられなかったとしても胸の奥深くで生き続けるのではありますまいか。大切なのはひとを思う気持を失わないことです」

久兵衛がかけてくれた言葉は千世の胸に沁《し》みた。

「大切なのは、ひとを思う気持を失わないこと……」

満天の星が瞬《またた》く空を見上げながら千世がつぶやいた時、白い尾を引いて星が流れた。

——流れ星

千世は不吉なものを感じてどきりとした。傍らに立つ久兵衛も黙ったまま流星の行方を目で追っていた。

　この夜、淡窓は居室で熱い茶が入った茶碗をゆっくりと手に取りつつ、明日、臼井を連れて丸屋《まるや》に滞在している斎藤五郎蔵《さいとうごろぞう》に会いに行こうと思うと、ななに話した。聞いてすぐにななは眉をひそめた。

「ともに行かれては、旦那様にも咎《とが》が及ぶのではございませんか」

「行ってみねばわからぬな。斎藤殿はでき得《う》る限りの心配りをしてくださる方だとは思うが」

「とは申しましても、大坂での乱は大層な騒ぎだったそうでございますし」

　ななは心配げな顔で言った。取り調べを受けて入牢でもすることになれば淡窓のひ弱い体が耐えられるとは思えない。

「案じられようが、考えるところがあって行かねばならぬと思うておるのだ。この国はいまの在《あ》り様《よう》では立ち行かぬ。お上はそれを認めるのを一番恐れておられよう」

「旦那様はこれまで、随分と難儀な思いをなさいましたのに、それがまだ続くのでございましょうか」

　嘆くななに淡窓はやさしい目を向けた。ななとともに生きてきた歳月が淡窓の脳裏に去来《きょらい》していた。

「亡くなられた父上は、止《や》まぬ雨はない、と仰せられたが、止んだ雨はまた降り出しもしようし、そうでなければ作物は育たぬであろう。この世に生まれて霖雨《りんう》が降り続くような苦難にあうのは、ひととして育《はぐく》まれるための雨に恵まれたと思わねばなるまい」

「さようなものでございましょうか」

なないは、得心《とくしん》がいかない顔でため息をついた。淡窓は声を立てて笑い、言葉を足した。

「そうは申しても、わたしの体は雨に濡《ぬ》れるとたちどころに難儀するであろうがな。ただ、いつ止むかと雨が上がるのを待つ者もいれば、早《はよ》うに降ってくれと願う者もいるのが、ひとの世と申すものだ。雨に恵まれておるうちは、天がまだわれらを見捨ててはおらぬ証《あかし》だと思う」

諭《さと》すような言葉に耳を傾けていたなないは、しばらくしてからようやく笑みを浮かべた。

「まことに生きて参るのは、難行《なんぎょう》でございますね」

「さようではあるが、一方で天はわれらに楽しみを与えてくれてもおる」

淡窓の明るい口調になないは目を丸くした。病に苦しんできた淡窓がどのような楽しみを天から与えられたというのだろうか。

「いか様な楽しみを受けられましたか」

「苦しみを越えて生き抜く喜びだ。わたしは病弱にて日々、体のことで苦しんで参った。しかし、かように生き抜いてみれば、丈夫なひとよりも多い痛みに打ち克《か》つ強い心を与えられたということになりはせぬか。それが、天からの褒美《ほうび》であろう」

穏やかに言いながら、淡窓は飲み加減になった茶を口に運んだ。

ななは微笑んでうなずいた。


夜が更けて、佳一郎は塾生たちの居室とは離れた一室で寝床《ねどこ》に横たわった。

明日は西国郡代の家臣のもとへ赴かなければならないと思うと、目が冴《さ》えて寝つけなかった。淡窓からあれほど思い遣《や》る言葉をかけられたからには、もはや逃げ出すなど考えることすら許されないだろう。

佳一郎は暗澹《あんたん》たる思いで、天井《てんじょう》を見上げた。

国許《くにもと》から日田を目指して旅立った日を昨日のことのように思い出す。あの日の自分は、千世とふたりで旅ができることが嬉しく、心が浮き立っていた。

将来を様々に思い描いては、胸を弾ませたものだった。

咸宜園で学問に励み、学者としての名をあげれば藩に召し抱えてもらえるかもしれない。それがかなわなくとも江戸か大坂に出て文人墨客《ぶんじんぼっかく》と交《まじ》わり、日々を過ごすことも悪くないと思えた。

そして、千世とふたりでそんな暮らしができればいいとひそかに願ってもいた。だが、咸宜園での生活が始まってから、望んでいたようには事が運ばなかった。千世は心を閉ざして離れていき、咸宜園にも居辛《いづら》くなっていった。

(わたしの何が悪かったというのだ)

どう考えてもわからない。大坂の洗心洞に入塾したおりは、よもや大塩中斎が乱を起こすなど考えもしなかった。

だが、歯車が少しずつ噛み合わなくなっていき、気づいたら大塩中斎の囁《ささや》きに魅《み》入《い》られたように乱のただ中にいた。こうして日田まで逃れてきたものの、淡窓は西国郡代の家臣のもとへ出頭するよう勧めた。

淡窓がともに行ってくれても、自分の罪が減じられるわけではないだろう。大塩一味の連判状には諱《いみな》を偽《いつわ》って記したが、そんな姑息《こそく》な手で逃れられるとは到底思えない。

(もはや、わたしが生き残れる術《すべ》はない)

そのうえ、大塩門人として処刑されるならば、国許の父母や兄、親戚にも迷惑がかかるのは必定《ひつじょう》で、淡窓や咸宜園にも累が及びかねない。

そこまで考えて、佳一郎は寝床に起き上がった。どうにも、死ぬよりほかに道はなさそうだ。ならば、少しでもひとに迷惑を及ぼさないようにして死んだ方がましだろう。

そうすれば、多少なりとも哀惜《あいせき》してもらえるかもしれない。このままだと、ひとから蔑《さげす》まれ、疎《うと》んじられて死んでいくだけではないか。

昨夜、千世は懐剣《かいけん》を抜いて迫り、捨て身でぶつかってこようとした。あのように思い詰めた顔をして刃《やいば》を向けてくるほど千世に憎まれてしまったのか、と絶望で胸がつぶれそうになる。

佳一郎は枕許《まくらもと》に置いていた脇差《わきざし》を手にした。正座して、下着をゆるめ、腹をくつろげた。息が詰まり、額に脂汗が浮く。

「こうするしかないのだ」

かすれた声で自分に言い聞かせるようにつぶやいた。脇差の鞘《さや》を払い、逆手《さかて》に持ち替えて腹に当てた。それだけで、ひやりとする感触が腹に伝わってくる。

気息《きそく》をととのえ、思い切って脇差を突き立てようとして、途中で手が止まった。大坂の乱で、逃げ出そうとして斬られた若い百姓の姿が脳裏に浮かんだ。倒れた百姓の体から真っ赤な血が流れ出ていた。

その光景が目に焼き付いて、いまも消えない。

(あれが死ぬということなのだ。それまで温かい血が流れ、元気に動きまわっていた体が、ただの石ころのように転がっている)

もう一度、刃を腹に向けて突き刺そうとしたが、手が小刻《こきざ》みに震えて狙いが定まらない。それでも、切っ先がわずかに触れた時、鋭い痛みが走った。

——ひいっ

悲鳴のような呻《うめ》きを洩らして、脇差を投げ捨てた。

(わたしは生きたい。ひとりで死ぬなど恐ろしくて、わたしにはとてもできない)

佳一郎は呻吟《しんぎん》しながら膝《ひざ》を抱えた。涙が頰《ほお》を伝って流れた。その時、廊下の雨戸をほとほとと叩《たた》く音がして、

「もし、佳一郎殿——」

千世の声がした。

三

翌朝、まだ夜が明けて間もないころの博多屋で、お吉が縁側をあわただしく走り、久兵衛が寝ている部屋の前で膝をついた。

「旦那様——」

声をかけられた久兵衛は、何事かと起き上がって返事をした。

「どうしたのだ。何かあったのか」

「千世様がお部屋におられません」

「千世さんが？」

久兵衛は起き出して障子を開けた。お吉は緊張した顔で、

「いつもでしたら一番早くに板の間におられる千世様が、いつまでたっても出てこられないのでお部屋に行きましたところ、身の回りの物が無くなっていまして、これが置いてございました」

と震える手で書状を差し出した。

急いで書状を受け取った久兵衛は、縁側に出て雨戸を開けた。昇ったばかりの日が朝霧に靄《もや》り、やわらかく差し込んだ。久兵衛は縁側に立ったまま書状を広げた。

――お世話になりながら、断りもなしに出奔《しゅっぽん》する勝手をお許しくださいませ
との書き出しで始まる手紙には、佳一郎とともに日田を出ていこうと思い至った経緯《いきさつ》が書かれていた。

千世は一晩中、考え抜いた末に、淡窓や久兵衛に迷惑をかけないためには佳一郎がひとりで代官所に出頭するしかない、と思い定めた。

そこで夜中に博多屋を出て咸宜園へと向かい、来客が宿泊する部屋の外から呼びかけたところ、佳一郎は魂《たましい》が抜けた幽鬼《ゆうき》のような姿で雨戸を蹌踉《そうろう》として開けた。

見れば、抜身《ぬきみ》の脇差が畳の上で燭台《しょくだい》のほのかな灯りに白々《しらじら》と光っている。切腹しようとして、果たせなかったのだと見て取れた。佳一郎は頭を抱えて、

「死にたくない」

と繰り返すばかりで、千世が何度となく、

「どなたにも頼らず、おひとりで代官所に出向かれるべきではないでしょうか」

と声をかけても耳に入らない様子だった。その様を見て言葉を失った千世は、佳一郎と日田を出るしかないと覚悟を定めた。佳一郎は自ら何ひとつ決めることすらできず、誰かが指し示すしか進むべき道を見つけられそうにない。

千世は大きく息を吐いてからおもむろに口を開いた。

「一緒に日田を出ましょう」

その言葉を聞いた佳一郎は目を見開き、千世が紛《まぎ》れもなくそう言ったのだとわかると、

「本当に一緒に行ってくれるのですか」

とすがりつきながら子供のように泣きじゃくった。臆面《おくめん》もなく涙を流す佳一郎を見て、やはりこうするほか手立てはなさそうだ、と千世はあらためて思った。日田を去るのは辛かったが、淡窓や久兵衛のために自分ができるのは佳一郎をできるだけ日田から遠ざけることだ。

日田を出てどこにも行くあてはなかったが、とりあえず国許へ戻るしかない。千世がそう告げると、佳一郎は怯《おび》えた目をして大塩一味の連判状に名を連ねたと恐る恐る口に出した。

驚く千世に、佳一郎は諱を偽って書いたとも言い足した。それならば、あるいは大塩門人であるとお上に知られないまま、無事にやり過ごせるかもしれないと思い直した千世は、そこに一縷《いちる》の望みを託そうと考えた。

すでに国許にお上の手がまわっていて、実家《おんごく》に戻ることができないならば、いずことなく誰も自分たちを知らないであろう遠国へ行こう。

そう心に決めた。

手紙の末尾に、涙が滲《にじ》んだと思《おぼ》しい跡があるのを、久兵衛は胸が詰まる思いで見つめた。

——かないますれば、落ち着きましたる後、日田に戻る所存にて、そのおりにおめもじ致したく存じます。お名残《なごり》惜しく候《そうろう》なれど、いずれまたの日に、必ずや。

読み終えた久兵衛は、せわしなく手紙を巻き戻しながら、

「いますぐ店の者たちに千世さんを捜すよう言いなさい。まだ遠くへは行っていないだろうから」

と言いつけた。お吉が急いで店に向かうのを横目に、久兵衛は部屋に戻って手早く着替えた。隣室にいたりょうが来て、

「千世様がおられないとは、まことですか」

と青ざめた顔で訊くのに、久兵衛はうなずいた。

「いま、店の者に捜しに行くよう言いつけたところだ」

「ご無事だとようございますが」

りょうが案じるように言った。

「わたしが心配しているのもそのことだ。臼井様は思い詰めておられる。これより先に道がないと思えば、千世さんを道連れに命を絶《た》とうとするかもしれぬ」

久兵衛の顔は緊張のためか血の気が引いている。久兵衛のさし迫った物言いでさらに不安が増したのか、りょうが、

「でしたら、一刻《いっこく》も早くお捜ししなければ」

とすがる声音《こわね》で言った。

「いまから咸宜園に行って、塾生の方々に捜す手助けを頼んでみよう」

そう言い残して、久兵衛はあわただしく出かけた。その後ろ姿に向かって、りょ

うは千世の無事を祈り、手を合わせた。

久兵衛は脇目《わきめ》も振らず咸宜園への道をたどった。霧《きり》が薄れ、晴れ間が見える空に大きな雲がさしかかってきたかと思うと、陽光がきらめいているにも拘わらず、時おり小さい雨粒《あまつぶ》が降りかかってきた。

千世と佳一郎が山中で刺し違え、杉木立《すぎこだち》に囲まれて横たわっている姿が久兵衛の脳裏を過《よぎ》った。血まみれになったふたりが小雨《こさめ》に濡《ぬ》れながら日の光に照らされている。なぜか、そんな光景が浮かび、焦燥《しょうそう》に駆られた。

息せき切って咸宜園に着いた久兵衛は、すぐさま都講の来真に佳一郎と千世の行方を捜してくれるように頼んだ。来真はあわてて佳一郎が寝ていた部屋に行ったが、蛻《もぬけ》の殻《から》だった。

「これは一大事でございます。さっそく皆で捜しましょう」

大塩門人だった佳一郎の行方がわからなくなるのは、咸宜園にとって望ましいことではないと来真は察していた。

来真の指示で塾生たちは門から走り出ていった。

「臼井殿──」

「千世殿──」

塾生たちが呼びかける声があちこちから聞こえてくる。いまごろ博多屋の者たちも同じように名を呼びかけながら、ふたりを捜しているだろう。

そう思った時、久兵衛は、淡窓に断りもなく塾生たちに頼んでしまったことに気づいた。

（わたしとしたことが、かように取り乱してどうかしている）

久兵衛は慙愧《ざんき》に堪《た》えぬ思いを抱いて、淡窓のもとに向かった。なないに訪《おとな》いを告げると、すぐに書斎に通された。淡窓は落ち着いた物腰で久兵衛を迎えながらも、

「朝から何事だ」

と眉をひそめて訊《たず》ねた。久兵衛は頭を下げて、

「申し訳ございませぬ。お許しも得ずに塾生の方々に動いていただきました」

と詫《わ》びを言ってから、

「これをご覧くださいませ」

と千世の手紙を差し出した。淡窓が受け取り、読み進む間にななが茶を持ってきた。いつにない久兵衛のあわてように、大事が起きたらしいと察したなないは書斎の隅に控えて様子をうかがった。

淡窓は手紙を巻き戻して、ため息をついた。

「昨日のうちに臼井とともに斎藤殿のもとへ罷り出るべきであったな。わしの心配

りが足りず、千世に重い荷を負わせることになってしもうた」

頭《かぶり》を振りつつ久兵衛が口を開いた。

「昨夜、わたしは千世さんと話をいたしました。そのおり、親身になって話をうかごうておれば、と悔やんでおります」

「いや、話を聞いたとしても同じであったろう。千世が自ら決めたことであろうゆえな」

淡窓は沈鬱《ちんうつ》な思いで言った。

「さようかもしれませぬが、先ほどから、店の者と塾生の方々でおふたりを捜しております。さほど遠くへ行っておるとも思えませんので、あるいは見つけることができるのではありますまいか」

期待を寄せる口振りで話す久兵衛の顔を、淡窓はじっと見つめた。

「さて、どうであろうか。ふたりの決意は固かろうゆえな」

「兄様は、ふたりがもはや見つからぬとお思いでしょうか」

久兵衛は膝の上に置いた手を握り締めた。淡窓はゆるやかに首を横に振り、穏やかな物言いをした。

「臼井や千世のことも案じられるが、わたしにはそなたのことが気がかりだ」

「とおっしゃいますと」

久兵衛は怪訝《けげん》な顔をして訊いた。

「そなたが、さように狼狽《うろた》えるのをわたしは初めて見た気がする。さほどに千世への想いが深かったのか」

「兄様、なにを仰せになられます」

珍しくむきになり言葉を返す久兵衛に淡窓は重ねて言った。

「そなたが不義を働くなど断じてないと信じておる。だが、誰でも想いを抱くことはあるであろうし、何人《なんぴと》たろうとそれを咎め立てできはせぬ。千世にもそなたへの想いがあったのではなかろうか」

「仮にさような想いを抱いておりましても、わたしは道を誤るようなことはしないつもりです」

真剣な眼差《まなざ》しで久兵衛は答えた。

「さて、そのことだが……」

淡窓は傍らのななに目を向けた。ななはうなずいて静かに口を開いた。

「久兵衛殿は、千世様が見つかればいかがなされるおつもりでございますか」

「無論のこと、いままで通り博多屋で手伝《てつど》うてもらい、咸宜園に通って学問をするのがよかろうか、と」

困惑した面持ちで久兵衛は答えた。

「想いをかけた女子《おなご》をそば近くに置きながら、深い縁《えにし》を結ぼうとはなされないのですね。それは女子の身にとって辛いことだとはお思いになりませんか」

「それは――」

答えに詰まった久兵衛が口をつぐむと、ななは話を続けた。

「たとえ身を滅ぼすことになりましょうとも、思いがかなうのであれば、生きて参れましょうが、思いを寄せ合っているとわかりながら何事もなく時が過ぎていくのは女子にとって酷《むご》うございます」

久兵衛が苦しげにうつむくのを見たななは淡々と言葉を継いだ。

「千世様はさような思いを胸に日田を出ようと心を決められたのではないでしょうか。久兵衛殿の危難を救うために身を退くことで、自らの胸の内を伝えたかったのでございましょう」

肩を落として久兵衛はつぶやいた。

「つまるところ、わたしは千世さんに何もしてやることができなかったのでございましょうか」

淡窓は微笑を浮かべた。

「さようなことはない。千世は生き抜く糧《かて》を得られたと信じたがゆえに思い切ったことができたのであろう。それゆえ、手紙にもまた日田に戻ってくると書き置いたのではないかな」

「そうだとよいのですが」

「念ずれば想いはいつかかなうものだとわたしは思うておる。千世が日田に戻って参る日は必ず訪れるような気がするのだが」

「そんな日が参りましょうか」

淡窓は、久兵衛に包み込むような眼差しを向けて言った。

「待つことだ。そして望みを捨てぬことだ。さすれば想いはきっとかなうであろう」

少しずつ強まる朝の日が降り注ぐ庭先に、雨滴《うてき》がきらきらと光りながら落ちてきた。久兵衛は、庭に目を遣《や》ってしみじみと言った。

「兄様、晴れた日に降る雨は、〈狐《きつね》の嫁入《よめい》り〉とか〈日照雨《ひでりあめ》〉などと言い習わしますが、たしか〈天泣《てんきゅう》〉とも呼ぶのではありませんでしたか」

淡窓も庭に目を向けて穏やかな声音で答えた。

「そうであったな。千世の胸中を憐《あわ》れんで、天も泣いておるのであろうか」

銀色に輝く雨はなおも降り続いていた。

九月二十七日——

寺西蔵太《てらにしくらた》郡代が赴任《ふにん》してきた。寺西は日田に入る前に甘木《あまぎ》で宿泊した。甘木まで迎えに出た淡窓は、出迎える多くの人々の中にあって、いち早く謁見《えっけん》を許された。

寺西は五十六歳になる穏やかな風貌《ふうぼう》をした旗本《はたもと》で、文芸に造詣《ぞうけい》が深いことで知られているという。淡窓と会った寺西は温顔をほころばせて、

「淡窓殿の高名はひさしく聞き及んでおりましたぞ」

と丁重《ていちょう》な挨拶《あいさつ》をした。淡窓が恐縮すると、寺西は声をひそめて、

「弟御《おとうとご》について、さだめし気にかけておいででござろうが、江戸表《えどおもて》ではすでに沙汰止《さたや》みとなってござる。ご安堵《あんど》くだされ」

と言い添えた。数日後、淡窓は代官所に召し出され、塩谷《しおのや》郡代のころと変わらず、臣をもってこれに侍《じ》し、士人に準じるとの命が伝えられた。

この時を以《もっ》て、永年続いた〈官府《かんぷ》の難〉は終わりを告げた。

三年後――、天保十一年（一八四〇）に淡窓は『迂言《うげん》』を脱稿した。二年後には、大村《おおむら》藩主に『迂言』を講義したほか、羽倉外記《はぐらげき》を通じて水野忠邦《みずのただくに》に献《けん》じた。

一方、久兵衛は、岡本主米《しゅめ》とともに府内藩の財政再建の案を練り、天保十三年から改革を実施した。府内藩での改革は成功し、高い評価を得た久兵衛は、さらに嘉《か》永《えい》二年（一八四九）から福岡藩の財政再建に尽力《じんりょく》した。

淡窓は安政《あんせい》二年（一八五五）まで五十年におよぶ講業を続け、その後、養子や弟子によって咸宜園は引き継がれた。入門者は五千人を超え、蘭学者《らんがくしゃ》の高野長英《たかのちょうえい》や明治政府の兵部大輔《ひょうぶだゆう》となった長州《ちょうしゅう》の大村益次郎《おおむらますじろう》、勤皇《きんのう》の志士大楽源太郎《だいらくげんたろう》や日本における写真術の嚆矢《こうし》である上野彦馬《うえのひこま》など多くの人材を輩出《はいしゅつ》した。

淡窓が勉学に励む塾生たちの日々を詠《うた》った詩はその後、人口に永く膾炙《かいしゃ》した。

道《い》うことを休《や》めよ　他郷苦辛《くしん》多しと
同袍《どうほう》友有り　自《おのずか》ら相《あい》親しむ
柴扉《さいひ》暁《あかつき》に出《い》づれば　霜《しも》雪の如《ごと》し
君は川流《せんりゅう》を汲《く》め　我は薪《たきぎ》を拾《ひろ》わん

〈了〉

【特別対談】

広瀬淡窓・久兵衛兄弟と天領・日田の魅力

広瀬勝貞《ひろせかつさだ》◉大分県知事

葉室麟《はむろりん》◉作家

今なぜ淡窓・久兵衛なのか

広瀬　このたびは直木賞受賞（第百四十六回＝二〇一一年下半期）、おめでとうございます。受賞作の『蜩ノ記《ひぐらしのき》』、そして新刊『霖雨《りんう》』を拝読しましたが、『霖雨』の主人公である広瀬淡窓《ひろせたんそう》・久兵衛《きゅうべえ》兄弟は私の先祖にあたりますので、子孫として誇らしく思いました。

葉室　お墨付きをいただいて、ほっとしました。

広瀬　淡窓は咸宜園《かんぎえん》という私塾を開いた儒学者で立派な教育者ですが、小説になるのだろうかと半信半疑で読み始めました。しかし、咸宜園に対する代官の干渉、家業を継いだ久兵衛に降りかかる災難に大塩平八郎の乱を織り交ぜながら、重厚で面白い小説に仕立てあげられていて、感服しました。

葉室　淡窓や久兵衛が苦闘するといっても、二人とも武士ではないので、派手な立ち回りがあるわけではないのですが、五十歳で歴史・時代小説を書き始めた当時からいつかは書いてみたいと温めていた題材でした。

江戸時代に、江戸や大坂ではなく九州の日田《ひた》、つまり地方の小さな町に全国から生徒を集める魅力ある教育者がいたということに驚き、魅《ひ》かれたんです。

広瀬　咸宜園がすばらしいのは、入門にあたり、年齢、学歴、身分を考慮せず、一からその人の能力、人間性が花開くような教育を行ったことです。

葉室　江戸時代ですから当然儒学を教えるのですが、淡窓は生徒に漢詩を作らせてもいます。詩は感情の発露で、感動する心を持つことは人間として大切なことなんです。淡窓が取り組んだ人間教育、情操教育は、ひょっとしたら今一番、教育現場に欠けているものなのかもしれません。

広瀬　私も淡窓のことはよく知っていたつもりでいたのですが、葉室さんが、大塩平八郎の知行合一《ちこうごういつ》の考え方と対比させて淡窓の考え方を浮き彫りにしてくださったので、淡窓のすばらしさを再認識いたしました。

葉室　小説の題材としては、大塩平八郎のほうが圧倒的に面白い。大塩は天保の飢饉で飢えに苦しむ人々を見て、社会の歪みの根源は政治にあるとして乱を起こすわけですから華があるんです。しかし短兵急に社会改革を唱えた人を賞賛することには疑問を感じました。

広瀬　『霖雨』のなかでも、大塩平八郎の乱について、自分の考えを持って世の中を変える行動に移すのは高慢だ、多くの者が犠牲になるし、住民は家を焼かれて大変だと書かれていますね。

葉室　大塩平八郎は革命家で、革命はインパクトがありますが、社会に衝撃を与えるだけで荒廃と混乱しか生まないとも言える。衝撃を与えることは無駄ではないけれど、よりよい社会を作るためには社会の構成員である一人ひとりの意識を変え、育てていくことが大切なんです。性急に結果を求めるのではなく、辛抱することも必要なのではないかと……。

広瀬　世の中は大きな舟に乗っているようなものだと言った方がいました。向きを変えるにはみんなの力が必要で、その世の中の重みを考えると淡窓のような考え方は大変大事だと思います。ところで、久兵衛についてはどう感じておられますか？

葉室　天領（幕府の直轄領）の日田で大名に金を貸していた豪商ということは知っていたのですが、社会事業家として農村や藩の窮地を救うために私財を投じて働いていたことは後に知りました。久兵衛は、一商人であるにもかかわらず、府内藩や黒田藩の財政改革を任されているんです。府内藩については成功しますが、黒田藩の場合、成功したとは言えない。難しいことを承知で引き受けたのでしょう。久兵衛は、公《おおやけ》のために奉仕するという感覚を早くから持っていた人だと思います。

広瀬　小説のなかで、久兵衛が飢えた人々に粥を提供する場面がありました。いいことをしたはずなのに、その思いが伝わらず、民は不満を募らせてしまいました。

葉室　すぐに結果が出ないと不満が出るのは、いつの世も同じです。だから現実と格闘していくのは大変なのですが、私が感動するのは、日田の掛屋《かけや》と言えば、九州の金融センター・日田の豪商で、大名に金を貸していれば左団扇で暮らせるのに、久兵衛があえて苦労をかって出ているところです。

この事実を知ったとき、学問的な理想を追究した兄と、現実と格闘しながら地域社会をよくしようとした弟、その組み合わせで書けるのではないかと思いました。

今も生きている広瀬家の家訓

葉室　せっかくの機会ですので、広瀬家に伝わる淡窓や久兵衛の人となりについて伺いたいのですが。

広瀬　実を言いますと私、淡窓のことがあまり好きではなかったんです（笑）。小さい頃、悪さをしますと母に淡窓先生の教えを繙《ひもと》きながら説教されたものですから。また、学業が振るわないときには父から、咸宜園の教育方針である「ことごとくよろし」つまり「鋭きも鈍きも捨てがたい。使いようだ」という話をされ、少々頭が悪くてもいろいろな生き方があるのだから頑張れと励まされもしました。

葉室　えらい先祖を持つと大変ですね。

広瀬　久兵衛については我が家の蔵に古びた蓑があるのですが、日田の小ヶ瀬井手《おがせいで》開削のとき、これを着て現場で指揮を執ったと聞かされました。私が知事に就任したとき、大分県の財政は破綻の危機に瀕しており、就任早々、行財政改革に取り組んだのですが、久兵衛もまた府内藩の改革など同じことをしていたと聞き、背中を押されたような気がしました。

葉室　ところで、広瀬家に代々伝わる家訓のようなものはあるのでしょうか。

広瀬　「心は高く、身は低く」という家訓がありました。志は高く持ちつつも、いろいろな人の意見に耳を傾け、感謝の気持ちを忘れずに、ということだと思います。淡窓の弟の久兵衛は六代目ですが、三代目の久兵衛が言い始めたようです。

葉室　そうだったのですか。久兵衛は確かに優れた社会事業家ですが、江戸時代には地域の力、民の力があった。各地に久兵衛のような人がいて、各地域をしっかり支えていたのでしょう。明治以降、日本は近代化を成し遂げますが、それは江戸時代に各地域で蓄えられていた民の力があったからこそ実現できたと思います。

それにしても今日知事におめにかかって、私が抱いていた久兵衛のイメージにぴったりなのには驚きました。

広瀬　とても、とても私など。小説での久兵衛は凛《りん》としていますね。

葉室　はい。女性にもててもいるのですが、あれは作者である私の願望です（笑）。

水郷・日田と大分の財産

広瀬　私は日田で生まれ育ったのですが、日田の魅力は豊かな自然です。緑の山に囲まれた日田盆地に、筑後川の本流である三隈《みくま》川が流れており、「水郷《すいきょう》日田」と言われています。

葉室　私は久留米に住んでいるのですが、日田は何十回となく通り過ぎたことのある町で、いつも雨が降ったり霧が立ち込めていた印象があります。そこに私は暗いイメージではなく、透明な清浄感を感じました。

日田の美しい自然を背景にすると、苦しさの果てに美しい光景が見られるのではないかという気がして、小説のなかにも自然の描写を多く採り入れました。

広瀬　江戸時代の日田は交通の要衝で、全国から人と情報が集まってきました。それで幕府は直轄領にしたのですが、幕藩体制のなかでは開かれた土地でした。江戸から代官はやってきますが、連れてくるのはわずかですから武士も少なく、地域の自治に委ねる部分が多かったのです。そこで掛屋などの商人が代官の命を受けて仕事をしていました。

葉室　それで民の力が伸びたのでしょうね。淡窓が持っていた、身分や学歴に捉われない開かれた感覚、久兵衛が持っていた公の感覚、自主性は、自由で緩やかな土地柄が育んだものなのかもしれません。

広瀬　その伝統があるためか、日田には他の地域の人や新しい考え方を柔軟に受け容れる気風があります。戦後いち早く女子の高等教育の場ができましたし、一九九四年には筑紫哲也さんが「自由の森大学」を開きました。自由な発想、学びを大切にする伝統は受け継がれていると思います。

その伝統の源を作ったのが咸宜園ですが、現在、日田市では、水戸市の弘道館《こうどうかん》・偕楽園《かいらくえん》、足利市の足利学校などと連携し、教育遺産として世界文化遺産への登録を目指しています。

葉室　それはいい試みですね。日田だけでなく、秋月、柳川など、九州には美しい地方都市がたくさんあります。これは後世に伝えていきたい文化遺産です。

広瀬　葉室さんは『蜩ノ記』でも豊後（大分県）を舞台にされていますが、葉室さんにとって大分県はどんなところなのでしょう。

葉室　私は大分県のことはよくわからないのですが、豊後を舞台にしやすいのは、江戸時代に小藩が多かったからなんです。小藩はどこも経営が苦しく、殖産興業を盛んにやっていました。私の場合、現実と苦闘しているところに魅力を感じるものですから。

広瀬　葉室さんのような小説家が、同じ筑後川沿いにいらっしゃるということは心強いし、嬉しいですよね。次の作品も楽しみにしております。

（二〇一二年四月　咸宜園にて）

＊「ほんとうの時代Life⁺」二〇一二年七月号より転載

この作品は、二〇一二年五月にＰＨＰ研究所より刊行された。

著者紹介

葉室 麟（はむろ　りん）

1951年、福岡県北九州市生まれ。西南学院大学卒業後、地方紙記者などを経て、2005年、「乾山晩愁」で第29回歴史文学賞を受賞し、デビュー。

07年、『銀漢の賦』で第14回松本清張賞を受賞し、注目を集める。

09年に『いのちなりけり』と『秋月記』、10年に『花や散るらん』、11年に『恋しぐれ』が直木賞候補となり、12年1月に、『蜩ノ記』で第146回直木賞を受賞。

その他の作品に、『橘花抄』『散り椿』『無双の花』『紫匂う』『天の光』『緋の天空』などがある。

PHP文芸文庫　霖雨《りんう》

2014年11月25日　第1版第1刷

著者　葉室　麟
発行者　小林成彦
発行所　株式会社PHP研究所
東京本部　〒102-8331　千代田区一番町21
文藝出版部　☎03-3239-6251（編集）
普及一部　☎03-3239-6233（販売）
京都本部　〒601-8411　京都市南区西九条北ノ内町11
PHP INTERFACE　http://www.php.co.jp/
組版　朝日メディアインターナショナル株式会社
印刷所　共同印刷株式会社
製本所　株式会社大進堂

ISBN978-4-569-76256-2